¿Por qué no le preguntan a Evans?

```
AF276358
```

Biblioteca Agatha Christie

Agatha Christie
¿Por qué no le preguntan a Evans?

Traducción de Manuel Vallvé

ESPASA

La lectura abre horizontes, iguala oportunidades y construye una sociedad mejor.
La propiedad intelectual es clave en la creación de contenidos culturales porque
sostiene el ecosistema de quienes escriben y de nuestras librerías.
Al comprar este libro estarás contribuyendo a mantener dicho ecosistema vivo y
en crecimiento.
En **Grupo Planeta** agradecemos que nos ayudes a apoyar así la autonomía creativa
de autoras y autores para que puedan seguir desempeñando su labor.
Dirígete a CEDRO (Centro Español de Derechos Reprográficos) si necesitas fotocopiar
o escanear algún fragmento de esta obra. Puedes contactar con CEDRO a través de la
web www.conlicencia.com o por teléfono en el 91 702 19 70 / 93 272 04 47.
Queda expresamente prohibida la utilización o reproducción de este libro o de cualquiera de
sus partes con el propósito de entrenar o alimentar sistemas o tecnologías de inteligencia
artificial.

© Editorial Planeta, S. A., 2022
  Espasa, un sello editorial de Editorial Planeta, S. A.
  Avda. Diagonal, 662-664, 08034 Barcelona (España)
  www.espasa.com
  www.planetadelibros.com

Publicado de acuerdo con Grupo Planeta Argentina S.A.I.C

Diseño de la cubierta: Booket / Área Editorial Grupo Planeta
Ilustración de la cubierta: © David Sierra
Primera edición en Colección Booket: abril de 2025

Depósito legal: B. 5.762-2025
ISBN: 978-84-670-7691-2
Impreso en España

Biografía

Agatha Christie es conocida en todo el mundo como la Dama del Crimen. Es la autora más publicada de todos los tiempos, tan solo superada por la Biblia y Shakespeare. Sus libros han vendido más de dos mil millones de ejemplares en todo el mundo. Escribió un total de ochenta novelas de misterio y colecciones de relatos breves, más de veinticinco obras de teatro y seis novelas escritas con el pseudónimo de Mary Westmacott. Probó suerte con la pluma mientras trabajaba en un hospital durante la Primera Guerra Mundial, y debutó en 1920 con *El misterioso caso de Styles*, cuyo protagonista es el legendario detective Hércules Poirot, que luego aparecería en treinta y tres libros más. Alcanzó la fama con *El asesinato de Roger Ackroyd* en 1926, y creó a la ingeniosa Miss Marple en *Muerte en la vicaría*, publicado por primera vez en 1930. Se casó dos veces, una con Archibald Christie, de quien adoptó el apellido con el que es conocida mundialmente como la genial escritora de novelas y cuentos policiales y detectivescos, y luego con el arqueólogo Max Mallowan, al que acompañó en varias expediciones a lugares exóticos del mundo que después usó como escenarios en sus novelas. En 1961 fue nombrada miembro de la Real Sociedad de Literatura y en 1971 recibió el título de Dama de la Orden del Imperio Británico, un título nobiliario que en aquellos días se concedía con poca frecuencia. Murió en 1976 a la edad de ochenta y cinco años. Sus misterios encantan a lectores de todas las edades, pues son lo suficientemente simples como para que los más jóvenes los entiendan y disfruten, pero a la vez muestran una complejidad que las mentes adultas no consiguen descifrar hasta el final.

www.agathachristie.com

Personajes

Relación de los principales personajes que intervienen en esta obra.

ARBUTHNOT, GEORGE: Médico, amigo de lady Frances.

ASKEW, THOMAS: Dueño del hotel Las Armas del Pescador.

BADGER BEADON, ROGER: Socio de Bobby en un negocio de automóviles.

BASSINGTON-FFRENCH, HENRY: Morfinómano empedernido.

BASSINGTON-FFRENCH, SYLVIA: Esposa de Henry.

CARSTAIRS, ALAN: Supuesto asesinado.

CAYMAN, AMELIA: Hermana del anterior, al parecer.

CAYMAN, LEO: Esposo de la anterior.

CHUDLEIGH, ROSE: Cocinera de los Templeton.

DAVIDSON: Fiscal del distrito.

DERWENT, LADY FRANCES: Muchacha moderna, bellísima y millonaria. Protagonista de esta novela.

EVANS, GLADYS: Doncella de los Templeton.

HAWKINS, EDWARD: Nombre falso que toma Bobby en su papel de chófer de lady Frances.

HOMMOND: Inspector de policía.

JONES, BOBBY: Cuarto hijo del vicario de Marchbolt.

JONES, REVERENDO THOMAS: Vicario del pueblo y padre de Bobby.

MARCHINGTON, LORD: Padre de lady Frances.

MERE, ALBERT: Jardinero de los Templeton.

NICHOLSON, JASPER: Médico, director de un instituto frenopático.

NICHOLSON, MOIRA: Esposa del anterior.

PRITCHARD, ALEXANDER: Aventurero asesinado.

REEVES: Un mensajero.

RIVINGTON, EDITH: Esposa de Hubert.

RIVINGTON, HUBERT: Coronel, amigo del asesinado.

ROBERTS: Criada del vicario Jones.

SAVAGE, JOHN: Acaudalado hombre de negocios.

SPRAGGE: Abogado de los Marchington.

TEMPLETON, ROSE EMILY: Heredera de John Savage.

THOMAS: Médico, notable jugador de golf.

TOMMY: Hijo pequeño de Henry y Sylvia.

Capítulo 1

EL ACCIDENTE

Bobby Jones empuñó el palo de golf, tocó ligeramente la pelota, inclinó despacio el palo hacia atrás y luego dio un golpe fuerte con la rapidez de un rayo.

¿Acaso la pelota emprendió un camino recto, elevándose para caer luego al suelo en el lugar debido?

De ningún modo. Avanzó tropezando contra los accidentes del terreno y al fin se encajó en un hoyo.

Allí no había espectadores que pudiesen proferir una exclamación de desaliento. El testigo solitario de aquel golpe no manifestó ninguna sorpresa y eso se explica con facilidad, porque no era el maestro estadounidense del juego que había inventado aquel golpe, sino simplemente el cuarto hijo del vicario de Marchbolt, un pueblo pequeño situado en la costa de Gales.

Bobby profirió una exclamación decididamente profana.

Era un joven de aspecto afable, que tendría unos veintiocho años. Su mejor amigo no habría podido calificarlo de guapo, pero, sin embargo, era simpático, y sus ojos manifestaban la honrada cordialidad de un perro fiel.

—Cada día estoy peor —murmuró desalentado.

—Exagera usted —contestó su compañero.

El doctor Thomas era un hombre de mediana edad, cabello gris y rostro enrojecido y alegre. Nunca daba golpes como aquel, sino que prefería las jugadas cortas y, con frecuencia, lograba derrotar a otros jugadores más brillantes, pero no tan seguros.

Bobby volvió a atizar ferozmente la pelota y a la tercera alcanzó el éxito, porque fue a situarse a corta distancia del lugar que ocupaba la del doctor Thomas, después de dos jugadas maestras.

—Este hoyo es suyo —declaró Bobby. Y continuaron hasta el siguiente.

El doctor jugó primero y dio un golpe corto y directo, pero no alcanzó gran distancia.

Bobby suspiró, apuntó la pelota, hizo oscilar largo rato su palo y, cerrando luego los ojos, levantó la cabeza e inclinó el hombro derecho, o sea que hizo todo lo que no debía hacer. Y, sin embargo, dio un golpe maestro.

Profirió un hondo suspiro de satisfacción. El desaliento que hasta entonces se pintaba en su rostro desapareció de repente, para ser sustituido por el entusiasmo.

—Ahora ya entiendo lo que debía hacer —murmuró, hablando con muy poca sinceridad.

Siguió jugando y conduciéndose con la mayor imprudencia, pero no volvió a ocurrir ningún milagro y, en determinado momento, la pelota describió un ángulo recto.

—¡Diablos! ¡Si ese golpe llega a ser en línea recta...! —exclamó el doctor Thomas.

—Sí... —contestó Bobby, amargado—. Espere, me parece que he oído un grito. Confío en que la pelota no haya herido a nadie.

Miró hacia la derecha. La luz era mala. El sol estaba a punto de ponerse y, al desviar la vista en línea recta hacia él, era muy difícil distinguir algo con claridad. Además, desde el mar subía una ligera niebla. El borde del acantilado se encontraba a unos cuantos centenares de metros de distancia.

—Por ahí pasa el camino —dijo Bobby—, pero no creo que la pelota haya llegado hasta él. A pesar de todo, me parece haber oído un grito. ¿Lo ha oído usted?

El doctor no había oído nada.

Bobby salió en busca de su pelota y, aunque le costó encontrarla, lo consiguió al fin. Desde ahí no era posible dar ya ningún toque, porque se hallaba en el centro de un matorral. La empujó, la recogió y avisó a su compañero de lo ocurrido.

Mientras jugaban, los dos amigos cruzaron el sendero, que entonces corría tierra adentro, hacia la izquierda, y, siguiendo el borde del acantilado, Bobby dio un golpe a su pelota y de pronto vio que desaparecía para caer al abismo.

—¡Siempre me pasa igual! —exclamó, amargado.

Se asomó y pudo ver que, a gran profundidad, centelleaba el mar, pero no logró divisar la pelota. El muro rocoso era casi vertical y, al llegar cerca de la base, se inclinaba bastante.

Bobby siguió andando despacio porque conocía muy bien un punto desde el cual se podía bajar con cierta facilidad.

Así lo hacían con frecuencia los muchachos encargados de llevar los palos, y reaparecían más tarde jadeantes y triunfantes con la pelota perdida.

De repente, Bobby se detuvo y, dirigiéndose a su compañero, dijo:

—Venga usted aquí, doctor, ¿qué le parece eso?

A cosa de doce metros más abajo había un montón oscuro de algo que parecía ropa vieja. El doctor contuvo el aliento y exclamó:

—¡Caramba! Alguien se ha caído desde este acantilado. Tenemos que bajar.

Uno al lado del otro, los dos descendieron por las rocas, y Bobby, que era más forzudo y atlético, ayudó a su compañero. Finalmente, llegaron al lado de aquel fardo oscuro de aspecto siniestro. Era un hombre de unos cuarenta años y, aunque aún respiraba, estaba inconsciente.

El doctor lo palpó, le tocó las extremidades, le tomó el pulso y le levantó los párpados. Se arrodilló a su lado y completó el examen. Luego miró a Bobby, que estaba de pie a su lado, muy asustado, y negó lentamente con la cabeza.

—No hay nada que hacer —declaró—. Este pobre hombre está condenado. Tiene fracturada la espina dorsal. Sin duda no estaba familiarizado con el sendero y, al levantarse la niebla, sin darse cuenta puso un pie en el vacío. Más de una vez he advertido al ayuntamiento que deberían instalar una valla aquí. —Se puso en pie y añadió—: Voy en busca de ayuda. He de ir a por lo necesario para que suban a este desdichado. Habrá oscurecido antes de que estemos de regreso. ¿Querrá usted permanecer a su lado?

—Desde luego —contestó Bobby—. Supongo que mientras tanto no se podrá hacer nada por él.

—Nada en absoluto —confirmó el doctor, negando con la cabeza—. Por otra parte, no tardará en morir. Su pulso se debilita con gran rapidez. Vivirá cosa de veinte minutos, a lo sumo. Es posible que, antes del final, recobre el conocimiento, aunque es más probable lo contrario. Sin embargo...

—¡Oh, por supuesto que me quedaré! —dijo Bobby—. Usted váyase cuanto antes. ¿Y en caso de que recobre el conocimiento, no tiene un medicamento o algo por el estilo...? —preguntó, titubeando.

—No sufrirá nada en absoluto —le tranquilizó el doctor—. En absoluto —repitió.

Volviéndose, empezó rápidamente la ascensión para llegar a lo alto del acantilado.

Bobby lo observó y lo vio desaparecer, al mismo tiempo que le dirigía un saludo, agitando el brazo.

El joven dio unos pasos por el estrecho espacio que le ofrecía un escalón de la roca y luego se sentó en otro para encender un cigarrillo. Aquel asunto lo había impresionado mucho. Hasta entonces jamás había tenido contacto con la enfermedad o la muerte.

No se podía negar que en el mundo a veces algunos tenían muy mala suerte. Un jirón de niebla en una magnífica tarde, un paso en falso... Y de pronto una vida llega a su final. Y eso podía ocurrirle a un individuo sano, robusto y que quizá nunca había estado ni un solo día enfermo. La palidez de la cercana muerte no podía ocultar el tono curtido de la tez. Aquel hombre debía de haber llevado una vida al aire libre y tal vez pasó gran parte de ella en el extranjero. Bobby se fijó en él con mayor atención y pudo notar que su cabello, de color castaño, estaba manchado de gris en las sienes; observó la nariz grande, la mandíbula vigorosa y los blancos dientes, que se descubrían entre los labios. Luego notó los anchos hombros y las manos, vigorosas y bellas. Las piernas estaban dobladas en un ángulo muy raro. Bobby se estremeció; volvió a fijarse en su rostro. Era atractivo, humorístico, decidido y enérgico. Los ojos, según se imaginó, debían de ser azules.

Cuando se encontraba en ese punto de sus suposiciones, los ojos del hombre accidentado se abrieron de repente.

Eran de color azul claro y, a la vez, profundos. Miraban fijamente a Bobby. En ellos no había la menor incertidumbre o confusión. Parecían del todo conscientes, observadores y, al mismo tiempo, daba la sensación de que interrogaban.

Bobby se puso en pie de un salto y se dispuso a acercarse al hombre, pero antes de que llegara a su lado, este habló con voz fuerte, clara y resonante:

—¿Por qué no le preguntan a Evans? —exclamó.

Luego sufrió un pequeño estremecimiento y cerró los párpados y la boca.

Había muerto.

Capítulo 2

ACERCA DE LOS PADRES

Bobby se arrodilló a su lado, pero ya no había duda. El hombre estaba muerto. Un último instante de conciencia, la pregunta y luego... el final.

Con timidez, Bobby metió la mano en el bolsillo del muerto, sacó un pañuelo de seda y, con gran respeto, lo tendió sobre su rostro. No podía hacer nada más.

Observó, cuando hubo sacado el pañuelo, que sobresalía algo más del bolsillo. Era una fotografía y, antes de devolverla a su sitio, contempló el rostro.

Era el de una mujer sumamente atractiva. Tenía los ojos muy separados entre sí y, al parecer, era muy joven; sin duda tenía menos de treinta años. Pero la naturaleza de su belleza, más que esta misma, impresionó a la imaginación del muchacho, que se dijo que no sería fácil olvidar aquel rostro.

Con suavidad y reverencia empujó el retrato en el bolsillo del hombre y luego volvió a sentarse, en espera del regreso del doctor.

El tiempo pasaba muy despacio o, por lo menos, eso le pareció. También había recordado algo. Le había prometido a su padre que tocaría el órgano en el servicio de las seis de la tarde y solo faltaban diez minutos para aquella hora. Como es natural, su padre se haría cargo de lo ocurrido, sin embargo, lamentó no haberle mandado un mensaje por medio del doctor. El reverendo Thomas Jones era un hombre de carácter muy nervioso. *Par excellence* era muy temperamental y, cuando se dejaba llevar por su naturaleza, su aparato digestivo se paralizaba y sufría dolores muy intensos. Bobby consideraba que su padre hacía tonterías indignas de un hombre como él, pero, sin embargo, lo quería muchísimo. Por su parte, el reverendo Thomas creía que su cuarto hijo era tonto perdido y, con menos tolerancia que Bobby, se esforzaba en mejorar al joven.

«¡El pobre viejo...! —pensó Bobby—. Sin duda ahora se pasea impaciente de un lado para otro. Y no se decidirá acerca de si empieza o no el servicio. Continuará atormentándose hasta que le duela el estómago y luego no podrá cenar. No tendrá el sentido común necesario para comprender que, si yo falto a lo prometido, es porque no tengo más remedio. Pero, en fin, ¿qué importa todo esto? Él no verá las cosas como yo. Nadie conserva el sentido común después de cumplir los cincuenta años y se preocupa innecesariamente por cosas que carecen de importancia. Supongo que todos han sido muy mal educados y ahora no pueden remediarlo. Y el pobre papá tiene menos sentido común que una gallina.»

Permaneció allí sentado y pensando en su padre, con afecto a la vez que exasperación. Su propia vida en casa parecía un largo sacrificio a las ideas peculiares de su padre. Y en cuanto al señor Jones, la misma vida le parecía ser un largo sacrificio por su parte, sin que nadie lo comprendiera y sin que la nueva generación fuera capaz de tributarle el debido aprecio. Así es como difieren muchas ideas sobre el mismo asunto.

¡Cuánto tardaba el doctor! Sin duda, debería haber estado ya de regreso.

Bobby se puso en pie y, malhumorado, empezó a dar patadas al suelo.

En aquel momento oyó algo por encima de él; y al levantar los ojos, diciéndose que por fin llegaba el socorro y que ya no necesitarían más sus servicios, pudo notar que no era el doctor, sino un hombre a quien no conocía.

—Oiga —dijo el recién llegado—. ¿Sucede algo? ¿Ha ocurrido algún accidente? ¿Puedo ayudar en algo?

Era un individuo alto, con agradable voz de tenor. Bobby no pudo verlo con mucha claridad porque oscurecía deprisa.

Explicó lo que había sucedido, mientras el desconocido hacía algunos comentarios para manifestar su sorpresa.

—¿No hay nada que yo pueda hacer? —preguntó—. ¿Ir en busca de ayuda o algo por el estilo?

Bobby explicó que sin duda estaba a punto de llegar el socorro necesario y rogó al otro que viese si podía observar algunas señales de su proximidad.

—Por ahora no hay nada —contestó.

—Lo pregunto —añadió Bobby— porque tengo una cita a las seis.

—¿Y quisiera usted marcharse?

—No es eso —contestó Bobby—. Claro está que este pobre hombre está muerto y ya no se puede hacer nada para ayudarlo; sin embargo...

Y se detuvo porque, como de costumbre, no hallaba palabras para traducir sus emociones.

El otro, al parecer, lo comprendió muy bien.

—Es natural —dijo—. Mire, yo bajaré..., es decir, si encuentro el camino, y me quedaré hasta que lleguen los demás.

—¿Querrá usted hacerme este favor? —preguntó Bobby, agradecido—. Se trata de mi padre. No es que tenga mal genio, pero se irrita a veces... ¿Puede usted ver el camino? Un poco más a la izquierda..., ahora a la derecha..., eso es. En realidad, no es difícil.

Alentó al otro, dándole instrucciones, hasta que los dos hombres se vieron frente a frente, en la estrecha meseta. El recién llegado tendría unos treinta y cinco años. Su rostro era de facciones suaves y, al parecer, le habrían sentado muy bien un monóculo y un bigotito como excelentes adornos.

—Soy forastero en esta región —explicó—. Me llamo Bassington-ffrench. He venido a la zona para visitar una casa. Este ha sido un accidente horrible. Sin duda debió de caerse del borde del acantilado.

Bobby asintió con la cabeza.

—Supongo que así debió de ocurrir. El sendero es bastante peligroso. Bueno, hasta la vista y muchas gracias. Tendré que darme un poco de prisa para llegar a tiempo. Ha sido usted muy amable.

—No es molestia —contestó el otro—. Cualquiera hubiese hecho lo mismo. No se puede dejar a este pobre hombre así tendido... Bueno, quiero decir que no sería decente.

Bobby subía ya por el empinado sendero. Al llegar a la cumbre, agitó una mano para saludar al otro y luego echó a correr a campo traviesa. Para ahorrar tiempo, franqueó de un salto la cerca del cementerio en vez de dar la vuelta, en busca de la puerta del camino, procedimiento que observó el vicario desde la ventana de la sacristía con evidentes señales de desaprobación.

Eran ya las seis y cinco minutos, pero la campana seguía tañendo.

Se aplazaron hasta después del servicio las explicaciones y las recriminaciones. Sin aliento, Bobby fue a sentarse en el sitio y manipuló los registros del viejo órgano. Y la asociación de ideas obligó a sus dedos a interpretar la *Marcha fúnebre* de Chopin.

Luego, más triste que colérico, como hizo resaltar claramente, el vicario se dispuso a regañar a su hijo:

—Si no puedes hacer las cosas como es debido, mi querido Bobby, será mejor que no las hagas. Ya sé que tú y todos tus amigos no tenéis la menor idea del tiempo, pero recuerda que hay Uno a quien no debemos hacer aguardar. Libremente te brindaste para tocar el órgano. Yo no te coaccioné de ningún modo. Y en vez de esto, distraído y desmemoriado, preferiste sin duda entregarte al juego...

Bobby pensó que sería mejor interrumpirlo antes de que su padre siguiese así más tiempo.

—Lo siento, papá —repuso con tono alegre, como tenía por costumbre, cualquiera que fuese el asunto de que se tratara—, pero esta vez no tengo la menor culpa. Estaba en las rocas, montando guardia al lado de un cadáver.

—¿Qué dices?

—Que estaba montando guardia al lado del cadáver de un hombre que inadvertidamente se cayó desde lo alto del acantilado. Ya sabes dónde está el punto más peligroso. Se levantó un poco la niebla y el pobre se cayó de cabeza.

—¡Dios mío! —exclamó el vicario—. ¡Qué tragedia! ¿Y murió enseguida?

—No. Perdió la conciencia y murió poco después de que el doctor Thomas se marchara. Y, como es natural, me creí en el deber de permanecer allí porque no podía resignarme a abandonarlo. Luego llegó un desconocido, le transmití mi papel de plañidera jefe y eché a correr a toda prisa para llegar a tiempo.

El vicario dio un suspiro.

—¡Oh, mi querido Bobby! —exclamó—. ¿Será posible que nada te haga abandonar tu deplorable indiferencia? Eso me duele más de lo que podría expresar. Acabas de bromear a costa de ella... Te veo indiferente y tranquilo. Todo, todo, por solemne y grave que sea, y aun cuando se trate de algo sagrado, no es más que una broma para la joven generación.

Bobby movió los pies, rozando con ellos el suelo.

Si su padre no era capaz de ver que se bromeaba precisamente acerca de lo que le emocionaba a uno..., bien, sería imposible hacérselo entender. Aquella era una de las cosas que no se podían explicar. Y cuando uno se ve ante la muerte y la tragedia, es imprescindible no perder el ánimo.

Pero ¿qué se podía esperar? Nadie de más de cincuenta años sería capaz de comprender nada en absoluto. Aquella generación tenía unas ideas extravagantes.

«Supongo que la culpa la habrá tenido la guerra —pensó Bobby con la mayor lealtad—. Los ha trastornado y no han sido capaces de reaccionar.»

—Lo siento, papá —dijo comprendiendo con la mayor convicción que las explicaciones eran inútiles.

El vicario lo lamentó por su hijo y pudo notar que estaba avergonzado; él también se avergonzó por el muchacho. Sin duda, no tenía la menor idea de las cosas serias de la vida, porque hasta su disculpa era alegre e impertinente.

El vicario pensó: «¡Ah! Me gustaría saber cuándo encontrará Bobby algo en que ocuparse y sentar la cabeza».

«¡Ah! Quisiera saber —pensaba el muchacho a su vez— cuánto tiempo podré permanecer aquí.»

Y, sin embargo, los dos se querían de una forma muy entrañable.

Capítulo 3

Un viaje en tren

Bobby no advirtió enseguida las consecuencias inmediatas de su aventura. A la mañana siguiente se dirigió a la capital con objeto de ver a un amigo que se proponía instalar un garaje y que estaba convencido de que la cooperación de Bobby sería valiosa. Después de arreglar los asuntos a satisfacción de todo el mundo, Bobby cogió el tren de vuelta de las 11.30 h. Eso ocurría dos días más tarde. Ciertamente lo cogió, pero por los pelos. Llegó a Paddington cuando el reloj señalaba las 11.28 h. Se metió en el pasadizo y salió al andén número tres, en el preciso instante en que el tren emprendía la marcha. Saltó al primer vagón que pasó por delante de él, sin hacer ningún caso de las voces de indignación de los encargados de perforar los billetes y de los mozos que se hallaban detrás de él.

Abrió la portezuela, cayó de rodillas al interior, se levantó y la portezuela se cerró gracias al empujón de un mozo ágil, de modo que Bobby se vio frente a frente con el único ocupante del compartimento.

El vagón era de primera clase y, en el rincón de cara a

la máquina, vio a una muchacha morena que fumaba un cigarrillo. Llevaba una falda roja, una chaqueta verde y corta, y una boina de color azul brillante. Y a pesar de cierto parecido con el mono de un organillero (tenía unos ojos tristes y negros, y un rostro atrevido) era muy atractiva.

Interrumpiendo una frase, para disculparse, Bobby exclamó:

—¡Caramba! ¿Eres tú, Frankie? ¡Cuánto tiempo sin verte!

—Yo tampoco te había visto. Siéntate y charlemos.

—No llevo billete de primera —contestó Bobby sonriendo.

—No importa —replicó Frankie en tono bondadoso—. Yo te pagaré la diferencia.

—Solo de pensarlo se revela mi indignación varonil —rechazó Bobby—. ¿Cómo puedo permitir que una dama me pague el billete?

—Pues en estos tiempos no se ve otra cosa —adujo Frankie.

—Yo mismo pagaré la diferencia —decidió Bobby heroicamente, en el momento en que una corpulenta figura vestida de azul aparecía en la puerta del corredor.

—Déjalo de mi cuenta —insistió la joven.

Dirigió una graciosa sonrisa al revisor, que se llevó la mano a la gorra antes de coger el trocito de cartón blanco que le entregaba para que lo perforase.

—El señor Jones acaba de entrar para hablar conmigo un momento —explicó—. Supongo que no tendrá importancia, ¿verdad?

—Si su señoría lo desea, por mi parte no hay inconveniente. Supongo que este caballero no permanecerá aquí mucho rato... No volveré a pasar hasta después de llegar a Bristol —dijo en tono significativo.

—Veo que con una sonrisa se logran muchas cosas —observó Bobby en cuanto se retiró el empleado.

Lady Frances Derwent negó con la cabeza, pensativa.

—No estoy muy segura de que haya sido la sonrisa. Me parece que se debe más a la costumbre de mi padre de dar a todo el mundo una propina de cinco chelines cuando viaja.

—Pensaba que ya habías abandonado Gales de modo definitivo.

—Ya sabes cómo van estas cosas, querido amigo —dijo Frances, suspirando—, y conoces también cómo son los padres pesados. Además, ten en cuenta el estado actual de los cuartos de baño, que no tengo nada que hacer ni nadie a quien ver, y que en la actualidad la gente ya no quiere ir a pasar temporadas al campo. Aducen que están ahorrando y que no pueden ir tan lejos. Y ahora, dime qué puede hacer una muchacha en estas condiciones.

Bobby asintió con la cabeza, comprendiendo con tristeza la magnitud del problema.

—Sin embargo —añadió Frankie—, después de la fiesta a la que asistí anoche, acabé diciéndome que ni siquiera mi casa podría ser peor.

—¿Qué pasó en la fiesta?

—¡Oh, nada! Fue más o menos como otra cualquiera. Había que empezar en el Savoy, a las 20.30 h. Algunos de nosotros llegamos a las 21.15 h y, como es natural, nos vimos mezclados con otras personas, pero hacia las 22 h pudimos librarnos de ellas. Luego cenamos y poco después fuimos al Marionette. Corría el rumor de que la policía haría una visita; pero nada, chico. Aquello estaba como para morirnos de aburrimiento. Bebimos un poco, luego fuimos al Bulltring; pero aún estaba peor. En vista de eso fuimos a un kiosco donde servían café y luego a una freiduría de pescado, y al final creímos que podríamos ir a desayunar a casa del tío de Angela, con la esperanza de darle una sorpresa. Pero no lo conseguimos. Tenía una cara de aburrido que tiraba para atrás. En fin, acabamos por irnos a casa. Sinceramente, Bobby, ¿crees que es suficiente?

—Me parece que no —respondió el joven ahogando la envidia que sentía, porque ni siquiera en sus momentos de mayor desvarío había soñado en ser un concurrente del Marionette o del Bulltring.

Su relación con Frankie era muy peculiar. Cuando eran pequeños, él y sus hermanos jugaban con los niños del castillo. Y ahora, ya crecidos, se veían muy poco, pero cuando coincidían continuaban llamándose por su nombre de pila. En las raras ocasiones en que Frankie estaba en su casa, Bobby y sus hermanos iban allí a jugar al tenis. Pero Frankie y sus dos hermanos no eran invitados a la vicaría porque todos reconocían tácitamente que eso no les parecía divertido. Por otra parte, en el castillo siempre se necesitaban jugadores de tenis masculinos. Quizá existiera cierta reserva entre uno y otro grupo, a pesar de que se llamaran por sus nombres de pila. Los Derwent se mostraban quizá un poco más cordiales de lo debido en su deseo de demostrar «que no hacían diferencias». Los Jones, por su parte, se conducían con cierta seriedad, como si estuvieran muy decididos a no solicitar una amistad más intensa de la que se les ofrecía. Las dos familias no tenían, pues, nada en común, a excepción de algunos recuerdos infantiles. Y, sin embargo, Bobby quería mucho a Frankie y le complacían mucho las contadas ocasiones en que el destino los ponía frente a frente.

—Estoy cansadísima de todo —se quejó Frankie con voz fatigada—. ¿Y tú?

—Me parece que no —contestó Bobby, después de reflexionar.

—¡Eso es estupendo, mi querido Bobby! —exclamó Frankie.

—No quiero dar a entender que aún me quedan muchas ilusiones —añadió Bobby, deseoso de no crear una impresión desagradable—. Me sacan de quicio esas personas que aún las conservan.

Frankie se estremeció al oír tal cosa y luego, en voz baja, dijo:

—Sí, ya lo sé. Son insufribles. Llegan a darme miedo.

Se miraron el uno al otro, comprendiéndose mutuamente.

—Oye —dijo Frankie, de pronto—: ¿sabes algo de ese hombre que cayó desde lo alto del acantilado?

—El doctor Thomas y yo lo descubrimos —contestó Bobby—. ¿Cómo te has enterado de eso, Frankie?

—Lo he visto en el periódico. Mira.

Y con el índice señaló un pequeño párrafo titulado: «Accidente fatal a causa de la niebla»:

La víctima de la tragedia de Marchbolt fue identificada anoche, ya a hora avanzada, gracias a una fotografía que llevaba, y que resultó ser la de la señora de Leo Cayman.

La señora Cayman fue informada inmediatamente del

hecho y, en el acto, se dirigió a Marchbolt, donde identificó al muerto, diciendo que era su hermano, Alex Pritchard. El señor Pritchard había regresado hacía poco tiempo de Siam. Permaneció diez años ausente de Inglaterra y había empezado un viaje de placer.

La vista de la causa se celebrará mañana, en Marchbolt.

Los pensamientos de Bobby viajaron hasta la extraña y perturbadora belleza de la mujer representada en aquella fotografía.

—Me parece —dijo— que me veré obligado a declarar en la vista.

—Eso es interesantísimo. Iré para oírte.

—Lo más probable es que no haya nada interesante con respecto a este asunto —contó Bobby—. Nosotros no hicimos nada más que descubrir a la víctima.

—¿Y estaba muerto?

—Entonces aún no. Murió un cuarto de hora más tarde. Yo estaba a solas con él —añadió.

—No debió de ser muy agradable —observó Frankie con la rápida comprensión de la que estaba desprovisto el padre de Bobby.

—¡Oh, él, por lo menos, no parecía sentir ningún dolor!

—¿No?

—Y, sin embargo..., es difícil de explicar, pero poseía una vitalidad extraordinaria... Era uno de esos hombres... Bueno, es un final muy desagradable.

—Te comprendo, Bobby: ¿Has visto ya a su hermana...?

—No. He pasado dos días en Londres. He ido a ver a un amigo mío, para hablar del negocio de un garaje que vamos a montar. Pero tú ya lo conoces. Es Badger Beadon.

—¿Sí?

—Claro que lo recuerdas. No tienes más remedio. Es bizco. Tiene un modo de reírse muy tonto —añadió Bobby. Y lo imitó, con objeto de despertar los recuerdos de su interlocutora, pero esta continuaba con las cejas arqueadas—. Cuando éramos niños se cayó de un poni, se quedó atascado cabeza abajo en un barrizal y tuvimos que sacarlo tirando de sus piernas.

—¡Ah, sí! —exclamó Frankie, recordando por fin—. Ya me acuerdo. Tartamudeaba, ¿verdad?

—Y sigue tartamudeando —contestó Bobby.

—Y me parece —añadió Frankie— que tenía una granja avícola en la que perdió mucho dinero.

—Es verdad.

—Luego fue a trabajar a casa de un agente de cambio, pero lo despidieron un mes después.

—Exacto.

—Más tarde lo enviaron a Australia y volvió, ¿no es verdad?

—En efecto.

—Vamos a ver, Bobby —dijo Frankie—, espero que no tengas pensado invertir ningún dinero en ese negocio, ¿verdad?

—No tengo ningún dinero que invertir —contestó el joven.

—Así me gusta.

—Como es natural —añadió él—, Badger ha buscado a alguien que tenga un pequeño capital que invertir en eso, pero no resulta tan fácil, como podrás suponer.

—Lo cierto es —comentó Frankie— que cuando uno

mira a su alrededor, llega a pensar que la gente, por regla general, no tiene sentido común, pero en eso se engaña.

La intención de aquellas palabras pareció ser comprendida al fin por el joven.

—Mira, Frankie —dijo al fin—. Badger es un muchacho excelente, lo mejor de lo mejor.

—Siempre lo son —contestó Frankie.

—¿Quiénes?

—Los que van a Australia y vuelven. ¿Y cómo ha conseguido el dinero para montar ese negocio?

—Murió una tía o pariente suya y le dejó un garaje para seis coches, con tres habitaciones encima. Luego, en su casa, le proporcionaron cien libras esterlinas para comprar coches de segunda mano. Te sorprendería ver qué gangas hay en ese negocio.

—Yo una vez compré un coche de segunda mano —contó Frankie— y hablar de este asunto me resulta muy penoso. Por lo tanto, dejaremos de tratar de él. Y tú, ¿por qué abandonaste la Marina? Supongo que te expulsaron.

—Fue por culpa de los ojos —contestó Bobby, sonrojándose y con acento gruñón.

—Ahora recuerdo que siempre los tuviste delicados.

—Sí, pero de un modo u otro, iba tirando. Luego no, ya puedes imaginártelo... Y al final me vi obligado a dejar el servicio.

—Es triste —murmuró Frankie, mirando por la ventanilla. Luego hubo una pausa elocuente.

—De todos modos, es una vergüenza —exclamó Bobby—, porque en realidad mis ojos no están mal y, desde luego, no empeorarán, según me han asegurado. Yo podría haber seguido sin ningún problema.

—Lo cierto es que tus ojos tienen muy buen aspecto. —Frankie le miró fijamente las pupilas de color castaño y de expresión sincera.

—En fin —repuso él—, ahora voy a asociarme con Badger.

Ella inclinó la cabeza para asentir. En aquel momento, un camarero abrió la portezuela y anunció:

—Primer turno.

—¿Vamos? —preguntó Frankie.

Y se dirigieron al vagón restaurante.

Bobby hizo una corta y estratégica retirada durante los momentos en que podía esperarse la reaparición del revisor.

—No hay que someterlo a grandes remordimientos de conciencia —dijo.

Pero Frankie observó que, según su opinión, los revisores no tenían mucha conciencia.

Poco después de las cinco llegaron a Sileham, que era la estación más cercana a Marchbolt.

—Me espera un automóvil —dijo ella—; de modo que, si quieres, te acerco.

—Gracias, eso me evitará las molestias de llevar ese trasto durante unos cuantos kilómetros. —Y dio un puntapié a su maleta.

—Son cinco kilómetros —apuntó Frankie.

—Dos, si se va por el sendero que atraviesa el campo de golf.

—¿El mismo en que...?

—Sí, pasa por el lugar donde cayó aquel hombre.

—Supongo que nadie lo haría caer de un empujón,

¿verdad? —preguntó ella mientras entregaba a su doncella el maletín que contenía sus objetos de tocador.

—No lo creo. ¡Qué barbaridad! ¿Por qué?

—¡Hombre...! Sería mucho más interesante, ¿no te parece? —preguntó sin dar importancia al asunto.

Capítulo 4

LA VISTA

La vista para averiguar las causas de la muerte de Alex Pritchard se celebró al día siguiente.

El doctor Thomas declaró acerca de su hallazgo del cadáver.

—Aún no estaba muerto, ¿verdad? —preguntó el juez.

—No, señor; aún respiraba. Sin embargo, ya no había ninguna esperanza.

Y luego, el doctor empezó a dar detalles técnicos. El juez acudió en auxilio del jurado, preguntando:

—Según cree usted, y usando un lenguaje vulgar, ese hombre tenía fracturada la columna vertebral.

—Sí, señor. En el supuesto de que quisiera usted expresarlo así —confirmó el doctor Thomas con tono triste.

Luego dio cuenta de cómo salió en busca de socorro, dejando al moribundo al cuidado de Bobby.

—Ahora díganos, doctor Thomas, cuál es a su juicio la causa de este desastre.

—Me atrevo a decir que con toda probabilidad (y ante

la carencia de datos que hay con respecto al estado mental del difunto) este, distraído, echó a andar por el borde del acantilado. Desde el mar se elevaría un poco de niebla, y en aquel punto preciso el sendero tuerce de un modo brusco tierra adentro. Tal vez a causa de la niebla, el difunto no advirtió el peligro y siguió andando en línea recta. En tal suposición, solo dos pasos pudieron originar la caída.

—¿Y no advirtió en su cuerpo ninguna señal de violencia que pudiera haberle causado otra persona?

—Solo puedo decir que las heridas y contusiones que se observaban en el cadáver quedaban perfectamente justificadas por el choque del cuerpo contra las rocas, quince o veinte metros más abajo.

—Aún queda la posibilidad de un suicidio.

—Desde luego, sería posible, pero yo no puedo afirmar con rotundidad si el difunto se tiró adrede o cayó por casualidad.

Luego llamaron a Robert Jones.

Bobby explicó que había estado jugando al golf con el doctor y que perdió de vista su pelota en dirección al mar. En aquel momento se elevó la bruma y le fue difícil encontrarla. Le pareció oír un grito e, inmediatamente, tuvo miedo de que su pelota hubiese podido dar un golpe a alguien que pasase por el sendero. Y se dijo que en ese caso no podía andar muy lejos.

—¿Y encontró usted la pelota?

—Sí, señor, a unos treinta metros del sendero.

Explicó cómo se había acercado al precipicio, pero el juez lo interrumpió, porque su declaración amenazaba con ser una repetición de lo que ya había manifestado el doctor.

No obstante, lo interrogó a fondo acerca del grito que había oído o había creído oír.

—Fue solo un grito.

—¿De alguien que pedía auxilio?

—No, señor. Un grito y nada más. Y, en realidad, no estaba seguro de haberlo oído.

—¿Era un grito semejante al que puede causar una sorpresa o un suceso inesperado?

—Algo por el estilo —contestó Bobby—. Como si, por ejemplo, una persona sintiera el golpe de una pelota.

—¿O bien como si alguien, al dar un paso, no encontrara tierra en que apoyarse y cayera al vacío?

—Sí, señor.

Y tras de haber dado cuenta de que aquel hombre murió cinco minutos después de que el doctor se marchara en busca de socorro, terminó el tormento de Bobby.

El fiscal estaba deseoso de hallar una explicación lógica al suceso. Luego llamó a la señora Cayman.

Bobby dio un respingo de desengaño. ¿Dónde estaba el rostro que vio en la fotografía caída del bolsillo de aquel hombre? Y muy disgustado se dijo que los fotógrafos pertenecían a la peor clase de embusteros. Con toda evidencia, la fotografía fue tomada algunos años atrás, pero, aun así, era difícil creer que aquella encantadora belleza, de hermosos ojos, pudiera haberse convertido en una mujer como la que estaba viendo, de aspecto decidido y casi masculino, cejas depiladas y cabellos teñidos. Y Bobby se dijo que el tiempo era algo espantoso. ¿Cómo sería Frankie, por ejemplo, dentro de veinte años? Solo al pensarlo sintió un estremecimiento.

Mientras tanto, Amelia Cayman, que vivía en el número 1 de St. Leonard's Gardens, Paddington, prestaba declaración. El muerto era su único hermano. Alexander Pritchard. Lo vio por última vez el día anterior a la tragedia, cuando le anunció su deseo de hacer una excursión a pie por Gales. Acababa de regresar de Oriente.

—¿Parecía estar contento y gozar de un estado mental satisfactorio?

—¡Oh, desde luego! Alex era un hombre de carácter alegre.

—Y a juzgar por lo que pudo usted advertir, ¿no tenía ninguna preocupación?

—Estoy segura de que no le preocupaba cosa alguna —contestó la señora Cayman—. Tenga usted en cuenta que acababa de regresar y que yo había pasado diez años sin verlo. Me llevó a almorzar y al teatro en Londres, y hasta me hizo uno o dos regalos. Creo, por consiguiente, que no andaba escaso de dinero, y además, lo vi tan alegre y contento que, sin duda alguna, no tenía la menor preocupación.

—¿Y qué profesión era la de su hermano, señora Cayman?

La interrogada oyó aquella pregunta con cierto embarazo.

—En realidad, no lo sé exactamente. Él solía referirse a este particular diciendo que buscaba minas. Lo cierto es que pasaba muy pocas temporadas en Inglaterra.

—¿Y no conoce usted ninguna razón que pudiera inducirlo a quitarse la vida?

—¡Oh, no! No podría creer que hubiera sido capaz de tal cosa. Sin duda, ha sido un accidente.

—¿Y cómo explica usted el hecho de que su hermano no llevara equipaje consigo, ni siquiera una pequeña mochila donde poner lo indispensable?

—No le gustaba ir cargado. Solía valerse del correo; expedía un paquete cada dos días. El anterior a su salida, envió un paquete con todo cuanto necesitaba para dormir, sin olvidar un par de calcetines, pero esta vez lo expidió a Derbyshire y no a Denbighshire, de modo que llegó hoy.

—¡Ah! Esto pone en claro un detalle muy curioso.

La señora Cayman continuó explicando cómo contactaron con ella gracias al nombre de los fotógrafos que figuraba en el retrato que llevaba su hermano. Acompañada por su marido, se dirigió inmediatamente a Marchbolt y, en el acto, reconoció el cadáver de su hermano.

Y al pronunciar las últimas palabras suspiró profundamente y se echó a llorar.

El juez le dirigió algunas frases de consuelo y le dio permiso para retirarse. Luego se volvió hacia el jurado, cuya misión consistía en pronunciarse acerca de cómo aquel hombre halló la muerte. Por fortuna, el asunto parecía muy sencillo. No había la menor indicación de que el señor Pritchard estuviera preocupado o deprimido, o de que algo en su estado mental lo indujese a suicidarse. Por el contrario, gozaba de buena salud, estaba animoso y esperaba divertirse mucho con su excursión. Mas, por desgracia, pasó por aquel peligroso sendero al borde del acantilado en el momento en que se levantaba la niebla del mar. Y es posible que muriera por esta causa. Así el jurado llegó a una pronta decisión y manifestó su opinión de que debía hacerse algo para eliminar aquel peligro.

«Creemos que el difunto encontró la muerte por un desgraciado accidente y deseamos añadir que, en nuestra opinión, el ayuntamiento debe hacer inmediatamente lo necesario para que se proteja aquel lugar peligroso con una valla o parapeto, a fin de evitar nuevos accidentes.»

El juez manifestó su aprobación. Había terminado la vista.

Capítulo 5

EL SEÑOR Y LA SEÑORA CAYMAN

A su regreso a la vicaría, media hora más tarde, Bobby pudo darse cuenta de que su relación con la muerte de Alex Pritchard aún no había terminado. Le informaron de que el señor y la señora Cayman habían llegado allí para visitarlo y que en aquel momento se hallaban en el estudio de su padre.

Bobby se dirigió allí y encontró, efectivamente, a su padre, que, con la mayor gravedad, sostenía una conversación en un tono apropiado al caso y sin que al parecer eso le resultara muy divertido.

—¡Ah! —exclamó manifestando algún alivio—. Aquí está Bobby.

El señor Cayman se puso en pie y se dirigió al joven con la mano extendida. Era un hombre alto, de aspecto lozano y de maneras cordiales, aun cuando su mirada huidiza y fría contradecía la primera impresión.

En cuanto a ella, si bien podía ser considerada atractiva de un modo algo vulgar, nada o casi nada se parecía ya a aquel retrato de sí misma, y ni siquiera conservaba la triste expresión tan notable en el retrato. Y Bobby se dijo que, si ella no hubiese reconocido su propia fotografía, tal vez nadie la habría identificado.

—He venido con mi esposa —dijo el señor Cayman, estrechando la mano de Bobby, casi de un modo doloroso—. No he tenido más remedio que sostenerla en este trance, como se comprende. Amelia está trastornada. —La señora Cayman dio un suspiro—. Hemos venido a verlo a usted porque el pobre hermano de mi mujer murió, en realidad, en sus brazos, y, como es natural, ella desea saber todo lo que usted pueda decirle acerca de los últimos momentos de su vida.

—¡Oh, es comprensible! —exclamó Bobby, sin saber qué contestar—. Es muy natural.

Sonrió nervioso y notó el suspiro de su padre, con el cual quería expresar su resignación cristiana.

—¡Pobre Alex! —exclamó la señora Cayman, secándose los ojos—. ¡Pobre Alex!

—Sí, es espantoso —dijo Bobby—. Muy doloroso. Y se volvió, inquieto, sobre la silla.

—Ya comprenderá usted —añadió la señora Cayman, mirando a Bobby, esperanzada—, que si pronunció algunas palabras o le transmitió algún mensaje..., yo deseo conocerlo.

—¡Oh, desde luego! —asintió Bobby—. Pero lo cierto es que no dijo nada.

—¿Nada en absoluto? —preguntó la señora Cayman, incrédula y como si sufriera un gran desengaño.

—No, señora... Bueno, en realidad, nada —contestó Bobby, casi en son de disculpa.

—Así es mejor —opinó el señor Cayman—. Morir sin conocimiento y sin dolor... En el fondo es una bendición del cielo, Amelia.

—Lo comprendo —contestó su esposa—. ¿Y cree usted que el pobrecito no sufría?

—Estoy seguro de que no —dijo Bobby, en tanto que la señora Cayman daba un profundo suspiro.

—Bueno, por lo menos eso le hemos de agradecer a Dios. Tuve la esperanza de que hubiese querido confiarle a usted algún mensaje, pero comprendo que es mejor así. ¡Pobre Alex! ¡Un hombre tan bueno y tan amigo de vivir al aire libre...!

—Sí, ya lo noté —contestó Bobby, recordando el tono bronceado y los azules ojos del muerto.

Alex Pritchard tenía una personalidad atractiva, incluso estando tan cerca de la muerte. Y parecía raro que fuese hermano de la señora Cayman y cuñado del señor Cayman. Bobby se dijo que sin duda merecía algo mejor.

—Bien. Se lo agradecemos mucho —exclamó la señora Cayman.

—¡Oh, no vale la pena! —contestó Bobby—. Bueno... yo no podía hacer otra cosa... Quiero decir... —balbució sin saber qué contestar.

—No lo olvidaremos —aseguró el señor Cayman.

Y Bobby tuvo que sufrir una vez más aquel enérgico apretón de manos.

En cambio, ella le entregó la suya, lisa y floja. El padre del joven se despidió a su vez y Bobby acompañó a los visitantes hasta la puerta principal.

—Y usted ¿a qué se dedica, joven? —preguntó Cayman—. ¿Está en casa por vacaciones o algo por el estilo?

—No, señor. Empleo casi todo mi tiempo en la búsqueda de trabajo —contestó Bobby. Hizo una pausa y añadió—: Antes estuve en la Marina.

—Estamos viviendo tiempos difíciles —contestó el señor Cayman, negando con la cabeza—. Bien, le deseo mucha suerte.

—Muchas gracias —contestó Bobby, cortés.

Observó cómo se alejaban por la avenida cubierta de malas hierbas, y mientras estaba allí, de pie, se quedó pensativo. Por su mente cruzaron varias ideas caóticas, reflexiones confusas. La fotografía... Aquel rostro de muchacha de bellos ojos y cabello suave que le enmarcaba el rostro... Y diez o quince años después, la señora Cayman iba maquillada a más no poder y llevaba las cejas depiladas; los ojos, antes tan bellos, hundidos en la carne hasta adquirir el aspecto de ojos de cerdo, y además su cabello estaba teñido de un tono que resultaba violento. Habían desaparecido ya todas las huellas de la juventud y de la inocencia.

¡Qué lástima! Aunque tal vez fuese el resultado de haberse casado con un hombre como el señor Cayman. De haber tenido otro marido quizá habría envejecido con más gracia. Un toque gris en su cabello; los ojos, aún hermosos, podrían asomarse para mirar desde un rostro pálido y distinguido. Pero, de todos modos...

Bobby sonrió y asintió con la cabeza.

—Esto es lo peor del matrimonio —murmuró con triste acento.

—¿Qué estás diciendo?

Bobby despertó de su ensimismamiento y vio a Frankie, a la que no había sentido acercarse.

—¡Hola! —exclamó.

—Hola. ¿A qué matrimonio te refieres? ¿De quiénes?

—Hacía una observación de orden general —contestó el joven.

41

—¿Y referente a qué?

—A los efectos devastadores del matrimonio.

—¿Y quién resulta devastado?

Bobby se lo explicó, pero pudo observar que Frankie no estaba de acuerdo con él.

—No digas tonterías. Esa mujer se parece extraordinariamente a su retrato.

—¿Y cuándo la has visto? ¿En la vista?

—Por descontado, asistí a la vista. ¿Qué pensabas? Aquí no hay ninguna diversión y cuando se celebra una vista se puede aceptar como un regalo de los dioses. Nunca había asistido a otra, de modo que me ha interesado muchísimo. Claro está que habría sido mejor todavía si se hubiese tratado de un caso de envenenamiento, con el informe de los químicos y todo lo demás... Pero no se debe ser demasiado exigente en los asuntos en que intervienen esos campesinos. Esperé a que, al fin, surgiese la sospecha de que se había cometido algún crimen; mas, por desgracia, parece que en todo el asunto no ha ocurrido nada en particular.

—Observo, Frankie, que tienes instintos sanguinarios...

—Ya lo sé. Probablemente es atávico..., ¿lo digo bien? Nunca he estado segura. ¿No te parece? Con toda probabilidad sufro la influencia del atavismo. Y recuerda que en la escuela me apodaban Cara de Mico.

—¿Les gustan los crímenes a los micos? —preguntó Bobby.

—Ahora me pareces una carta en el periódico del domingo —contestó Frankie—. «Se solicita la opinión de nuestros corresponsales acerca de este asunto.»

—Bueno... —dijo Bobby, volviendo al asunto principal—. No estoy de acuerdo contigo acerca de esa señora Cayman. Por su retrato parecía una mujer muy guapa, pero ahora... ya...

—Estaría retocado y nada más —replicó Frankie.

—Pues si estaba retocado, lo fue de tal manera que nadie habría sido capaz de reconocerla.

—Porque estás ciego —repuso Frankie—. El fotógrafo hizo todo lo que le permitía su arte, pero el resultado no fue muy agradable.

—No estoy de acuerdo contigo —disintió Bobby—. Además, ¿dónde viste ese retrato?

—En el periódico local, *Evening Echo*.

—Sin duda lo reprodujeron muy mal.

—Creo que estás chiflado —le dijo Frankie, enojada—. Por una bruja pintada..., ¡sí, he dicho bruja...!, como esa Cayman...

—Me sorprende mucho oírte, Frankie —repuso el muchacho—. Y más aún que hables de ese modo, casi a la puerta de la vicaría. Este es un terreno que podría llamarse sagrado.

—Pues tú no deberías haber sido tan ridículo.

Hubo una pausa, y casi enseguida, Frankie se calmó.

—Lo ridículo —añadió— es disputar acerca de esa maldita mujer. He venido a invitarte a una partida de golf. ¿Qué te parece?

—De acuerdo —contestó Bobby muy contento.

Salieron juntos, hablando cordialmente y refiriéndose a los diversos incidentes del juego.

Olvidaron por completo la reciente tragedia, hasta que de pronto Bobby profirió una exclamación.

—¿Qué pasa?

—Nada. Que acabo de recordar una cosa.

—¿El qué?

—Pues que esa gente, me refiero a los Cayman, han venido con objeto de averiguar si aquel pobre hombre dijo algo antes de morir y yo les he contestado negativamente: que no dijo nada.

—¿Y?

—Y ahora recuerdo que, en efecto, sí dijo algo.

—Observo que no estás en una de tus mañanas más brillantes.

—Has de tener en cuenta que las palabras pronunciadas por ese hombre no hicieron ninguna referencia a lo que ellos deseaban oír. Es probable que no las recuerde por ese motivo.

—¿Qué dijo? —preguntó Frankie, curiosa.

—Pues: «¿Por qué no le preguntan a Evans?».

—Es una frase curiosa. ¿Nada más?

—No. Se limitó a abrir los ojos, pronunció estas palabras cuando menos podía sospechar que iba a hablar y luego el pobre hombre se murió.

—Bueno —dijo Frankie, después de una breve reflexión—. Creo que no hay necesidad de que te preocupes. Eso no tiene ninguna importancia.

—¡Claro está que no! Sin embargo, quisiera haberlo mencionado. Ten en cuenta que, según les he contado, el pobre hombre no alcanzó a pronunciar una sola palabra antes de morir.

—En resumen, viene a ser lo mismo —dijo Frankie—. Más o menos es como si yo te dijera: «Dile a Gladys que siempre la he querido», lo cual no tendría ninguna importancia. Pero si, en cambio, exclamara: «El testamento se encuentra en el buró de nogal», la cosa

44

variaría en extremo. También (y, en este caso, el asunto volvería a carecer de importancia) podría pronunciar las típicas últimas palabras románticas que aparecen en los libros.

—De modo que, según tu opinión, no hay necesidad de que les escriba acerca de eso, ¿verdad?

—Yo en tu lugar no me tomaría ese trabajo. Eso carece de importancia.

—Creo que tienes razón —convino Bobby.

Y con nuevo rigor dedicó toda su atención al juego. Pero el asunto no se borró por completo de su mente. Era algo de poca importancia, y sin embargo le causaba cierta molestia y se sentía algo inquieto. El punto de vista de Frankie era probablemente acertado y ese recuerdo no tenía mayor relevancia. Podía olvidarlo. Mas su conciencia continuaba dirigiéndole débiles reproches. Él había manifestado que el difunto no había dicho nada y eso no era cierto. Todo aquello era trivial y absurdo, pero se sentía un poco molesto por su causa.

Por último, aquella noche, y obedeciendo a un impulso repentino, se sentó y escribió al señor Cayman:

> *Muy señor mío:*
>
> *Acabo de recordar que su cuñado dijo algo antes de morir. Creo que las palabras exactas fueron las que siguen: «¿Por qué no le preguntan a Evans?». Le pido disculpas por no habérselo dicho esta mañana, pero en el momento de oírlas, no atribuí ninguna importancia a esas palabras, y tal vez por esta causa las olvidé.*
>
> *Suyo afectísimo,*
>
> *Robert Jones*

Al día siguiente, recibió una respuesta:

Querido señor Jones:

Tengo a la vista su carta del 6. Muchas gracias por haberme comunicado, con toda exactitud, las últimas palabras de mi pobre cuñado, a pesar de que no tienen ninguna importancia.

Lo que esperaba mi esposa era que su hermano hubiera podido comunicarle un último mensaje. Le repito mi gratitud por su atención.

Suyo afectísimo,

Leo Cayman

Bobby pensó que había hecho el tonto.

Capítulo 6

FINAL DE UNA MERIENDA

Al día siguiente, Bobby recibió una carta de naturaleza muy diferente.

Ya está decidido, muchacho —escribía Badger, con una muy mala letra, que no dejaba demasiado bien a la escuela privada, muy cara, en la que se educó—. Ayer adquirí cinco coches, por cinco libras en total: un Austin, dos Morris y un par de Rovers. En la actualidad, no hay ninguno que funcione, pero creo que podremos arreglarlos bien. Ten en cuenta que, al fin y al cabo, un coche es un coche. Siempre y cuando sea capaz de llevar al comprador hasta su casa, sin quedarse despedazado por el camino, no se puede pedir más. He pensado en abrir el garaje el lunes de la semana próxima y cuento contigo. Supongo que no me dejarás en la estacada, ¿verdad? Debo añadir que la vieja tía Carrie era una buena mujer. Una vez rompí la ventana de un vecino suyo que se portó muy mal con ella con respecto a sus gatos y la buena mujer nunca lo olvidó. A partir de entonces, cada Navidad me mandaba cinco libras y ahora me ha dejado todo su dinero.

No tenemos más remedio que alcanzar el éxito. El negocio

no puede fallar. Quiero decir que, en resumidas cuentas, un coche es un coche. Puedes comprarlo por nada. Luego lo pintas un poco y eso es lo único que ve el idiota del comprador. Después se procura que marche unos metros y listo. No te olvides. El lunes de la semana próxima. Cuento contigo.

Tu amigo,

Badger

Bobby informó a su padre de que el lunes de la siguiente semana se iría a la ciudad para empezar a trabajar. La descripción del trabajo no consiguió entusiasmar al vicario. Debe añadirse que ya había tenido ocasión de tratar a Badger Beadon. Se limitó, pues, a dirigir un sermón a su hijo acerca de la conveniencia de estar preparado para todo lo que pudiera suceder. Y como no era ninguna autoridad en asuntos financieros o comerciales, aquel consejo fue técnicamente muy vago, aunque su significado resultara inconfundible.

El miércoles de aquella semana, Bobby recibió otra carta. La escritura tenía aspecto extranjero y el contenido pareció muy sorprendente al joven.

Procedía de la casa Henríquez y Dallo, de Buenos Aires, y para dar cuenta de ella de un modo conciso, diremos que ofrecía a Bobby un trabajo en la casa, con el salario de mil libras al año.

Durante uno o dos minutos, el joven pensó que estaba soñando; ¡mil libras al año! Leyó la carta con mayor cuidado. Se mencionaba en ella el hecho de que se prefería a un hombre que hubiese servido en la Marina; se indicaba que alguien, sin precisar quién, había mencionado el nombre de Bobby, y luego que la respuesta debía ser inmediata. También que Bobby tendría que prepararse para emprender el viaje a Buenos Aires al cabo de una semana.

—Bueno, que me maten si lo entiendo —dijo Bobby, manifestando sus sentimientos de un modo muy poco afortunado.

—¡Bobby!

—¡Disculpa, papá! No recordaba que estuvieras aquí.

El señor Jones carraspeó y dijo con lentitud:

—Quisiera darte a entender...

Bobby comprendió que aquel proceso, habitualmente largo, habría de evitarse a toda costa. Y lo consiguió con una simple frase:

—Alguien me ofrece mil libras al año.

El vicario se quedó con la boca abierta y, por el momento, incapaz de hacer ningún comentario.

«Eso lo ha dejado fuera de combate», pensó Bobby satisfecho.

—Vamos a ver, mi querido Bobby, ¿te he entendido bien? Dices que alguien te ofrece mil libras al año. ¿Mil libras?

—Como lo oyes, papá —contestó el joven.

—Es imposible —repuso el vicario.

A Bobby no le molestó aquella sincera incredulidad. Su propia estimación del valor monetario no era muy distinta de la de su padre.

—No cabe duda, ¡están locos de atar! —exclamó—. Y ¿quiénes... quiénes son esos individuos?

Bobby le entregó la carta y el vicario, mientras buscaba sus gafas, la observó. Luego la leyó dos veces.

—Es muy notable —dijo al fin—. Notabilísimo.

—Están locos —añadió Bobby.

—¡Ah, hijo mío! —contestó el vicario—. En resumidas cuentas, ser inglés es algo grande. ¡Honradez! Esta es nuestra cualidad principal. La Marina ha difundido este ideal por todo el mundo. ¡La palabra de un inglés! Esta firma sudamericana comprende el valor de un joven cuya honradez sea inquebrantable y en cuya fidelidad podrán confiar sus jefes. Siempre se puede estar seguro de que un inglés cumplirá con su deber.

—Y no se desviará de su camino —remató Bobby.

El vicario miró a su hijo, receloso, porque le pareció advertir en su tono algo que carecía de sinceridad. Mas, al parecer, el muchacho había hablado muy seriamente.

—Pero sea como fuere, papá, ¿por qué me habrán elegido a mí?

—¿Qué quieres decir con eso?

—Pues que hay muchos ingleses en Inglaterra. Gente de excelentes cualidades. ¿Por qué, pues, me han elegido a mí?

—Es muy posible que te haya recomendado el oficial de Marina a cuyas órdenes estabas.

—Sí, supongo que habrá ocurrido eso —sopesó Bobby vacilando—. Pero, en fin, poco importa, porque no puedo aceptar ese empleo.

—¿Que no puedes aceptarlo? ¿Qué quieres decir, hijo mío?

—Pues es muy sencillo, que ya estoy comprometido con Badger.

—¿Badger? ¿Badger Beadon? No digas tonterías, hijo. Esta carta es un asunto serio.

—Sí, comprendo que es difícil rechazar una oportunidad así —asintió Bobby dando un suspiro.

—Todo convenio que hayas celebrado con Badger no

puede contar en este momento. En realidad, es un asunto infantil.

—Pues yo no puedo dejarlo tirado así como así.

—El joven Beadon es un muchacho irresponsable. Según me han dicho, ha sido una fuente frecuente de disgustos para sus padres.

—Porque no ha tenido suerte. Es demasiado confiado.

—¿Suerte? Tengo la seguridad de que ese muchacho no ha trabajado nunca en su vida.

—No digas tonterías, papá. Me acuerdo de cuando se levantaba a las cinco de la mañana para dar de comer a las malditas gallinas. Y la culpa de que todas pillaran la viruela, el cólera o lo que fuese no fue suya.

—Nunca me pareció bien su proyecto de abrir un garaje. Es una locura. Y es necesario que tú lo abandones.

—No puedo, papá. Se lo he prometido. No puedo dejar a Badger en la estacada. Además, cuenta conmigo.

Continuó la discusión y el vicario, influido por los prejuicios que le inspiraba Badger, no quería convencerse de que las promesas y convenios celebrados por su hijo con aquel muchacho tuviesen la menor importancia, ni le impusieran ninguna obligación. Creyó que estaba dispuesto a llevar una vida ociosa en compañía de uno de los tipos menos indicados que pudiese haber encontrado. Pero Bobby, por su parte, seguía repitiendo con la mayor firmeza que no podía dejar a Badger en la estacada.

Por último, el vicario salió encolerizado de la estancia y entonces Bobby se sentó para escribir una carta a Henríquez y Dallo, a fin de rechazar su ofrecimiento.

Dio un suspiro al terminar. Despreciaba una oportunidad que no volvería a presentarse, pero no vio otra alternativa posible.

Más tarde, y cuando estaba de nuevo jugando al golf, le planteó el problema a Frankie. Ella lo escuchó con la mayor atención.

—¿Y tendrías que marcharte a Sudamérica?

—Sí.

—¿Y crees que te gustaría?

—¿Por qué no?

Frankie dio un suspiro y luego, decidida, replicó:

—Sea como fuere, creo que has hecho bien.

—¿Te refieres a Badger?

—Sí.

—Comprenderás que no podía dejarlo así como así, no podía fallarle.

—No, pero ten mucho cuidado de que él, por su parte, no te meta en un compromiso o te deje en la estacada.

—¡Oh! Lo tendré. Por otra parte, no puede ocurrirme nada porque yo no poseo capital.

—Eso debe de ser muy divertido.

—¿Por qué?

—No lo sé. Me suena a algo agradable, libre e irresponsable. Y si lo pienso bien, me doy cuenta de que tampoco yo tengo dinero. Claro está que papá me pasa una pensión y que tengo varias casas donde vivir, trajes, criadas, unas joyas de familia horribles y un crédito ilimitado en las tiendas. Pero en realidad, todo eso pertenece a la familia y no es mío.

—Cierto, pero de todos modos... —Y Bobby se interrumpió.

—Sí, ya comprendo que es algo diferente.

—En efecto —convino él—. Muy diferente.

Y se sintió en extremo deprimido. Ambos avanzaban en silencio, en busca de las pelotas.

—Mañana por la mañana me marcho a la ciudad – dijo Frankie, mientras Bobby se disponía a dar un golpe a la pelota.

—¿Mañana? ¡Caramba! Lo siento, porque iba a invitarte a merendar.

—Me habría gustado mucho, pero ya está decidido. Ten en cuenta que a mi padre le ha dado un nuevo ataque de gota.

—Deberías quedarte a cuidarlo —insinuó Bobby.

—No quiere que lo cuide yo. Eso le molesta mucho. Prefiere al criado. Es un muchacho muy servicial y no tiene inconveniente en que le tire los trastos a la cabeza y lo llame idiota. De todos modos —añadió la joven—, podríamos divertirnos un poco en Londres. ¿Irás pronto?

—El lunes, pero el caso es que...

—¿Qué ocurre?

—Pues que pasaré la mayor parte del tiempo trabajando como mecánico y, por consiguiente...

—Aun así —insistió ella—, supongo que serás capaz de asistir a un cóctel y tomar tantos como cualquiera de mis amigos.

Bobby se limitó a negar con la cabeza.

—Bueno, pues, si lo prefieres, haré una fiesta de cerveza y salchichas —sugirió ella, deseosa de complacerlo.

—Oye, Frankie, eso no serviría de nada. Y no obtendrás ninguna ventaja de mezclar a personas de distinta condición. Tus amigos y yo somos muy diferentes.

—Te aseguro —le dijo Frankie— que entre mis amigos hay personas muy distintas entre sí.

—Ahora te esfuerzas en no comprenderme.

—Si quieres, podrás llevar a Badger. Por lo menos tendrás así un buen amigo en él.

—Ya veo que sientes prejuicios contra Badger.

—Quizá se deba a que es tartamudo. Cuando estoy delante de uno de ellos, empiezo a tartamudear también.

—Mira, Frankie, es inútil y tú lo sabes. Aquí no hay nada que decir. Hay pocas diversiones y supongo que yo seré mejor que nada. Siempre, desde luego, te has portado muy bien conmigo y debo agradecértelo. En efecto, te lo agradezco, pero sé muy bien que soy un don nadie y que...

—Cuando hayas terminado de expresar tu complejo de inferioridad —le cortó Frankie con frialdad—, tal vez me hagas el favor de seguir jugando y de hacerlo un poco mejor que hasta ahora.

—Bueno, perdona —contestó él, sonrojándose.

A partir de entonces, siguieron jugando y, en cuanto hubieron terminado la partida, los dos se dirigieron al pabellón del club. Una vez allí, Frankie extendió la mano y exclamó:

—Bueno, adiós, querido amigo. Me ha parecido muy agradable disfrutar de tu compañía durante mi estancia aquí. Y cuando no tenga nada mejor que hacer, procuraré verte.

—Oye, Frankie...

—Quizá consentirás en asistir a alguna de mis fiestas. En Woolworth encontrarás unos botones de perlas muy baratos.

—Frankie...

Pero sus palabras fueron ahogadas por el ruido del motor del Bentley que ella acababa de poner en marcha. Y se alejó agitando la mano.

—¡Maldición! —exclamó Bobby, enojado consigo mismo. Pero se dijo que Frankie se había portado de un modo imperdonable. Quizá él no consiguiera expresar la situación con el debido tacto, pero con toda seguridad las cosas que había dicho eran ciertas a más no poder. Sin embargo, tal vez no hubiera debido decirlas.

Los tres días siguientes le parecieron interminables. El vicario se quedó ronco y apenas hablaba en voz baja, cuando lo hacía. Observaba largos ratos de silencio y, de buen seguro, soportaba la presencia de su cuarto hijo con la debida paciencia cristiana. Una o dos veces citó a Shakespeare sobre el efecto del afilado diente de una serpiente.

El sábado, Bobby comprendió que ya no podía soportar más la tensión reinante en su casa. Fue en busca de la señora Roberts, que junto con su marido cuidaba de la vicaría, para que le diese un paquete de emparedados, y en Marchbolt compró una botella de cerveza. Provisto de esas cosas, se fue a almorzar solo. Durante los últimos días echó de menos la presencia de Frankie. La gente vieja estaba imposible y mostraba una incomprensión absoluta de todo.

Bobby se tendió en el suelo, al lado de unas matas, y deliberó consigo mismo acerca de si comería primero, para dormir después, o se entregaría antes al sueño, para comer al despertar. Y mientras estaba reflexionando acerca del asunto, este quedó resuelto sin elección por su parte, porque se quedó dormido sin notarlo.

Despertó hacia las tres y media. Bobby sonrió al pensar que su padre juzgaría muy mal aquella manera de pasar el día. Un buen paseo por la comarca. Dieciocho kilómetros más o menos, eso era lo que debía hacer un muchacho sano y fuerte. Y eso llevaba de un modo inevitable a la famosa observación: «Me parece que ahora me he ganado la comida».

«Es idiota —pensó Bobby—. ¿Por qué ganarse la comida con un largo paseo innecesario? ¿Qué mérito hay en él? Si resulta agradable, se pasea por gusto, pero, en caso contrario, el que hace ese recorrido demuestra ser un estúpido.»

Luego se arrojó sobre el almuerzo, que no se había ganado, y se lo comió con el mayor gusto. Dando un suspiro de satisfacción, destapó la botella de cerveza. Era muy amarga, pero le pareció refrescante...

Volvió a tenderse, después de haber arrojado la botella vacía a un brezal.

Estaba tendido muy a gusto. El mundo se hallaba a sus pies. Era una frase, pero muy buena. En caso de intentarlo, podría hacer lo que quisiera. Y cruzaron su mente varios planes atrevidos, que le prometían extraordinario esplendor.

Luego volvió a sentir sueño y el letargo se apoderó de él. Durmió.

Un sueño pesado, como de plomo...

Capítulo 7

Salvado de milagro

Mientras guiaba su Bentley, verde y muy grande, Frankie se detuvo junto a la acera delante de una casa de antiguo estilo, sobre cuya puerta se veía la inscripción: St. Asaph's.

Se apeó y sacó un gran ramo de lilas del asiento trasero. Luego llamó a la puerta. Apareció una mujer vestida de enfermera.

—¿Podría ver al señor Jones? —preguntó Frankie.

Los ojos de la enfermera se fijaron en el Bentley, en las lilas y en Frankie, a la que dedicó el mayor interés.

—¿A quién debo anunciar?

—Lady Frances Derwent.

La enfermera sintió cierta emoción y, al mismo tiempo, su enfermo le pareció más respetable. Guio a Frankie escaleras arriba, hasta una modesta y muy limpia habitación del primer piso.

—Tiene usted visita, señor Jones. ¿A que no adivina usted quién es? Una sorpresa agradable.

Pronunció estas palabras en el tono cordial que suelen emplear todas las enfermeras.

—¡Hola, Bobby! Te he traído flores, como siempre. Recuerdan un poco al cementerio, pero no había otras para escoger.

—¡Oh, lady Frances! —exclamó la enfermera—. Son muy bonitas. Voy a ponerlas en agua.

Y salió de la estancia.

Frankie tomó asiento en la silla destinada a las visitas. Luego dijo:

—Bueno, Bobby, ¿qué ha sido?

—Ya puedes preguntarlo —contestó Bobby—. Soy el enfermo más sensacional de la casa. Ocho gramos de morfina. Ni más ni menos. Van a escribir un artículo acerca de mí en el *Lancet* y en el *BMJ*.

—¿Y qué es el *BMJ*? —preguntó Frankie.

—El *British Medical Journal*.

—Bueno, adelante. Dime otras siglas.

—Pero ¿tú sabes, pequeña, que medio gramo de morfina es ya una dosis mortal? Por consiguiente, debería haberme muerto dieciséis veces. Es cierto que ha habido casos de supervivencia tras dieciséis gramos. Sin embargo, ocho ya es una ración más que correcta. ¿No te parece? Soy el héroe del lugar. Nunca habían tenido un caso como el mío.

—Debe de ser muy agradable para ellos.

—¿Verdad que sí? Les he dado motivos para que hablen del asunto con los demás enfermos.

Entró la enfermera, después de haber dispuesto las lilas en varios jarros.

—¿No es verdad, enfermera? —preguntó Bobby—. ¿No es cierto que no ha tenido usted nunca un caso como el mío?

—¡Oh! Usted no debería estar aquí —contestó ella—,

sino en el cementerio. Pero dicen que solo se mueren los buenos muchachos.

Y riéndose de aquella broma, volvió a salir.

—Ya ves —dijo Bobby—, voy a ser famoso en toda Inglaterra. —Y continuó hablando. No quedaba ni rastro de cualquier señal de complejo de inferioridad que hubiese mostrado en su último encuentro con Frankie. Y sentía un placer, firme y egoísta, en referir todos los detalles del caso.

—Bueno, basta —le dijo Frankie—. Ya puedes imaginarte que los lavados de estómago no me inspiran una simpatía arrebatadora. Cualquiera que te oyese, podría creer que eres el primero que ha sido envenenado.

—Muy pocos de los que fueron envenenados con ocho gramos de morfina pudieron contarlo —replicó Bobby—. Me molesta ver que la noticia no te ha impresionado lo suficiente.

—Supongo que este asunto habrá sido muy desagradable para los envenenadores —observó Frankie.

—¡Claro está! Han malgastado una cantidad de morfina excesiva.

—Y estaba en la cerveza, ¿verdad?

—Sí. Al parecer alguien me encontró dormido, como si estuviese muerto; trató de despertarme y no lo consiguió. Entonces se alarmó, me llevó a una granja y avisó al médico.

—Conozco con detalle el capítulo segundo —se apresuró a contestar Frankie.

—Al principio, sospecharon que me había envenenado intencionadamente, pero al oír mi historia, salieron en busca del botellín de cerveza. Lo encontraron donde lo tiré y analizaron el contenido, porque las gotas que aún quedaban bastaron para eso.

—¿Y no hay indicio de cómo fue a parar la morfina al botellín?

—Ninguno. Interrogaron a los dueños de la tienda donde compré la cerveza, abrieron otras y no encontraron nada raro en ninguna de ellas.

—¿Y no pudo ser que alguien pusiera el veneno en el botellín mientras estabas dormido?

—Es posible. Ahora recuerdo que el precinto del papel que rodeaba el corcho no estaba bien pegado.

—Bueno —dijo Frankie, pensativa—. Eso demuestra cuán cierto es lo que dije aquel día en el tren.

—¿Y qué dijiste?

—Que ese hombre, Pritchard, murió asesinado, porque alguien lo empujó para que se cayera desde lo alto del acantilado.

—Eso no fue en el tren, sino en la estación —replicó Bobby.

—Da igual.

—Pero ¿por qué?

—Mira, Bobby, es evidente. ¿Por qué, si no, querían quitarte de en medio? Supongo que no eres heredero de ninguna fortuna, ni de cosa que lo valga.

—Tal vez sí. Es muy posible que alguna tía abuela de Nueva Zelanda o de otra parte cualquiera, y de la cual no he oído hablar en mi vida, me haya dejado todo su dinero.

—No digas tonterías. No sin conocerte. Y si no te conocía, ¿por qué iba a dejar su dinero al cuarto hijo de un pariente? Ten en cuenta que en los duros tiempos que vivimos, un clérigo quizá no llegue a tener cuatro hijos. No, está muy claro. Y como nadie se beneficiaría de tu muerte, no hay que pensar en eso. Por lo tanto, hay que pensar en la venganza. ¿No habrás seducido, por casualidad, a la hija de un honrado farmacéutico?

—No, o, al menos, no lo recuerdo —contestó Bobby, con la mayor dignidad.

—Ya lo sé. Cuando se es tan seductor como tú, ya no es posible llevar la cuenta. Pero, en fin, me atrevería a asegurar que nunca has seducido a nadie.

—Oye, Frankie, vas a lograr que me sonroje. Y ¿por qué precisamente habría de tratarse de la hija de un farmacéutico?

—Ten en cuenta que su padre dispondría de la cantidad de morfina que ella pudiera necesitar. Ya sabes cuán difícil es obtener cierta cantidad de ese veneno.

—Bueno, pues, si eso ha de servir para aclarar el asunto, puedo asegurarte que no he seducido a la hija de ningún farmacéutico.

—¿Y tienes algún enemigo conocido?

Bobby movió negativamente la cabeza.

—Pues, bien, siendo así, debió de ser el mismo individuo que empujó a aquel pobre hombre, para que se cayera desde lo alto del acantilado. ¿Y qué opina la policía de todo eso?

—Pues creen que el autor debe de ser un loco.

—¡Tonterías! Los locos no van de un lado a otro provistos de esa cantidad de morfina y en busca de botellines de cerveza extraviados para mezclar el veneno con el líquido. No. Alguien empujó a Pritchard para que se cayera desde lo alto del acantilado. Uno o dos minutos más tarde, llegaste tú y el asesino pensó que lo habías visto mientras cometía el crimen, y así decidió quitarte de en medio.

—Me parece, Frankie, que esa teoría no se sostiene.

—¿Por qué no?

—En primer lugar, yo no vi nada.

—Bueno, pero el asesino no lo sabe.

—Si supiera algo, lo habría declarado en la vista.

—En eso tienes razón —observó Frankie, de mala gana. Se quedó pensativa unos segundos y añadió—: Quizá él creyó que habías visto algo, sin darle importancia, pero que realmente la tenía. Es posible que lo que digo parezca enrevesado, pero ya me comprendes.

—Sí, entiendo lo que quieres decir, pero, de todos modos, no me parece probable —contestó Bobby.

—Tengo la seguridad de que el asunto del acantilado guarda relación con lo que te ha sucedido. Fuiste la primera persona en acudir allí...

—También estuvo Thomas —le recordó Bobby—, y nadie ha tratado de envenenarlo.

—Quizá se disponen a hacerlo —replicó Frankie, muy animosa—. O tal vez lo han probado, sin conseguirlo.

—Todo eso me parece muy improbable.

—Pues yo creo que es muy lógico. Ten en cuenta que en un pantano de aguas quietas, como es Marchbolt, han ocurrido ya dos cosas extraordinarias; pero aguarda, aún hay otra.

—¿Cuál?

—Pues la del empleo que te ofrecieron. Desde luego, es un detalle, pero, de todos modos, parece raro. Supongo que estarás de acuerdo conmigo acerca de este particular. Nunca oí hablar de una casa extranjera que se hubiese especializado en buscar a exoficiales de la Marina que no hubieran destacado en ningún asunto.

—¿Dices que no hubieran destacado?

—Entonces tu nombre aún no había aparecido en el

British Medical Journal, pero ya me entiendes. Viste algo que no debías ver, o, por lo menos, eso piensan los asesinos, quienesquiera que fuesen. Muy bien. En primer lugar, tratan de librarse de ti ofreciéndote un empleo en el extranjero. Luego, cuando eso falla, se disponen a quitarte de en medio de una vez y para siempre.

—¿Y no te parece muy violento el método? Desde luego, el riesgo era grande.

—Ten en cuenta que los asesinos, por regla general, son gente temeraria, no reparan en esas cosas. Y cuantos más asesinatos cometen, todavía se ven obligados a cometer más.

—Como, por ejemplo, en mi novela favorita de Kel Richards —dijo Bobby haciendo memoria.

—Y también sucede lo mismo en la vida real. Joseph Smith y sus esposas, y Armstrong y otros muchos.

—Pero, vamos a ver, Frankie, ¿qué crees que pude haber visto?

—Desde luego, ahí está la dificultad —contestó la muchacha—. Comprendo que no se trata del empujón que dieron a ese pobre hombre, porque ya lo habrías declarado. Sin duda es algo referente a la víctima. Quizá tenía alguna señal de nacimiento, una particularidad en los dedos u otro defecto físico y raro a un tiempo.

—Ya veo que estás influida por la lectura de alguna novela de Austin Freeman protagonizada por el doctor Thorndyke. No puede ser nada de eso, porque lo que yo hubiese podido ver allí, lo habría visto también la policía.

—Podrían haberlo visto. Quizá mi indicación sea algo tonta y es posible que, en realidad, exista algo difícil de ver, ¿no es cierto?

—Como teoría no está mal —contestó Bobby—, y me hace sentir importante, pero, de todos modos, no creo que sea más que una teoría.

—Pues yo estoy segura de que tengo razón —repuso Frankie, poniéndose en pie—. Y ahora, me marcho. ¿Quieres que venga mañana?

—Te lo ruego. La charla de las enfermeras tiene una monotonía capaz de exasperar a cualquiera. Y dime, veo que has vuelto muy pronto de Londres.

—En cuanto me enteré de lo que te había ocurrido, me apresuré a regresar. Es muy interesante tener a un amigo a quien han envenenado de un modo tan romántico.

—Nunca sospeché que la morfina fuese algo romántico —contestó Bobby.

—Bueno, volveré mañana. ¿Te doy un beso o no?

—Creo que deberías hacerlo —la alentó él.

—En tal caso, cumpliré por completo con mis deberes para con un enfermo. —Le dio un ligero beso, y añadió—: Hasta mañana.

Mientras la joven salía, reapareció la enfermera para servir el té a Bobby.

—Muy a menudo —dijo— he visto sus retratos en los periódicos. Sin embargo, no se parece mucho. También la he visto dando vueltas con su coche, pero nunca a tan corta distancia, ni tampoco la había oído hablar. Me gusta, porque no es orgullosa ni altiva.

—¡Oh, no! —exclamó Bobby—. Nunca se me ocurriría acusar de eso a Frankie.

—Ya se lo dije a la directora: es una muchacha natural a más no poder. Nada estirada. Como usted o como yo; eso le dije.

Aunque no estaba de acuerdo con aquella opinión, Bobby no dio ninguna respuesta. La enfermera, desalentada al observar su silencio, salió de la habitación y el enfermo quedó abandonado a sus propios pensamientos.

Tomó el té y luego repasó mentalmente las posibilidades de la asombrosa teoría de Frankie, pero de mala gana terminó por descartarla. Y empezó a buscar otras distracciones.

Su mirada se fijó en las lilas. Frankie había sido muy amable llevándole aquellas flores; eran muy bonitas, pero él habría preferido alguna novela policíaca. Miró la mesa que tenía al lado y vio una novela de Quida y un ejemplar de *John Halifax, Gentleman*. Y luego el último ejemplar de *Marchbolt Weekly Times*. Y cogió el *John Halifax, Gentleman*.

Pero, cinco minutos después, lo dejó. Para una mente que se había nutrido leyendo libros de Kel Richards o novelas como *El caso del archiduque asesinado* y *La extraña aventura del puñal florentino*, el *John Halifax* de Dinah Craik carecía de interés. Y, dando un suspiro, cogió el ejemplar del *Weekly Times*.

Un momento después oprimía el botón del timbre que tenía debajo de la almohada y lo hizo con tal vigor que la enfermera acudió corriendo.

—¿Qué pasa, señor Jones? ¿Se encuentra usted peor?

—Llame usted al castillo —exclamó Bobby— y diga a lady Frances que haga el favor de venir de inmediato.

—¡Oh, señor Jones! ¿Quiere usted realmente mandar este mensaje?

—¿Que si quiero? —exclamó Bobby—. Si pudiera salir de esta maldita cama, pronto vería usted lo que quiero. De modo que hágame el favor de ocuparse de hacer esa llamada.

—Pero la señorita acabará de llegar.

—Ya veo que no conoce los Bentley.

—No habrá podido tomar el té.

—Oiga usted, apreciada señorita —dijo Bobby—. No se quede aquí discutiendo conmigo. Llame como le he dicho. Y pídale que venga cuanto antes, porque he de decirle algo muy importante.

La enfermera salió pasmada y de mala gana. Se tomó algunas libertades al transmitir el mensaje de Bobby. En caso de que no fuese molestia para lady Frances, el señor Jones le rogaba que hiciese el favor de ir enseguida, porque deseaba decirle algo; pero, desde luego, en su opinión no era necesario que lady Frances se molestara en lo más mínimo.

Frankie contestó secamente que iría enseguida.

—No tengáis ninguna duda —dijo la enfermera a sus colegas—. Está loca por él. Eso es lo que pasa.

Llegó alarmada.

—¿A qué se debe esa llamada tan urgente? —preguntó.

Bobby estaba sentado en la cama y tenía una mancha roja en el pómulo. Sostenía en la mano el ejemplar del *Marchbolt Weekly Times*.

—Mira esto, Frankie.

—¿Qué ocurre? —preguntó la joven, después de echar un vistazo.

—¿Ese es el retrato al que te referías cuando afirmaste que estaba retocado, pero que pertenecía a la señora Cayman? —Bobby señalaba con un dedo la confusa reproducción de un retrato, debajo del cual se decía lo siguiente: «Retrato que se encontró en uno de los bolsillos del fallecido y gracias al cual fue identificado. El retrato es el de la señora Amelia Cayman, hermana de la víctima»—. ¿Verdad que es ese el retrato?

—Eso es lo que dije y esa es la verdad. Y no veo la razón de que te haya impresionado tanto.

—Pues bien, ahora voy a contarte algo muy interesante, Frankie —añadió Bobby—: Esta no es la fotografía que yo devolví al bolsillo del muerto.

Los dos permanecieron un instante mirándose.

—En tal caso... —empezó a decir ella.

—Quizá hayan existido dos fotografías...

—Lo cual no es probable.

—O bien...

Ambos hicieron una pausa.

—Ese hombre, ¿cómo se llama? —preguntó Frankie.

—Bassington-ffrench —respondió Bobby.

Capítulo 8

El enigma de la fotografía

Los dos se miraron en tanto que trataban de comprender la nueva situación.

—No puede haber sido nadie más —dijo Bobby—. Él fue la única persona que tuvo la oportunidad.

—A no ser que, según ya hemos supuesto, hubiese dos fotografías.

—Hemos convenido en que eso no era probable. En caso de haber existido dos fotografías, habrían tratado de identificar a la víctima utilizando las dos y no una sola.

—Eso es fácil de comprobar —contestó Frankie—. Podemos preguntar a la policía. Supongamos por el momento que solo había un retrato, el que tú viste y que guardaste de nuevo en el bolsillo de la víctima. Aunque estaba allí cuando dejaste al muerto, no estaba, en cambio, cuando llegó la policía. Por lo tanto, la única persona que pudo quitarlo, para poner el otro retrato, fue ese Bassington-ffrench. ¿Cómo era ese individuo, Bobby?

El joven frunció las cejas, haciendo un esfuerzo para recordar.

—Un hombre difícil de describir. De voz agradable. Desde luego parecía todo un caballero. En realidad, no me fijé demasiado en él. Dijo que era forastero y que andaba buscando una casa.

—También podremos comprobar eso —dijo Frankie—. Wheeler y Owen son los únicos agentes inmobiliarios de la zona. —De repente se estremeció—. ¡Bobby! ¿No has pensado en eso? Si Pritchard recibió un empujón, Bassington-ffrench debió de ser el hombre que se lo dio.

—Eso es muy grave —replicó él—. Me dio la impresión de que era un hombre agradable y bien educado. Pero recuerda, Frankie, que no tenemos la certeza de que ese Pritchard recibiera un empujón.

—Estoy completamente segura.

—He de confesar que nunca has dudado de eso.

—No. Lo cierto es que siempre me lo imaginé, porque, así, el asunto me parecía mucho más interesante, pero ahora creo que hay algunas pruebas a favor de mi teoría. Si se cometió un asesinato, todo concuerda. Tu inesperada llegada, que altera los planes del asesino. Tu descubrimiento del retrato y, como consecuencia, la necesidad de quitarte de en medio.

—No obstante, en todo eso hay un punto flaco —observó Bobby.

—¿Cuál? Tú fuiste la única persona que vio aquel retrato. Y en cuanto Bassington-ffrench se quedó solo con el cadáver, se apresuró a retirar el retrato que nadie más que tú había visto.

Pero Bobby continuó negando con la cabeza.

—No, eso no me convence. Supongamos por un momento que ese retrato tuviera tal importancia que, por su causa, alguien sintiera el deseo de librarse de mí o de quitarme de en medio, según dices tú. (Es absurdo, pero vamos a suponerlo posible.) Entonces, cualquier cosa que hubiera sido necesario hacer convenía hacerla de inmediato. El detalle de que yo fuese a Londres y no viera el *Weekly Times* u otros periódicos que publicaron el retrato fue una casualidad, y nada más, con la que nadie podía contar de antemano. Lo más probable era que yo dijera enseguida: «Ese no es el retrato que vi». ¿Por qué había que esperar a que se hubiese celebrado la vista, cuando ya todo lo ocurrido quedaba resuelto satisfactoriamente?

—Debo confesar que hay alguna lógica en lo que acabas de decir —concedió su amiga.

—Hay otro detalle. Desde luego, no estoy seguro, pero podría jurar que, al devolver el retrato al bolsillo del muerto, Bassington-ffrench no estaba allí, sino que llegó cinco o diez minutos después.

—Quizá te estaba observando —arguyó Frankie.

—No sé cómo habría podido hacerlo —replicó él—. Solo es posible ver el punto en que nos hallábamos si uno se sitúa en un lugar muy concreto. A un lado y a otro, la forma especial del acantilado impediría la menor observación. Así pues, solo existe aquel punto preciso y, en cuanto llegó Bassington-ffrench, lo oí enseguida. Los pasos se perciben muy bien desde abajo. Quizá él estuviera a corta distancia, pero puedo jurar que no miró hasta el momento en que yo lo oí.

—De modo que, en tu opinión, ¿él ignoraba por completo que hubieses visto el retrato?

—No me imagino de ninguna manera cómo pudo haberse enterado.

—Y, desde luego, tampoco pudo temer que tú lo vieras en el momento de cometer el crimen, porque, según dices, es absurdo. Desde luego, no te habrías callado. Por lo tanto, hay que suponer otra cosa.

—No me imagino cuál.

—Pues algo de lo que ellos no se enteraron sino después de la vista.

—No comprendo por qué dices «ellos».

—¿Por qué no? En resumidas cuentas también los Cayman pueden estar comprometidos en el asunto. Quizá se trate de una banda.

—A mí me gustan mucho.

—No te alabo el gusto —contestó Frankie, distraída—. El asesinato cometido por un solo individuo tiene mucho más mérito. ¡Bobby!

—¿Qué pasa?

—¿Qué dijo Pritchard antes de morir? Ya me lo dijiste aquel día en el golf.

—¿Aquella pregunta tan rara? Dijo: «¿Por qué no le preguntan a Evans?».

—Eso es. Suponte que es eso.

—Es ridículo.

—Lo parece, pero quizá tenga mucha importancia, Bobby. Cada vez estoy más segura de ello. Y no, no digo ninguna tontería. Además, tú no mencionaste este detalle a los Cayman.

—Te equivocas, sí se lo comuniqué —contestó Bobby.

—¿De veras?

—Sí, se lo escribí aquella misma tarde. Aunque en mi carta les decía que, sin duda, se trataba de algo carente de importancia.

—¿Y qué ocurrió?

71

—Cayman me contestó cortésmente diciéndome que, en efecto, aquello no significaba nada, pero sin embargo me daba las gracias por la molestia. Me sentí un estúpido.

—Y dos días después recibiste la carta de aquella empresa desconocida invitándote a hacer el viaje a Sudamérica.

—Sí.

—Bueno, pues me parece que no necesitas nada más. Primero probaron con eso, y tú no te dejaste engañar. Y luego te siguieron los pasos de cerca y aprovecharon el primer momento favorable para meter una buena dosis de morfina en tu botellín de cerveza.

—¿Crees culpables a los Cayman?

—Está muy claro.

—Sí —aceptó Bobby pensativo—. Si tu reconstrucción es correcta, esos individuos deben de estar comprometidos. De acuerdo con nuestra teoría actual, las cosas debieron de haber ocurrido así: el muerto X fue empujado con toda intención en el borde del acantilado, tal vez por B. F. (perdóname las iniciales). Es importante que X no sea identificado correctamente y, por lo tanto, se le pone en el bolsillo el retrato de la señora C. y, en cambio, se retira el de la hermosa desconocida. Y me gustaría saber quién era esa desconocida.

—No te alejes del asunto —le recomendó Frankie.

—La señora C. espera a que la llamen tras encontrar la foto para comparecer. Entonces se presenta como una apesadumbrada pariente e identifica a X como su hermano, que había vivido muchos años en el extranjero.

—¿De modo que no crees que en realidad fuera su hermano?

—¡Ni por un momento! Este detalle me tenía ya muy preocupado. Los Cayman pertenecen a una clase completamente distinta. El muerto era una especie de angloíndio retirado, un *pukka sahib*.

—¿De modo que los Cayman no merecen la misma calificación?

—¡De ninguna manera!

—Y luego, cuando todo había salido a pedir de boca desde el punto de vista de los Cayman, es decir, que el cadáver había sido identificado según ellos querían, se había pronunciado el veredicto de muerte por accidente y todo tenía el mejor aspecto del mundo, te presentas tú y empiezas a enredar las cosas —murmuró Frankie para sí.

—«¿Por qué no le preguntan a Evans?» —repitió Bobby, muy pensativo—. Ten en cuenta que en esta frase no puedo descubrir nada en absoluto que me permita iniciar gestión alguna.

—Porque no tienes práctica. Esto equivale a los juegos de palabras cruzadas con combinación. Se escribe una palabra clave y el juego te parece sencillo y tonto a la vez, y piensas que todo el mundo lo resolverá al verla, pero experimentas la mayor sorpresa de tu vida cuando te das cuenta de que nadie es capaz de averiguar el secreto. Esa pregunta del moribundo debe de ser una frase terrible y cargada de sentido para ellos y, sin embargo, no pueden comprender que, para ti, no significa absolutamente nada.

—Serán tontos.

—¡Oh, desde luego! Pero también es posible que se imaginen la posibilidad de que, si Pritchard dijo eso, pudo haber dicho otras cosas que tú recordarás en el momento oportuno. Y no quieren exponerse. Era más seguro quitarte de en medio.

—Pero se expusieron mucho. ¿Por qué no prepararon otro «accidente»?

—¡No, no! Eso habría sido estúpido. ¿Dos accidentes en el espacio de una semana? Eso podría haber sugerido una relación entre ambos y quizá entonces la gente empezara a hacer averiguaciones acerca del primero. No, en su método, realmente ingenioso, hay una simplicidad enorme.

—Y, sin embargo, dijiste hace poco que no era fácil adquirir morfina.

—No. Es necesario poseer un talonario con vales para comprar estupefacientes, y estampar multitud de firmas. Pero, mira, eso es una pista. Quienquiera que haya hecho esto tenía fácil acceso a ciertas dosis de morfina, y ese acceso no lo tiene todo el mundo.

—Un médico, una enfermera o un farmacéutico... —sugirió Bobby.

—Yo pensaba más en los estupefacientes de contrabando.

—Nunca conviene pensar en muchas clases distintas de delitos —aconsejó Bobby.

—Ten en cuenta que el punto más sobresaliente de este asunto podría ser la ausencia de móvil para el crimen. Tu muerte no beneficiaría a nadie. ¿Qué podría pensar, pues, la policía?

—Que ha sido obra de un loco —contestó Bobby—. Y, en efecto, esta es su opinión.

—¿Lo ves? En realidad, el asunto tiene una sencillez aterradora.

De pronto Bobby se echó a reír.

—¿En qué piensas?

—En que esta gente debe de estar muy inquieta. Toda esa morfina, que habría bastado para matar a seis personas, y, sin embargo, aún estoy vivito y coleando.

—Es una de esas pequeñas ironías de la vida que nadie puede prever —repitió Frankie.

—¿Y ahora qué hacemos? —preguntó Bobby, refiriéndose de nuevo al aspecto práctico de la cuestión.

—¡Oh! Se pueden hacer muchas cosas —dijo Frankie.

—Como por ejemplo...

—Hacer averiguaciones con respecto al retrato y más especialmente acerca del hecho de que allí había uno y no dos. También podemos investigar en relación con la búsqueda de una casa por parte de Bassington-ffrench.

—Con toda seguridad, en este detalle no podremos descubrir nada sospechoso.

—¿Por qué?

—Piensa un momento, Frankie, y lo entenderás. Bassington-ffrench debe de ser un individuo que está al abrigo de toda sospecha. Y no solo no encontraremos nada que lo relacione con el muerto, sino que él tendrá un motivo plausible para su presencia en aquel lugar. Estoy seguro de que en aquel momento, impulsado por la necesidad, inventó la explicación de que andaba buscando una casa, pero estoy seguro de que, antes o después, se dedicó a ello. Tenía que eliminar la idea de que un forastero misterioso había sido visto por los alrededores de aquel lugar en que ocurrió el accidente. Ignoro si Bassington-ffrench será su nombre verdadero, pero en cambio no dudo de que será un hombre que está al abrigo de toda sospecha.

—Sí —dijo Frankie después de reflexionar—. Tu deducción me parece muy acertada. Y tampoco habrá nada que pueda relacionar a Bassington-ffrench con Alex Pritchard. Ahora, si supiéramos quién era el muerto en realidad...

—El caso sería muy distinto.

—Era, pues, muy importante que el cadáver no fuese reconocido, y aquí es donde interviene el encubrimiento de los Cayman. Y, sin embargo, resultó muy peligroso.

—Olvidas que la señora Cayman lo identificó tan pronto como fue humanamente posible. Después, y aun en el caso de que se publicaran fotografías de él en los periódicos (y ya sabes cuán borrosos son todos esos retratos), la gente diría: «Es curioso que este Pritchard, que se lanzó desde lo alto de un acantilado, se parezca tanto al señor X».

—En todo esto hay algo más —observó Frankie con agudeza—. X debía de ser un hombre al que difícilmente echarían de menos. Quiero decir que no se trataba de un individuo perteneciente a una familia y cuya esposa o cuyos parientes se habrían apresurado a comunicar con urgencia su desaparición a la policía.

—Bien observado, Frankie. Pero no. Él sin duda había emprendido un viaje al extranjero o quizá regresó a su patria (estaba muy bronceado, como si se dedicara a la caza mayor, tal era su aspecto). Y no puede haber tenido ningún pariente próximo que estuviera al corriente de sus idas y venidas.

—Estamos haciendo unas deducciones estupendas. Y supongo que no todas serán equivocadas.

—Es probable —dijo Bobby—, pero creo que hasta ahora todo lo que hemos dicho es únicamente fruto del sentido común. Desde luego, dando por supuesta la absoluta improbabilidad del asunto.

Frankie rechazó la idea de la improbabilidad con un gesto y dijo:

—Ahora lo interesante es saber qué haremos. Me parece que hemos descubierto tres puntos por los que empezar a investigar.

—Adelante, Sherlock Holmes.

—El primero eres tú. Han tratado de acabar con tu vida y probablemente lo intentarán de nuevo. Ahora convendría descubrir su juego. Es decir, te podríamos utilizar como cebo.

—Muchas gracias, Frankie —dijo Bobby—. La primera vez he tenido mucha suerte, pero quizá no me ocurra lo mismo la próxima, si se valen de un medio más contundente. En adelante pienso cuidar mucho de mí mismo. Por lo tanto, esa idea de utilizarme como cebo, olvídala por completo.

—Ya temía que dirías eso —contestó Frankie, dando un suspiro—. En nuestros días los jóvenes son víctimas de una triste degeneración. Eso dice mi padre. No se prestan a la menor incomodidad, ni tampoco a hacer cosas peligrosas o desagradables. Es una lástima.

—Sí, una auténtica lástima —dijo Bobby con tono triste—. ¿Y cuál es el segundo plan de campaña?

—Pues partir de la frase: «¿Por qué no le preguntan a Evans?» —contestó Frankie—. Es de presumir que el muerto hubiera venido a Inglaterra para ver a un tal Evans. Por lo tanto, si pudiéramos encontrar a ese hombre...

—¿Y cuántos Evans estimas que habrá en Marchbolt? —interrumpió Bobby.

—Varios centenares, según creo —confesó Frankie.

—Por lo menos. Quizá pudiéramos lograr algo por este camino, pero lo dudo.

—Podríamos hacer una lista de todos los Evans y visitar a los más indicados.

—¿Y qué les preguntaríamos?

—Esta es la dificultad —aceptó Frankie.

—Necesitamos saber algo más —dijo Bobby—. Entonces, tu idea puede llegar a ser útil. ¿Y cuál es el número tres?

—Ese individuo, Bassington-ffrench. Ahí tenemos algo tangible, que nos permite empezar a trabajar. El nombre es muy raro. Preguntaré a papá, porque conoce todos los apellidos del condado y sus ramificaciones.

—Sí —dijo Bobby—, tal vez así podamos hacer algo.

—¿Y vamos a hacer algo?

—¡Claro que sí! ¿O crees que voy a resignarme a no hacer nada después de que me hayan dado ocho gramos de morfina?

—Así me gusta —exclamó Frankie.

—Además —añadió Bobby—, he de limpiar de un modo u otro la indignidad del lavado de estómago.

—Basta —dijo Frankie—. Si no te detengo, no tardarás en hablar de un modo indecente.

—Ya veo que careces por completo de la misericordia femenina —replicó Bobby.

Capítulo 9

ACERCA DEL SEÑOR
BASSINGTON-FFRENCH

Frankie no perdió el tiempo y empezó a trabajar. Aquella misma noche inició un ataque contra su padre.

—A ver, papá —le dijo—. ¿Sabes algo acerca de los Bassington-ffrench?

Lord Marchington, que estaba leyendo un artículo político, no prestó atención a la pregunta y contestó una cosa que no tenía nada que ver con el asunto y que se refería, en cambio, a lo que estaba leyendo. Pronunció algunas vagas palabras para censurar las conferencias internacionales, que a su juicio derrochaban el tiempo y el dinero de cualquier nación.

Frankie se abstuvo de interrumpirlo y dejó que su padre recorriera, como si fuese un tren, el trecho de línea recta, para detenerse por fin en una estación. Y en cuanto hubo llegado el momento oportuno, repitió:

—Los Bassington-ffrench.

—¿Qué quieres decirme acerca de ellos? —preguntó lord Marchington.

Frankie no tenía nada que decir sobre ellos, así que

hizo una afirmación porque sabía que a su padre le gustaba contratacar.

—Son una familia oriunda de Yorkshire, ¿verdad?

—No digas tonterías. Son de Hampshire. Desde luego, está la rama de Shropshire y también creo que hay otra irlandesa. ¿A cuál pertenecen tus amigos?

—No estoy segura —contestó Frankie, aceptando aquella insinuación de amistad con una serie de personas desconocidas.

—¿Que no estás segura? ¿Qué quieres decir? Hay que tener seguridad acerca de estas cosas.

—Ya sabes que hoy en día la gente va de un lado a otro —contestó Frankie.

—Sí, es lo único que sabe hacer. En mis tiempos, se le preguntaba a la gente y enseguida te enterabas de quién era y si, por ejemplo, te decía que era de Hampshire y que pertenecía naturalmente a la rama de aquella localidad, tenías ya la certeza de que su abuela se había casado con mi primo segundo y establecías un parentesco.

—Debía de ser muy agradable —contestó Frankie—, pero ya no hay tiempo para hacer investigaciones genealógicas y geográficas.

—Es verdad. Ahora no tenéis tiempo más que para beberos esos venenosos combinados.

Y lord Marchington dio un inesperado aullido de dolor, por haber movido sin querer su pierna gotosa, cuyo estado no había sufrido ninguna mejoría después de beberse generosamente el oporto de la familia.

—¿Gozan de buena posición? —preguntó Frankie.

—¿Los Bassington-ffrench? No me atrevería a asegurarlo. Tengo entendido que la rama de Shropshire recibió un golpe muy duro. Luego, los derechos de sucesión y una y otra cosa los dejaron muy mal. Uno de los de Hampshire se casó con una heredera. Creo que estadounidense.

—Pero uno de ellos estuvo por aquí hace pocos días —dijo Frankie—. Creo que andaba buscando casa.

—¡Qué estupidez! ¿Para qué querrá una casa por aquí?

Frankie se dijo que, en efecto, esta era la cuestión que le interesaba averiguar.

Al día siguiente se dirigió hacia la oficina de Wheeler y Owen, agentes inmobiliarios de fincas rústicas y urbanas.

El señor Owen en persona se puso en pie de un salto para saludar a la joven. Frankie le dirigió una graciosa sonrisa y se dejó caer en un sillón.

—¿Qué puedo hacer para complacerla, lady Frances? Para mí será un honor. Supongo que no querrá usted vender el castillo... ¡Ja, ja!

Y el señor Owen se rio de su propio chiste.

—¡Ojalá pudiera! —replicó Frankie—. Pero no. Creo que un amigo mío estuvo aquí hace pocos días. El señor Bassington-ffrench. Andaba buscando una casa.

—¡Oh, sin duda! Recuerdo muy bien el nombre. Dos efes minúsculas.

—Eso es —replicó Frankie.

—Hizo algunas preguntas acerca de varias pequeñas propiedades, con el deseo de comprar. Pero como tenía que regresar a la capital al día siguiente, no pudo ver muchas casas. Sin embargo, tengo entendido que no es un asunto muy urgente. Desde que se marchó han aparecido en el mercado una o dos propiedades, muy adecuadas para sus fines, y aunque le he enviado los detalles, no he recibido respuesta.

—¿Le escribió usted a Londres o a la región campestre en que habita? —preguntó Frankie.

—Permítame consultar el dato. —Llamó a un empleado y le dijo—: Frank, dame las señas del señor Bassington-ffrench.

—Roger Bassington-ffrench, Esq. Merroway Court. Staverley, Hants —exclamó el empleado en respuesta al encargo.

—¡Ah! —dijo Frankie—, en tal caso no se trata del Bassington-ffrench que me interesa. Este debe de ser su primo. Ya me extrañó que no hubiese venido a visitarme.

—¡Oh, desde luego! —contestó el señor Owen.

—Vamos a ver, me parece que estuvo aquí el miércoles —observó la joven.

—Tiene usted razón. Antes de las 18.30 h, porque cerramos a esa hora. Y lo recuerdo muy bien, porque fue el mismo día en que ocurrió el triste accidente. Un hombre se cayó desde lo alto del acantilado. Y el señor Bassington-ffrench se quedó guardando el cadáver hasta la llegada de la policía. Cuando llegó aquí parecía muy trastornado. Fue una verdadera tragedia y ya es hora de que se haga algo para evitar el peligro de aquella parte del sendero. Puedo asegurarle, lady Frances, que el ayuntamiento ha sido objeto de graves censuras. Es muy peligroso y no me explico cómo no han ocurrido otros accidentes.

—Es extraordinario —dijo Frankie.

Salió de la oficina muy preocupada. Según profetizara Bobby, todos los actos del señor Bassington-ffrench parecían claros y transparentes. Pertenecía a la rama de Hampshire, dio señas verdaderas y aún mencionó su participación en la tragedia al llegar a la oficina del agente de fincas. ¿Sería posible que en definitiva Bassington-ffrench resultara tan inocente como parecía?

Frankie tenía algunas dudas y por fin se resolvió por la culpabilidad.

«No —se dijo—. Un hombre que quiere comprar una pequeña propiedad llegaría aquí a una hora más temprana o se quedaría hasta el día siguiente. Y no iría a la agencia a las 18.30 h de la tarde para marcharse a Londres al día siguiente. Además, ¿para qué hacer el viaje? ¿No podía haber hecho la consulta por escrito?»

Y decidió que Bassington-ffrench era culpable.

La segunda visita que llevó a cabo la condujo al puesto de policía.

El inspector William era un antiguo conocido suyo y consiguió una vez seguir la pista de una doncella que, gracias a unos falsos informes, pudo entrar al servicio de Frankie y le robó algunas joyas.

—Buenas tardes, inspector.

—Buenas tardes, lady Frances. Espero que no la traiga a usted nada desagradable.

—Todavía no. Pero debo advertirle de que en breve me propongo atracar un banco, porque ando corta de dinero.

El inspector se echó a reír ante aquella broma.

—En realidad —añadió Frankie—, he venido a hacerle algunas preguntas, impulsada por la curiosidad.

—¿De veras, lady Frances?

—Vamos a ver, inspector, dígame una cosa. Ese hombre que se cayó desde un acantilado y que, según creo, se llamaba Pritchard.

—Eso es, lady Frances.

—Solamente le encontraron encima un retrato, ¿verdad? Pues alguien me dijo que llevaba tres.

—Uno solamente —contestó el inspector—. Era el retrato de su hermana. Vino aquí e identificó el cadáver.

—Ya veo que es absurdo suponer que llevaba tres retratos.

—La conclusión es fácil, lady Frances. Esos periodistas no tienen ningún reparo en exagerar y muchas veces publican errores de consideración.

—Ya lo sé —contestó Frankie—. He oído contar las historias más extraordinarias —hubo una ligera pausa y luego, apelando a su imaginación, añadió—: he oído decir también que llevaba los bolsillos llenos de papeles, en virtud de los cuales se pudo comprobar que era un agente bolchevique. Y se cuenta asimismo que llevaba los bolsillos llenos de cocaína, aun cuando otros aseguraban que los llevaba atestados de billetes de banco falsos.

—Es maravillosa la fantasía de la gente —replicó el inspector.

—Yo supongo que, en realidad, en sus bolsillos llevaría cosas normales y corrientes.

—Casi nada. Un pañuelo sin iniciales, unas monedas sueltas, un paquete de cigarrillos y un par de billetes de banco, pero no en una cartera. Ni una carta. No habríamos podido identificarlo a no ser por el retrato. Fue algo providencial.

—Lo comprendo —dijo Frankie. Se apresuró a cambiar de conversación y añadió—: Ayer fui a visitar al señor Jones, el hijo del vicario. Me refiero al que ha sido envenenado. Resultó algo francamente extraordinario.

—Sí, en efecto —contestó el inspector—. Nunca oí nada parecido. Un joven decente y correcto que no tiene enemigos. No hay duda, lady Frances, de que por aquí hay gente indeseable. Sin embargo, nunca oí hablar de un loco homicida que obrase de este modo.

—¿Y no hay ninguna pista acerca del criminal? —preguntó la joven, con los ojos dilatados de curiosidad—. Es muy interesante oír hablar de estas cosas —añadió.

El inspector se hinchó de satisfacción, porque lo lisonjeaba mucho aquella conversación cordial con la hija de un conde. Además, lady Frances no era altiva ni orgullosa.

—Se ha visto por ahí un automóvil —dijo el inspector—. Un Talbot de color azul oscuro. Un individuo, que vive en Lock's Corner, dio cuenta de haber visto un Talbot de color azul oscuro, número GG 8282, que pasó en dirección a St. Botolph's.

—¿Y qué cree usted?

—GG 8282 es la matrícula del vehículo del obispo de Botolph.

Frankie examinó por un momento la posibilidad de que un obispo tuviese manías homicidas y que ofreciera sacrificios de hijos de clérigos, pero acabó rechazándola con un suspiro.

—Supongo —añadió— que no sospechará usted del obispo.

—Nos hemos informado de que el coche del obispo estuvo aparcado toda la tarde.

—Pues se tratará de un número falso.

—En efecto, y estamos siguiendo la pista.

Después de proferir algunas exclamaciones de admiración, Frankie se despidió. No hizo ninguna observación, sino que se limitó a pensar para sí: «No hay duda de que en Inglaterra hay muchos Talbot de color azul oscuro».

Al llegar a casa cogió la guía de Marchbolt, que estaba en el escritorio de la biblioteca, y se la llevó a su habitación. Trabajó con ella por espacio de varias horas, pero el resultado no fue satisfactorio. En Marchbolt había cuatrocientos ochenta Evans.

—¡Maldición! —exclamó Frankie.

Y empezó a hacer planes para el futuro.

Capítulo 10

PREPARATIVOS
PARA UN ACCIDENTE

Una semana después, Bobby se había reunido con Badger, en Londres. Frankie le dirigió varias comunicaciones enigmáticas, muchas de ellas con una letra ilegible, de las que apenas pudo adivinar su significado. Sin embargo, parecía indicar que Frankie tenía un plan general y que él, Bobby, debía abstenerse de hacer cosa alguna, hasta recibir ulteriores noticias de la joven. Eso le pareció muy bien, porque Bobby no habría tenido tiempo para hacer cosa alguna; ya el desdichado Badger había conseguido ponerse él mismo y poner también su negocio en todas las situaciones difíciles que habría podido inventar el ingenio más rico del mundo, y Bobby estaba ocupadísimo, desenredando la extraordinaria madeja en que su amigo se había metido.

Mientras tanto, no abandonaba su vigilancia. El efecto de ocho gramos de morfina lo había convertido en un ser extremadamente receloso en todo lo que se refería a su comida y su bebida, y en consecuencia decidió llevar consigo a Londres un revólver reglamentario, que le producía grandes molestias por su peso y por su excesivo volumen.

Empezaba a tener la sensación de que todo lo ocurrido no había sido más que una pesadilla cuando el Bentley de Frankie se detuvo ante la puerta del garaje. Bobby, cubierto por un mono manchado de grasa, salió a recibirla. Frankie estaba sentada al volante y a su lado se hallaba un joven de aspecto melancólico.

—¡Hola, Bobby! —dijo Frankie—. Te presento a George Arbuthnot. Es médico y tal vez lo necesitemos.

Bobby parpadeó mientras él y George Arbuthnot se daban ligera cuenta de su mutua presencia.

—¿Y estás segura de que necesitaremos un médico? —preguntó—. ¿No serás demasiado pesimista?

—No me refiero a eso —dijo Frankie—. Lo necesitaré para un proyecto que tengo. Mira, ¿hay por ahí algún lugar donde podamos sentarnos y hablar?

Bobby miró dudoso a su alrededor.

—Bueno, en todo caso podemos ir a mi dormitorio —dijo con gran seguridad.

—¡Magnífico! —contestó Frankie.

Se apeó y en compañía de George Arbuthnot siguió a Bobby, quien la condujo a través de una escalera exterior a un dormitorio microscópico.

—No sé —dijo el joven mirando a su alrededor— si habrá lugar donde sentarse.

No lo había, en efecto. La única silla contenía al parecer la ropa de Bobby.

—Nos sentaremos en la cama —dijo Frankie.

Y así lo hizo. George Arbuthnot imitó su ejemplo y la cama gimió, protestando.

—Lo tengo ya todo planeado —dijo Frankie—. Para

empezar, necesitaremos un automóvil. Servirá uno de los tuyos.

—¿Quieres decir que te propones comprar uno de nuestros coches?

—Sí.

—¡Caramba, Frankie! Te lo agradezco mucho —dijo Bobby, sinceramente conmovido—. Pero no hay necesidad. No quiero engañar a mis amigos.

—No te das cuenta de lo que quiero —contestó Frankie—. Te comprendo muy bien. Pero ahora no se trata de comprar un saldo. En realidad, necesito un coche.

—¿Y el Bentley?

—No sirve.

—Estás loca —dijo Bobby.

—Nada de eso. El Bentley no sirve para lo que me propongo hacer.

—¿Qué te propones?

—Estrellarlo.

Bobby dio un gemido, se llevó la mano a la cabeza y dijo:

—Esta mañana no me encuentro muy bien.

Y entonces George Arbuthnot habló por vez primera, con voz profunda y melancólica:

—Quiere decir —observó— que se dispone a tener un accidente.

—¿Y cómo lo sabe? —preguntó Bobby tontamente, mientras Frankie daba un suspiro de exasperación.

—De un modo u otro, parece que hemos empezado mal. Y ahora escúchame con paciencia, Bobby, y procura enterarte de lo que te digo. Sé muy bien que tienes poco seso, pero por lo menos deberías ser capaz de comprenderlo si te esforzases en concentrar la atención. —Hizo una pausa y añadió—: Estoy siguiendo la pista de Bassington-ffrench.

—¡Caramba!

—Bassington-ffrench, nuestro Bassington-ffrench, vive en Merroway Court, en el pueblo de Staverley, en Hampshire. Merroway Court pertenece al hermano de nuestro Bassington-ffrench, y nuestro Bassington-ffrench vive allí con su hermano y su esposa.

—¿La esposa de quién?

—Del hermano, desde luego, pero lo importante no es eso, sino saber cómo tú y yo, o bien los dos, lograremos introducirnos en la casa. He rondado por allí para reconocer el terreno. Staverley es una simple aldea, de modo que si llega un forastero dispuesto a pasar un día siquiera se entera todo el mundo. Por lo tanto, eso no serviría. Así que he trazado un plan. Sucederá lo que vas a oír. Lady Frances Derwent, conduciendo su coche, con mayor tenacidad que habilidad, se estrellará en la pared de Merroway Court. El coche quedará destrozado; lady Frances saldrá con heridas de no demasiada importancia y en el acto deberá ser transportada al interior de la casa, pero las contusiones harán que no sea posible trasladarla.

—¿Quién dirá todo eso?

—George. Ahora te darás cuenta del papel que has de desempeñar. No podemos arriesgarnos a que un médico desconocido diga que no tengo nada, o tal vez alguna persona oficiosa podría recoger mi inanimado cuerpo y llevarlo al hospital de la localidad. No. Lo que ocurrirá será lo siguiente: George pasará por allí, también en su automóvil, y por lo tanto más valdría que nos vendieras otro; será testigo del accidente, se apeará de un salto y se encargará de todo. «Soy médico. ¡Fuera todo el mundo!» Dirá eso en el momento en que se forme un grupo. «Es necesario meterla en esa casa. ¿Cómo se llama? ¿Merroway Court? Bueno, da lo mismo. Debo hacer un examen completo a esta señorita.» Me trasladarán a la mejor habitación de invitados, y los Bassington-ffrench podrán estar más o menos contentos con la visita pero, en cualquier caso, George les impedirá la menor oposición. Me examinará de pies a cabeza y pronunciará su diagnóstico. Por fortuna mis lesiones no serán tan graves como se había imaginado. No habrá ningún hueso roto, pero el peligro estará en la conmoción. «Bajo ningún pretexto debe ser trasladada a otro lugar durante dos o tres días.» Luego ya podré emprender el regreso a Londres. Entonces George se marchará y yo quedaré encargada de caerle bien a toda la gente de la casa.

—Y yo, ¿qué hago?

—Tú, nada.

—Pero, oye...

—Olvidas, pequeño, que Bassington-ffrench te conoce. En cambio, a mí no me ha visto en la vida. Además, gozo de una situación envidiable, porque tengo un título. Eso es utilísimo. No soy una joven perdida que entra en una casa quizá con propósitos misteriosos, sino la hija de un conde, y, por lo tanto, una muchacha respetable a más no poder. Y George es un médico verdadero, de modo que tampoco se puede sospechar por ese lado.

—Sí, supongo que todo está muy bien planeado —dijo Bobby, con expresión de disgusto.

—Me parece un plan magnífico —replicó Frankie, orgullosa.

—¿Y yo no hago nada? —preguntó Bobby, que se sentía casi insultado como un perro que, de repente, ve que le arrebatan un hueso.

Aquel era su crimen particular y de golpe y porrazo se veía expulsado del asunto.

—Claro está que harás algo. Por ejemplo, dejarte bigote.

—¿Dejarme bigote?

—Sí, hombre. ¿Cuánto tardará en crecerte?

—No lo sé. Tal vez dos semanas.

—¡Dios mío! Nunca pude imaginar que fuese un proceso tan lento. ¿No podrías acelerarlo un poquito?

—No. Pero tal vez pueda ponerme uno postizo.

—Se ve enseguida, y además huele a goma o a alcohol. Pero espera un momento. Creo que hay una clase de bigotes postizos que se pegan pelo a pelo y así no se advierte la falsificación. Tal vez un peluquero de teatro te lo podría proporcionar.

—Con toda seguridad pensará que quiero evitar la persecución de la justicia.

—Nada importa lo que pueda suponer.

—Bueno; y cuando tenga el bigote, ¿qué hago?

—Pues ponerte un uniforme de chófer y llevar el Bentley a Staverley.

—¡Ah, ya comprendo! —exclamó Bobby, muy satisfecho.

—Mi idea es esta —añadió Frankie—. Nadie mira a un chófer con igual atención que a otra persona. Además, ese Bassington-ffrench solo te vio uno o dos minutos, y tal vez estaba entonces demasiado preocupado preguntándose si podía cambiar los retratos. Por lo tanto, es muy probable que no se fijara mucho en ti. A sus ojos no eras más que un idiota de esos que pierden el tiempo jugando al golf. No es el mismo caso de los Cayman, que estuvieron sentados frente a ti, hablaron contigo y sin duda te examinaron muy bien. Apostaría cualquier cosa a que al verte vestido con un uniforme, aun en el caso de que no llevases bigote, Bassington-ffrench quizá se diría que tu rostro le recordaba a alguien, pero nada más. El bigote lo desconcertará por completo. Y ahora, dime qué te parece el plan.

Bobby lo examinó atentamente y luego respondió, satisfecho al parecer:

—Hablando con sinceridad, Frankie, creo que es perfecto.

—En tal caso —decidió la joven—, vamos a comprar unas cuantas cosas. Oye, me parece que George te ha roto la cama.

—No importa —contestó Bobby hospitalario—. No se distinguía precisamente por ser confortable.

Bajaron al garaje, donde un joven muy nervioso, desprovisto casi de barbilla y dotado, en cambio, de agradable sonrisa, los acogió con una vaga carcajada. Su aspecto general quedaba deteriorado por el detalle de que sus ojos tenían una tendencia muy manifiesta a no mirar ambos en la misma dirección.

—¡Hola, Badger! —saludó Bobby—. Te acuerdas de Frankie, ¿verdad?

Era evidente que no recordaba a la joven, pero le dirigió una carcajada cordial.

—La última vez que te vi —le dijo Frankie— estabas metido de cabeza en el barro y tuvimos que sacarte por las piernas.

—¿De... veras? —exclamó Badger—. ¡Ca-caramba...; eso... debió de ser... en Ga-Ga-Gales!

—Sí —asintió Frankie—, allí fue.

—Siempre... f-fui... muy... mal... ji-ji-jinete —contestó Badger—. Y no he me-mejorado —añadió muy triste.

—Frankie quiere comprar un coche —dijo Bobby.

—Dos —replicó la joven—. George también necesita uno. El suyo está estropeado.

—Podríamos alquilarle uno —propuso Bobby.

—Bueno... vengan u-ustedes, y ve-vean... lo que... lo que tenemos —contestó Badger.

—¡Son muy bonitos! —exclamó Frankie, deslumbrada por los tonos rojos y verde manzana de los coches.

—Sí, tienen muy buen aspecto —convino Bobby sin mucho entusiasmo.

—Ese Chrysler —observó Badger— es... estupendo... aunque... sea de segunda... mano.

—No, ese no —objetó Bobby—. El coche que compre habrá de alcanzar por lo menos los setenta y cinco kilómetros por hora.

Badger dirigió a su socio una mirada de reprobación.

—Ese Standard está ya en las últimas —murmuró Bobby—, pero creo que aún será capaz de llevarte hasta allí. El Essex es demasiado bueno para esto. Quizá sea capaz de correr trescientos kilómetros antes de descomponerse.

—Bueno —dijo Frankie—. Me quedaré con el viejo Standard...

Badger llamó aparte a su socio y le preguntó acerca del precio. Y sugirió diez libras esterlinas.

—Está bien —asintió Frankie interviniendo en la discusión—. Pago al contado.

—¿Quién es..., en realidad? —preguntó Badger con

voz muy audible, pero que quiso articular de modo que no se oyera.

Bobby se lo dijo al oído.

—Esta... es la primera vez que... una persona de ti-título... pa-paga al contado —observó Badger en tono respetuoso.

Bobby los acompañó hasta el Bentley.

—¿Y cuándo se hará todo eso? —preguntó.

—Lo antes posible —contestó Frankie—. Nosotros habíamos proyectado el asunto para mañana por la tarde.

—¿Y no podría estar yo allí? Si te parece bien, me pondré una barba —insistió Bobby.

—¡De ninguna manera! —contestó Frankie—. Es muy probable que una barba lo estropeara todo, correríamos el riesgo de que se cayese en el momento más crítico, pero quizá podrías ser un motociclista. La gorra y las gafas te disfrazarán muy bien. ¿Qué te parece, George?

George Arbuthnot habló por segunda vez:

—Bueno, cuantos más seamos, más nos divertiremos. Y su voz era más melancólica que antes.

Capítulo 11

Se produce el accidente

La cita que se dieron las personas que habían de intervenir en el accidente fue fijada en un lugar que se hallaba a un kilómetro y medio del pueblo de Staverley, donde el camino que conducía a esa localidad se bifurcaba, dirigiéndose a Andover. Llegaron los tres sin novedad a pesar de que el Standard de Frankie había dado muestras inequívocas de su decrepitud en todas las subidas. La hora de la cita era la una de la tarde.

—No deseamos ninguna interrupción mientras convenimos los detalles —dijo Frankie—. Por aquel camino apenas pasa nadie; pero a la hora de almorzar estaremos más seguros todavía.

Continuaron por espacio de un kilómetro por el camino lateral y luego Frankie señaló el lugar que habían elegido para que ocurriese el accidente.

—En mi opinión no puede ser mejor —dijo—. Bajaré esta pendiente y luego, como veis, el camino tuerce rápidamente siguiendo la línea de esa pared, que es uno de los límites de Merroway Court. Si podemos poner en marcha el coche y dejarlo correr cuesta abajo, irá a estrellarse contra una pared, y no hay duda de que me ocurrirá algo.

—Me parece que sí —repuso Bobby—. Pero uno de nosotros debería quedarse vigilando en la esquina, para cerciorarse de que no se acerca nadie por el otro lado.

—Tienes razón —convino Frankie—. No hay necesidad de comprometer a nadie más en un lío como este, y menos aún de exponerlo a que resulte lisiado para toda la vida. George llevará su coche abajo y dará la vuelta, como si viniese en dirección opuesta. Y en cuanto agite su pañuelo nos dará a entender que todo va bien.

—Estás muy pálida, Frankie —dijo Bobby, lleno de ansiedad—. ¿Te encuentras bien?

—Es que al maquillarme he procurado darme un tono pálido —explicó la joven—. Ten en cuenta que mi aspecto ha de ser el de una persona que ha sufrido una conmoción cerebral. No querrás que me lleven al interior de la casa rezumando salud.

—Las mujeres sois maravillosas. Pareces exactamente un mico enfermo.

—Eres un grosero —protestó ella—. Ahora habré de ir a examinar la puerta de Merroway Court. Está a un lado, y por fortuna no hay ninguna construcción. En cuanto George agite su pañuelo y yo el mío, pondrás el coche en marcha.

—Está bien. Continuaré en el estribo para guiarlo hasta que la velocidad haya aumentado, y entonces saltaré.

—No te hagas daño —le recomendó su amiga con el mayor interés.

—Tendré mucho cuidado en evitarlo porque se complicaría mucho el asunto si se produjese un accidente verdadero al mismo tiempo que el simulado.

—Bueno, George, ya puedes salir —dijo Frankie.

George inclinó la cabeza, subió al segundo automóvil y bajó despacio por la cuesta. Bobby y Frankie lo observaban atentos.

—Tendrás cuidado, ¿verdad, Frankie? —preguntó Bobby con voz áspera—. No quiero que cometas ninguna locura.

—No tengas miedo, porque obraré con la mayor prudencia. Y ahora que me acuerdo, creo que será mejor que no te escriba directamente, sino que dirigiré mis cartas a mi doncella o a otra persona cualquiera para que te las hagan llegar.

—No sé si George alcanzará mucho éxito en esa profesión.

—¿Por qué no?

—Me parece que por ahora aún no ha adquirido mucha locuacidad.

—Todo llegará —dijo Frankie—. Bueno, me voy. Ya te indicaré cuándo deberás venir con el Bentley.

—Mientras tanto, me dedicaré a cultivar el bigote. Hasta la vista, Frankie.

Se miraron un momento y luego Frankie empezó a descender la pendiente. George había dado la vuelta a su coche y emprendió el camino en dirección contraria.

Frankie desapareció un momento y luego se hizo visible otra vez en el camino, agitando un pañuelo. Desde el fondo de la carretera, y en la curva, se agitó otro pañuelo.

Bobby puso el coche en primera, y, subiéndose al estribo, soltó el freno. El automóvil avanzó despacio. Sin embargo, la pendiente era muy acentuada y el motor se puso en marcha. El automóvil adquirió velocidad y Bobby sostuvo el volante. En el último momento saltó al suelo.

El automóvil siguió descendiendo por la cuesta y fue a estrellarse con gran violencia contra la cerca exterior de la finca. Todo había marchado a la perfección y el accidente había sido un éxito.

Bobby vio que Frankie acudía corriendo a la escena del crimen y se apresuraba a meterse entre los restos del coche. George dio la vuelta a la esquina y se aproximó.

Dando un suspiro, Bobby montó en su motocicleta y emprendió el camino en dirección a Londres.

En la escena del accidente reinaba gran actividad.

—¿Te parece bien que ruede un poquito por el camino? —preguntó Frankie—. Así estaré sucia de polvo.

—No está mal —contestó George—. Espera, dame tu sombrero.

Lo cogió y le hizo un agujero considerable. Frankie, mientras tanto, emitió un débil grito de angustia.

—Esa es la causa de la conmoción —explicó George—. Y ahora, quédate donde estás y cierra los ojos. Me ha parecido oír el timbre de una bicicleta.

En efecto, en aquel instante, un muchacho de unos dieciséis años acudió silbando por una esquina, y se detuvo en seco y complacido en extremo ante el espectáculo que se ofrecía a sus ojos.

—¡Caramba! —exclamó—. ¿Ha ocurrido un accidente?

—No —contestó George en tono sarcástico—. Esta señorita ha estrellado adrede su coche contra la pared.

Aceptando esta información como una ironía y no como la verdad pura (que, en efecto, era) el muchacho exclamó encantado:

—¡Caramba! Esa pobre señorita tiene mal aspecto. ¿Ha muerto?

—Aún no —dijo George—. Hay que llevarla inmediatamente a alguna parte. Soy médico. ¿Cómo se llama esta casa?

—Merroway Court. Pertenece al señor Bassington-ffrench. Es el juez de paz.

—Es necesario llevarla enseguida a la casa —dijo George en tono autoritario—. Deja la bicicleta y ayúdame.

Con la menor voluntad del mundo, el muchacho apoyó la bicicleta en la pared y se dispuso a ayudar. Entre los dos llevaron a Frankie a lo largo de la avenida y en dirección a una antigua casa señorial de agradable aspecto.

Ya los habían visto llegar, porque un mayordomo anciano acudió a su encuentro.

—Ha habido un accidente —dijo George—. ¿Tienen ustedes una habitación adonde podamos llevar a esta señorita? Necesita cuidados médicos inmediatos.

El mayordomo se dirigió al vestíbulo, muy agitado. George y el muchacho lo siguieron de cerca, llevando el inmóvil cuerpo de Frankie. El mayordomo se dirigió a una estancia situada a la izquierda, de la que salió una mujer alta, de cabellos rojizos y de unos treinta años de edad, y con los ojos de color azul claro. Se hizo cargo de la situación en el acto.

—Hay una habitación disponible en la planta baja —dijo—. ¿Quieren venir por aquí? ¿Será necesario llamar a un médico?

—Yo soy médico —replicó George—. Pasaba con mi coche y presencié el accidente.

—¡Oh! Ha sido muy oportuno. Hágame el favor de seguirme por aquí.

Y le mostró el camino, llevándolos a un dormitorio muy agradable cuyas ventanas daban al jardín.

—¿Está malherida? —preguntó.

—Todavía lo ignoro.

La señora Bassington-ffrench comprendió la indirecta y se retiró. El muchacho la acompañó para darle cuenta de cómo había ocurrido el accidente, como si lo hubiese presenciado.

—Ha ido a chocar contra la pared. El coche está destrozado. Ella quedó en el suelo y con el sombrero ladeado. Ese caballero pasaba en su coche...

Y continuó el relato hasta que lo despidieron en compañía de media corona.

Mientras tanto, Frankie y George conversaban en voz casi inaudible.

—Supongo, querido George, que esto no va a estropear tu carrera. No te borrarán del registro, ni te expulsarán del Colegio de Médicos, ¿verdad?

—¡Quién sabe! —contestó George con tono lúgubre—. Todo podría ocurrir si se descubriera el asunto.

—No te preocupes, George —le dijo Frankie—, yo no te abandonaré. Has desempeñado muy bien tu papel. Hasta ahora nunca había sido testigo de que supieras hablar durante tanto tiempo.

George dio un suspiro, consultó el reloj y dijo:

—Habré de prolongar mi examen por espacio de tres minutos.

—¿Y el coche?

—Ya me pondré de acuerdo con algún desguace para que se lleven los restos.

—Bien.

George continuó examinando su reloj y, por último, con acento de alivio, dijo:

—Ya está.

—Eres un verdadero ángel, George —exclamó Frankie—. Y no comprendo por qué te has prestado a hacer todo esto.

—Tampoco yo —contestó él—. Es una estupidez. —Y dirigiéndole un saludo con la mano, añadió—: Bueno, adiós, y que te diviertas.

—No sé si lo conseguiré —dijo Frankie, pensando en aquella voz en la que había podido notar un ligero acento estadounidense.

George salió en busca de la señora de la casa y la encontró esperándolo en la sala.

—Bueno —dijo—, tengo la satisfacción de comunicarle que el estado de esta señorita no es tan grave como imaginé. Tiene una ligera conmoción cerebral, de la que ya se está recuperando. Sin embargo, debería continuar aquí por espacio de uno o dos días. —Hizo una pausa—. Al parecer, es lady Frances Derwent.

—¡Dios mío! —exclamó la señora de la casa—. En tal caso, conozco a unas primas suyas, las Draycott.

—Ignoro si podrá usted tenerla aquí tanto tiempo —añadió George—, pero si pudiera quedarse durante uno o dos días...

Hizo una pausa y la señora de la casa contestó:

—¡Oh, desde luego! No hay el menor inconveniente, doctor...

—Arbuthnot. Y hablando de otra cosa, me ocuparé de que retiren los restos del coche. Me pondré de acuerdo con algún desguace.

—Muchas gracias, doctor Arbuthnot. Ha sido una suerte que pasara usted por aquí. Y supongo que será muy conveniente que mañana otro médico vea a la enferma para comprobar que su proceso de curación marcha debidamente.

—No me parece necesario —contestó George—. Lo único que necesita es silencio y tranquilidad.

—Yo me sentiría más tranquila. Además creo que tendríamos que avisar a sus parientes.

—Yo me ocuparé de eso —dijo George—. En cuanto al asunto médico, parece ser que esta señorita es adepta de la ciencia cristiana y no quiere saber nada de médicos. Me ha costado bastante lograr que me permitiese examinarla con más detenimiento.

—¡Oh, Dios mío! —exclamó la señora Bassington-ffrench.

—En fin, no se preocupe, porque su estado, por fortuna, no ofrece el menor peligro. Se lo aseguro.

—Si de verdad lo cree usted así, doctor Arbuthnot... —dijo la señora de la casa, indecisa.

—Sí, estoy seguro —contestó George—. Y ahora, permítame que me retire. ¡Caramba! He olvidado en el dormitorio uno de mis instrumentos.

Se dirigió rápidamente a la estancia y se acercó a la cama.

—Frankie —le dijo en voz baja y rápida—, eres una adepta de la ciencia cristiana. No lo olvides.

—¿Por qué?

—No he tenido más remedio. Me he visto en un apuro.

—Bueno —respondió ella—. No lo olvidaré.

Capítulo 12

En el campo enemigo

—Bueno, ya estoy aquí —pensó Frankie—. Instalada en el campo enemigo. Y ahora, a trabajar.

Oyó una ligera llamada a la puerta y entró la señora Bassington-ffrench. Frankie se incorporó ligeramente sobre las almohadas.

—No sabe usted cuánto lamento causarle tantas molestias —dijo con voz débil.

—Ninguna en absoluto —contestó la dueña de la casa. Frankie oyó de nuevo aquella voz fresca, atractiva, con ligero acento estadounidense, y recordó que lord Marchington había dicho que uno de los Bassington-ffrench, de Hampshire, se había casado con una heredera estadounidense—. El doctor Arbuthnot dice que estará usted perfectamente repuesta dentro de uno o dos días, si permanece en la cama.

Frankie comprendió que debería decir algo acerca de «error» o de «tendencia mortal», pero temió cometer alguna equivocación.

—Me ha dado la impresión —dijo— de que es un hombre bondadoso e inteligente.

—Me ha parecido muy entendido —asintió la señora Bassington-ffrench—, y fue una verdadera fortuna que pasara por aquí en el momento en que sufrió usted el accidente.

—Es verdad. No obstante, yo no lo necesitaba para nada.

—Conviene que se abstenga de hablar —añadió la dueña de la casa—. Enviaré a mi doncella con algunas cosas que le puedan ser útiles y luego deberá acostarse.

—Es usted muy amable.

—Faltaría más.

Frankie sintió cierto remordimiento mientras aquella señora se retiraba.

«Es una buena mujer —se dijo—. Y no sospecha nada en absoluto.»

Por vez primera se dijo que estaba desempeñando un papel muy poco airoso. Estuvo tan preocupada por la visión de un Bassington-ffrench asesino que empujaba a su víctima para hacerle caer por un precipicio, que los personajes de segunda categoría del drama no llegaron a preocuparla en lo más mínimo.

«Bueno —se dijo—, ahora ya no hay vuelta atrás y he de desempeñar bien mi papel. Pero quisiera que esta mujer no fuese tan servicial y simpática.»

Pasó una tarde y una noche muy aburridas, tendida en su habitación y a media luz. La señora Bassington-ffrench fue a visitarla una o dos veces, para comprobar su estado, pero se marchó enseguida.

Al día siguiente, Frankie solicitó que se abriesen bien los postigos de las ventanas y manifestó el deseo de tener compañía, de modo que la dueña de la casa fue a pasar un rato con ella. Descubrieron algunas relaciones y amigos comunes, y al terminar el día, Frankie, muy avergonzada, se dio cuenta de que se habían hecho excelentes amigas.

La señora Bassington-ffrench habló varias veces de su marido y de su hijo Tommy. Parecía una mujer sencilla y muy devota de su hogar. Mas por una u otra razón, Frankie creyó comprender que no era completamente feliz. En sus ojos a veces aparecía una expresión de ansiedad que no dejaba traslucir que su mente gozara de paz.

Al tercer día, Frankie se levantó y fue presentada al dueño de la casa.

Era un hombre corpulento, de mandíbula poderosa y aspecto bondadoso y distraído a la vez. Parecía pasar una gran parte del día encerrado en su estudio. Sin embargo, Frankie tuvo la impresión de que quería mucho a su mujer, aunque se interesaba muy poco por cuanto a ella pudiese gustarle.

Tommy, el niño, tenía siete años y era robusto y travieso; era evidente que Sylvia Bassington-ffrench lo adoraba.

—Aquí se está muy bien —dijo Frankie, dando un suspiro. Estaba tendida en un sillón, en el jardín—. No sé si se debe al golpe en la cabeza o a otra cosa, pero lo cierto es que no tengo ganas de marcharme. Me gustaría estar aquí tendida días y más días.

—Pues no se mueva —le dijo Sylvia Bassington-ffrench con su acento apacible—. Se lo digo en serio. No tenga ninguna prisa en volver a la ciudad. Hágase cargo de que para mí constituye un placer tenerla aquí. Es usted muy agradable y simpática, y no sabe cuánto me alegra su presencia.

«Resulta, pues, que necesita a alguien que la distraiga», pensó Frankie, aun cuando se avergonzaba de sí misma.

—Me parece que nos hemos convertido en dos buenas amigas —añadió la dueña de la casa.

Frankie se avergonzó aún más. Estaba haciendo algo indigno, muy indigno. Tenía que acabar de una vez con su cometido y volver cuanto antes a la capital.

Sylvia añadió, bondadosa:

—Aquí no se aburrirá usted demasiado. Mañana regresa mi cuñado. Estoy segura de que le gustará, porque Roger cae bien a todo el mundo.

—¿Vive con usted?

—¡Oh! Va y viene. Es un hombre muy inquieto. Él se califica como el inútil de la familia y en cierto modo quizá tenga razón. Nunca se dedica largo tiempo a un mismo trabajo u ocupación, aun cuando, hablando con sinceridad, no creo que haya trabajado jamás en su vida. Pero hay personas así, sobre todo en las familias antiguas. Y suelen ser extremadamente divertidas, como le ocurre a Roger. Por mi parte, no sé qué habría sido de mí sin él, la primavera pasada, cuando Tommy estaba enfermo.

—¿Qué le pasó a Tommy?

—Pues que se cayó del columpio y se hizo una grave contusión. Parece que las cuerdas estaban suspendidas de una rama podrida que cedió; Roger se impresionó muchísimo, porque él estaba empujando al niño en aquel momento. Al principio creímos que el pobrecito Tommy se había lesionado la columna vertebral, mas por fortuna solo fue una contusión leve y ahora está restablecido por completo.

—Eso parece —dijo Frankie, sonriendo, porque en

aquel momento pudo oír los gritos de alegría del niño a lo lejos.

—Sí, está muy bien. Y no sabe usted cuán feliz me hace esto. Ha tenido mala suerte con los accidentes infantiles. El invierno pasado estuvo a punto de ahogarse.

—¿De veras? —preguntó Frankie, preocupada.

Ya no pensaba siquiera en regresar a la ciudad. También había disminuido su sentimiento de que no obraba correctamente.

¡Accidentes...! ¿Sería posible que Roger Bassington-ffrench se hubiese especializado en los accidentes?

Y hablando en voz alta, dijo:

—En el supuesto de que me hable usted con franqueza, me gustaría mucho permanecer algún tiempo más aquí. Pero ¿cree que mi presencia no será molesta para su marido?

—¿Para Henry? —repuso la señora Bassington-ffrench, frunciendo los labios de un modo raro—. No, a Henry no le importará. En realidad, ahora no le importa nada.

Frankie la miró con curiosidad.

«Si me conocieses mejor, ahora me contarías algo —pensó—. Me parece que en esta casa ocurren cosas muy extrañas...»

Henry Bassington-ffrench se reunió con las dos señoras para tomar el té y Frankie lo observó atentamente. En aquel hombre se advertía algo raro. Su tipo parecía el de un caballero rural, sencillo y sin dobleces, jovial y amigo de los deportes. Pero un hombre así no debería sentirse nervioso e inquieto, ni tampoco abstraerse de tal modo que casi era imposible devolverlo a la realidad, y menos debería dar respuestas sarcásticas y amargas a lo que se dijera. Pero no siempre se conducía así. Por la noche, a la hora de cenar, se mostró de un modo muy distinto, porque bromeó, se rio, refirió algunas historias y, para un hombre de su condición, se condujo de un modo brillante, demasiado tal vez, según creyó Frankie, porque aquel nuevo aspecto tampoco era natural.

«Tiene unos ojos muy raros —pensó— que me dan un poco de miedo.»

Y, sin embargo, ella no sospechaba nada de Henry Bassington-ffrench. Fue su hermano, y no él, quien estuvo en Marchbolt aquel día fatal.

En cuanto al hermano, Frankie esperaba con gran interés su aparición. Según ella y Bobby, aquel hombre era un asesino, de modo que esperaba la oportunidad de verse frente a frente con un criminal.

Se sintió momentáneamente nerviosa. Sin embargo, ¿qué podía adivinar él? ¿De qué manera podía relacionar la presencia de la joven con un crimen perpetrado con el mayor éxito?

«Estoy haciendo una montaña de un grano de arena», pensó.

A la tarde siguiente, y antes de la hora del té, llegó Roger Bassington-ffrench. Frankie no lo vio hasta la hora del té, porque aún tenía la obligación de pasar la tarde entregada al «descanso».

Al salir al jardín, donde se había servido el té, Sylvia dijo, sonriendo:

—Aquí está nuestra inválida. Le presento a mi cuñado... lady Frances Derwent.

Frankie vio a un joven alto y esbelto, de poco más de treinta años y de ojos muy agradables. Aunque comprendía muy bien el significado de las palabras de Bobby cuando dijo que aquel hombre debería llevar monóculo y un bigotito, ella se fijó aún más en el azul intenso de sus ojos. Y se estrecharon las manos. Él le dijo:

—Ya me he enterado de sus esfuerzos por destrozar la cerca exterior del jardín.

—Confieso —replicó Frankie— que soy la mujer que peor conduce un coche en el mundo entero. Pero lo cierto es que llevaba uno viejo muy malo. El mío estaba en el taller y, mientras tanto, compré otro barato de segunda mano.

—La sacó de las ruinas del coche un joven médico, muy guapo.

—Se portó muy bien —convino Frankie.

En aquel momento llegó Tommy, y al ver a su tío se arrojó hacia él, dando gritos de alegría.

—¿Me has traído un tren? Me lo prometiste. Acuérdate de que me lo habías prometido.

—Oye, Tommy, no seas pesado —le dijo Sylvia.

—No lo regañes, Sylvia. Es verdad que se lo prometí. Y te lo he traído, Tommy. —Miró luego a su cuñada y le dijo—: ¿No viene Henry a tomar el té?

—Me parece que no —contestó ella con voz forzada—. Hoy no se encuentra muy bien, según creo. —Luego, impulsiva, exclamó—: ¡Oh, Roger! Me alegro mucho de que hayas venido.

Él, por un momento, le apoyó la mano en el antebrazo.

—Bueno, como puedes ver, ya estoy aquí, querida Sylvia.

Después del té, Roger jugó con el tren que había traído para su sobrino. Frankie los observaba muy preocupada. Roger no parecía capaz de arrojar a nadie por el borde del acantilado. Era imposible que un hombre tan agradable fuese un asesino.

Pero, en tal caso..., tanto ella como Bobby estarían equivocados desde el primer momento, y muy equivocados, respecto de aquel personaje.

Estaba segura de que no fue Bassington-ffrench quien empujó a Pritchard para que se cayera por el acantilado. ¿Quién fue, entonces? Porque ella continuaba convencida de que alguien lo había empujado. ¿Quién lo hizo? ¿Y quién puso la morfina en la cerveza de Bobby? Al pensar en la morfina se le ocurrió la explicación del aspecto raro de los ojos de Henry Bassington-ffrench. Recordó que sus pupilas estaban casi siempre contraídas. ¿Sería acaso un adicto a la morfina o algo por el estilo? Aquellos ojos se le antojaban un tanto misteriosos.

Capítulo 13

ALAN CARSTAIRS

Por extraño que parezca, al día siguiente, y gracias a Roger, tuvo la confirmación de aquella teoría.

Tras jugar juntos a tenis, se sentaron para tomar un refresco helado. Hablaron de varios asuntos sin importancia, y Frankie sentía cada vez más el encanto de un hombre que, como Roger Bassington-ffrench, había viajado por todo el mundo. El inútil de la familia, pues ella recordó aquel calificativo, ofrecía un contraste muy favorable cuando se lo comparaba con su hermano, más serio y de aspecto mucho más macizo.

Se produjo un silencio y, entretanto, Frankie pensó en todo eso. Y aquella pausa fue interrumpida por Roger, que empezó a hablar en un tono de voz completamente distinto.

—Si me lo permite usted, lady Frances, voy a hacer algo raro. La conozco hace apenas veinticuatro horas, pero instintivamente me doy cuenta de que es la persona más indicada para darme un consejo.

—¿Un consejo? —exclamó Frankie, sorprendida.

—Sí, no puedo acabar de decidirme acerca de dos caminos. —Hizo una pausa. Estaba inclinado hacia delante y hacía oscilar la raqueta entre sus rodillas, en tanto que aparecía una arruga en su frente. Parecía preocupado y trastornado—. Se trata de mi hermano, lady Frances.

—¿De su hermano?

—Sí. Estoy convencido, mejor dicho, seguro, de que toma algún estupefaciente.

—¿Y por qué lo cree? —preguntó Frankie.

—Hay muchos detalles. Su aspecto, en primer lugar. Sus extraordinarios cambios de carácter. ¿Se ha fijado usted en sus ojos? Siempre tiene las pupilas contraídas.

—Ya había notado este detalle —contestó Frankie—. ¿Y a qué lo atribuye usted?

—Al consumo de morfina u otro opiáceo.

—¿Y sabe usted si se trata de un vicio antiguo?

—Yo creo que lleva ya seis meses así. Recuerdo que se había quejado de insomnio. Ignoro cómo empezó a tomar ese veneno, pero sin duda fue muy poco después de entonces.

—¿Y cómo se lo procura?... —preguntó Frankie para tratar del aspecto práctico de la cuestión.

—Supongo que lo recibirá por correo. ¿Ha observado usted que suele estar nervioso e irritable algunos días a la hora del té?

—Sí, ya lo había notado.

—Sospecho que entonces debe de haber terminado su provisión y espera una nueva cantidad. Luego, cuando ya se ha recibido el correo de las seis de la tarde, se mete en su estudio, y a la hora de la cena aparece de un humor distinto por completo.

Frankie asintió. Y recordó también que algunas veces,

a la hora de la cena, su conversación era extremadamente brillante.

—Pero ¿de dónde procede el estupefaciente? —inquirió.

—Eso lo ignoro. Ningún médico respetable consentiría en proporcionárselo. Supongo que deben de existir algunos lugares en Londres donde es posible obtener la droga si la pagas a buen precio.

Frankie inclinó pensativa la cabeza. Recordaba haber dicho a Bobby algo respecto a una cuadrilla de contrabandistas de estupefacientes, y él contestó que no convenía hacer una mezcla de varios delitos. Y resultaba raro que, al comienzo de sus investigaciones, encontraran ya huellas de semejante cosa. Más extraño todavía era que el individuo de quien sospechaban en primer término le llamara la atención acerca del particular. Eso la inclinaba cada vez más a absolver a Roger Bassington-ffrench de la acusación de asesinato.

Y, sin embargo, allí estaba el asunto inexplicable del retrato cambiado. Las pruebas contra él, según recordó, seguían siendo las mismas de siempre. Por otra parte, solamente existía el contrapeso de la influencia personal de aquel hombre. Y todo el mundo asegura que con frecuencia los asesinos son personas encantadoras.

Trató de desechar aquellas reflexiones y se volvió hacia su compañero.

—¿Y por qué me cuenta usted todo esto? —preguntó sin ambages.

—Porque no sé qué hacer con respecto a Sylvia —contestó él—. ¿Debo decírselo?

—¡Claro que no! Es algo muy delicado.

—Sí, lo es. Y por eso creo que usted podría ayudarme.

Sylvia le profesa una viva amistad. Hace muy poco caso de la gente de la vecindad, pero, según me ha dicho, desde el momento en que la vio a usted le cayó simpática. ¿Qué le parece, pues, que debo hacer, lady Frances? En cuanto se lo diga, añadiré una pesada carga a su vida.

—Si ella lo supiese, tal vez pudiera tener alguna influencia —sugirió Frankie.

—Lo dudo. En casos semejantes, nadie, ni la persona más querida, tiene la menor influencia en el ánimo del paciente.

—Me parece que expresa usted una actitud muy poco animosa.

—Es una realidad. Desde luego, hay medios de esclarecer esos casos. Si Henry consintiera en someterse a un tratamiento... Por ejemplo, hay un sanatorio a corta distancia de aquí. Lo dirige el doctor Nicholson.

—Pero, sin duda, él no consentiría nunca, ¿verdad?

—Tal vez. En algunas ocasiones, es posible sorprender a un morfinómano sumido en el remordimiento, y entonces consiente en todo con objeto de curarse. Me siento inclinado a creer que Henry podría llegar fácilmente a tal estado mental si piensa que Sylvia lo ignora, es decir, si lo amenazara, por decirlo así, con contárselo a ella. Si la curación tuviese éxito, él aludiría a su dolencia como si hubiera sido un estado nervioso. Y no habría ninguna necesidad de que la pobre mujer se enterase.

—¿Y tendría que alejarse para someterse al tratamiento?

—El lugar al que me refiero se encuentra a menos de cinco kilómetros de distancia, al otro lado del pueblo. Lo dirige un canadiense, el doctor Nicholson. Tengo entendido que es un hombre muy hábil. Por fortuna, Henry se lleva bien con él, pero... Silencio. Ahí viene Sylvia.

La señora Bassington-ffrench se acercó a ellos y preguntó:

—¿Han jugado ustedes mucho rato?

—Tres sets —contestó Frankie—, y he sido derrotada en todos.

—Sin embargo, juega usted muy bien —observó Roger.

—El tenis me da una pereza espantosa —dijo Sylvia—. Un día invitaremos a los Nicholson. A ella le gusta mucho jugar. ¿Qué pasa? —preguntó, sorprendiendo la mirada que intercambiaron los dos.

—Nada. Simplemente que, hace un momento, estaba hablando a lady Frances de los Nicholson.

—Mejor sería que la llamases Frances, como yo. ¿Y no es curioso que cuando se habla de una persona o de una cosa casi siempre se oye enseguida una repetición de lo mismo?

—Son canadienses, ¿verdad? —preguntó Frankie.

—Él sí. Y me imagino que ella es inglesa, aunque no tengo la seguridad. Es muy linda, una muchacha encantadora, de ojos bellísimos, grandes y de expresión triste. Supongo que no es demasiado feliz. Sin duda lleva una vida muy deprimente.

—Creo que él dirige una especie de sanatorio, ¿no?

—Sí, casos de trastornos nerviosos y aficionados a los estupefacientes. Tengo entendido que tiene una gran tasa de éxito. Es un hombre realmente notable.

—¿Le es a usted simpático?

—No —contestó Sylvia—. De ningún modo. Nada en absoluto —añadió con extraña vehemencia.

Poco después mostró a Frankie el retrato, que tenía sobre el piano, de una mujer encantadora y de grandes ojos.

—Esta es Moira Nicholson. Tiene un rostro muy atractivo, ¿verdad? Aquí estuvo de visita un hombre, en compañía de algunos amigos nuestros, y quedó muy impresionado al verla. Deseaba que se la presentasen —se echó a reír—. Los invitaré a cenar mañana por la noche. Y me gustaría conocer la opinión de usted acerca de él.

—¿De él?

—Sí. Como ya le he dicho, no me es simpático y, sin embargo, es un hombre guapo y atractivo.

En su tono había algo que obligó a Frankie a dirigirle una rápida mirada, pero Sylvia Bassington-ffrench se había vuelto de espaldas y se ocupaba en sacar de un jarrón unas flores ya marchitas.

«Tengo que poner en orden mis ideas —se dijo Frankie, mientras pasaba un peine por su espeso y oscuro cabello antes de vestirse para cenar aquella noche—. Además —añadió, resuelta—, ha llegado el momento de hacer algunos experimentos.»

¿Era Roger Bassington-ffrench el criminal que ella y Bobby suponían?

Los dos habían estado de acuerdo en que el mismo individuo que trató de quitar de en medio a Bobby debía de tener fácil acceso a la morfina. En cierto modo, esto era posible para Roger Bassington-ffrench. Si su hermano recibía algunas cantidades de morfina por correo, no le sería difícil sustraer un poquito y utilizarlo para sus propios fines.

«Recordar —escribió Frankie en una hoja de papel—. Primero: Averiguar dónde estaba Roger el día 16, cuando Bobby fue envenenado.» Y creyó encontrar fácilmente el medio de averiguarlo.

«Segundo —escribió—: Mostrar el retrato del asesinado para observar las reacciones, en caso de que se produzcan. Y también fijarse en si R. B. F. confiesa haber estado en Marchbolt.»

Con respecto a la segunda resolución, se sentía algo nerviosa, porque significaba descubrirse. Por otra parte, la tragedia había ocurrido en la comarca que ella habitaba, y el hecho de mencionarla, de un modo casual, sería naturalísimo. Arrugó, pues, la hoja de papel y la quemó.

A la hora de la cena consiguió tratar con la mayor naturalidad el primer punto que le interesaba.

—El caso es —dijo volviéndose hacia Roger— que tengo la impresión de que ya nos hemos visto otra vez. Y en fecha reciente. ¿No sería, por casualidad, en la fiesta que dio lady Shane en el Claridge? Me parece recordar que fue el día 16.

—Ese día no pudo ser —contestó Sylvia—. Roger estaba aquí. Y lo recuerdo porque dimos una fiesta infantil y no sé lo que habría hecho yo de no contar con su auxilio.

Dirigió una mirada de gratitud a su cuñado y él le sonrió.

—Pues yo no la recuerdo a usted —contestó él, pensativo—; y estoy seguro de que, si la hubiese visto, la recordaría —añadió, galante.

«Un punto que queda resuelto —pensó Frankie—. Roger Bassington-ffrench no estaba en Gales el día en que Bobby fue envenenado.»

Más tarde resolvió, también con gran facilidad, el segundo punto. Frankie llevó la conversación con el objetivo de tratar sobre las posesiones rurales, sobre el aburrimiento que causaba vivir en ellas y del interés que despertaba el más mínimo suceso.

—El mes pasado —dijo—, se cayó un hombre desde lo alto de un acantilado y eso nos interesó de un modo exagerado. Asistí a la vista con la mayor curiosidad, pero me aburrí soberanamente.

—¿No sucedió en una localidad llamada Marchbolt? —preguntó Sylvia.

Frankie afirmó, añadiendo:

—El castillo de Derwent está situado a diez kilómetros de Marchbolt.

—Ese debía de ser tu hombre, Roger —exclamó Sylvia. Frankie le dirigió una mirada interrogadora.

—Casi puede decirse que yo estaba presente en el momento de su muerte —dijo Roger—. Y permanecí al lado del cadáver hasta la llegada de la policía.

—Pues yo tenía la impresión de que uno de los hijos del vicario había cumplido con ese piadoso deber... —contestó Frankie—. Cierto es que oí hablar de que por allí estuvo otra persona, pero no llegaron a decirme su nombre. Sin duda era usted.

Se despertó, en cierto modo, la curiosidad general y todos se dijeron que el mundo era muy pequeño. Frankie comprendió que la cosa marchaba muy bien.

—Es posible que usted me hubiese visto en Marchbolt —sugirió Roger.

—Yo no estaba allí cuando ocurrió el accidente —replicó Frankie—. Llegué de Londres dos días después. ¿Asistió usted a la vista?

—No. Regresé a Londres a la mañana siguiente de la tragedia.

—Tuvo la idea absurda de comprar por allí una casa —dijo Sylvia.

—Una tontería —replicó Henry Bassington-ffrench.

—No tanto —replicó sonriendo Roger.

—Sabes muy bien, Roger, que en cuanto hubieses adquirido una casa te habrían entrado de nuevo las ganas de echar a correr para ir errante de un lado a otro.

—¡Caramba, Sylvia! Algún día sentaré la cabeza y viviré en mi casa.

—Pues cuando te decidas, hazlo cerca de nosotros —dijo Sylvia—. No te alejes de Gales.

Roger se echó a reír y, volviéndose hacia Frankie, le preguntó:

—¿Conoce usted algún detalle acerca del accidente? ¿No fue un suicidio o algo por el estilo?

—¡Oh, no! Todo fue vulgar y corriente a más no poder. Llegaron unos parientes impasibles e identificaron el cadáver. Al parecer había emprendido una excursión a pie. Resultó muy triste, porque se trataba de un hombre de aspecto agradable. ¿Vio usted su retrato en los periódicos?

—Tengo la impresión de haberlo visto, pero no lo recuerdo bien.

—En mi cuarto tengo un recorte de nuestro periódico local.

Frankie estaba entusiasmada y corrió a su cuarto para regresar en breve con el recorte de periódico. Se lo entregó a Sylvia. Roger se acercó, para mirarlo por encima del hombro de su cuñada.

—¿Verdad que era un hombre guapo? —preguntó Frankie, convencida.

—No se puede negar —contestó Sylvia—. Se parece

mucho a Alan Carstairs. ¿No crees, Roger? Me parece que ya había hecho esta observación.

—Sí, se le parece bastante —contestó Roger—, pero en la realidad la semejanza no era muy notable, como ya sabes.

—¡Oh! Nunca se puede juzgar por los retratos publicados en los periódicos —dijo Sylvia cuando devolvía la fotografía.

Frankie asintió y la conversación se refirió a otros asuntos. Indecisa, se dirigió a su cuarto para acostarse. Al parecer, todos habían reaccionado con la mayor naturalidad. Y no era ningún secreto la búsqueda de una casa por parte de Roger.

La única cosa que había logrado era conocer un nombre: el de Alan Carstairs.

«¿Quién sería?», se preguntó.

Capítulo 14

EL DOCTOR NICHOLSON

A la mañana siguiente, Frankie atacó a Sylvia y empezó por preguntar, sin mostrar demasiado interés:

—¿Cómo se llamaba el individuo a quien mencionó usted anoche? Alan Carstairs, ¿verdad? Tengo la impresión de haber oído ese nombre con anterioridad.

—No me extraña, porque a su manera es una celebridad. Es canadiense, naturalista y se dedica a la caza mayor. También es explorador. En realidad, casi no lo conozco. Unos amigos nuestros, los Rivington, lo trajeron un día a comer. Es un hombre muy atractivo. Alto, fuerte, bronceado y de hermosos ojos azules.

—Ya me parecía haber oído hablar de él...

—Creo que nunca había estado por aquí. El año pasado fue a hacer un viaje por toda África en compañía de ese millonario, John Savage. Este creyó que padedcía un cáncer y se suicidó de un extraño modo. Carstairs ha estado en todo el mundo. En Oriente, África, Sudamérica... En fin, en todas partes, según creo.

—Debe de ser un simpático aventurero —observó Frankie.

—¡Oh, sí! Es muy atractivo.

—Es raro que se parezca tanto al individuo que se cayó del acantilado en Marchbolt... —dijo Frankie.

—Quizá todos tenemos un sosias.

Luego compararon algunos ejemplos, citando a Adolf Beek y otros casos famosos. Frankie tuvo el mayor cuidado en no hacer nuevas referencias con respecto a Alan Carstairs, porque sería contraproducente demostrar demasiado interés por él. Pero estaba segura de que llevaba muy buen camino y sentía la convicción de que la víctima de la tragedia del acantilado era en realidad Alan Carstairs. Respondía con exactitud a todos los requisitos. No tenía amigos íntimos ni parientes en Inglaterra, y seguramente su desaparición no se advertiría durante bastante tiempo. A un hombre que con frecuencia emprendía viajes a África Oriental o a Sudamérica no se le echaría de menos sino al cabo de algún tiempo. Además, Frankie observó que, si bien Sylvia Bassington-ffrench había hecho comentarios acerca del parecido con el retrato del periódico, no se le ocurrió ni por un instante que se podía tratar de la misma persona. Y a Frankie le pareció que eso era un detalle psicológico muy interesante. Pocas veces sospechamos que las personas mencionadas en los periódicos sean las mismas que hemos visto o conocido.

El asunto marchaba bien. El muerto era, sin duda, Alan Carstairs. Convenía, pues, averiguar más detalles acerca de él. Sus relaciones con los Bassington-ffrench fueron al parecer muy superficiales. Unos amigos lo llevaron a su casa por pura casualidad. ¿Cómo se llamaban los amigos? Rivington, y Frankie almacenó en la memoria este apellido para utilizarlo a su debido tiempo.

Allí se le presentaba una posible fuente de información. Pero convendría obrar con cautela y hacer con la mayor discreción las investigaciones referentes a ese Alan Carstairs.

«No tengo el menor deseo de ser envenenada o de recibir un porrazo en la cabeza —pensó Frankie, haciendo una mueca—. A punto estuvieron de matar al pobre Bobby, aunque apenas si tenían un leve motivo de resentimiento contra él.»

Sus ideas se fijaron entonces en aquella frase enigmática que había sido el origen de todo. ¡Evans! ¿Quién sería Evans? ¿Cómo entraba Evans en el asunto?

«Una banda de contrabandistas de estupefacientes», se dijo Frankie.

Tal vez algún pariente de Carstairs era víctima de ella y el explorador decidió destruirla de una vez. Posiblemente había llegado a Inglaterra con aquel propósito. Evans quizá fue uno de los individuos de la banda que se había retirado y fue a vivir a Gales. Carstairs quizá sobornó a Evans para que denunciase a los otros, y Evans aceptó. Carstairs entonces fue a verlo, pero alguien lo siguió y lo mató.

¿Ese alguien sería Roger Bassington-ffrench? Parecía muy improbable. Los Cayman, que según imaginaba Frankie pertenecían a la banda, parecían los más indicados para ejercer la misión del asesino.

Y, sin embargo, aquella fotografía... Si por lo menos hubiese alguna explicación para ella...

Aquella noche se esperaba para la cena al doctor Nicholson y a su esposa. Frankie estaba acabando de vestirse cuando oyó que se detenía un coche ante la puerta principal. Y como su habitación daba a la fachada delantera, miró a través de la ventana.

Un hombre alto se apeaba entonces del asiento del

conductor de un Talbot de color azul oscuro. Frankie, pensativa, se alejó de la ventana.

Carstairs era canadiense y el doctor Nicholson también. Además, este era dueño de un Talbot de color azul oscuro.

Era absurdo hacer ninguna deducción de todo eso, pero resultaba curioso e invitaba a meditar sobre el asunto.

El doctor Nicholson era un hombre alto y corpulento, y sus maneras parecían indicar grandes reservas de vigor. Hablaba con lentitud y, en resumen, decía muy poco; pero de un modo u otro, cada una de sus palabras era significativa. Llevaba unas gafas de cristales muy gruesos, detrás de los cuales centelleaban, reflexivos, sus ojos, de color azul pálido.

Su esposa era una mujer esbelta que tendría quizá unos veintisiete años, bonita, quizá incluso hermosa. A Frankie le dio la impresión de que era muy nerviosa y de que hablaba de un modo febril, como si quisiera ocultar tal defecto.

—Me he informado, lady Frances, de que sufrió usted un accidente —dijo el doctor Nicholson, mientras tomaba asiento a su lado en la mesa.

Frankie explicó la catástrofe y se preguntó por qué estaría tan nerviosa al hablar de aquello. Las maneras del doctor eran sencillas y mostraban interés. ¿Por qué tenía ella la sensación de que trataba de defenderse de una acusación que nadie le había hecho? ¿Existiría alguna razón para que el doctor no se creyese su accidente?

—Es lamentable —dijo cuando al fin ella hubo terminado de referir la historia, quizá demasiado detallada—. Pero, al parecer, se ha restablecido rápidamente.

—Nosotros —intervino Sylvia— no queremos darla por curada todavía, y la conservaremos a nuestro lado.

El doctor fijó una mirada en Sylvia. En sus labios apareció algo semejante a una débil sonrisa, que se borró de inmediato.

—Por mi parte, la tendría a mi lado el mayor tiempo posible —dijo en tono grave.

Frankie estaba sentada entre la dueña de la casa y el doctor Nicholson. Henry Bassington-ffrench se mostraba malhumorado aquella noche. Le temblaban las manos, apenas comía y tampoco tomó parte en la conversación. La señora Nicholson, que estaba enfrente, pasó un mal rato con él y, manifestando el mayor alivio, se volvió hacia Roger. Le hablaba distraída y sus ojos apenas abandonaban el rostro de su marido. Este hablaba entonces de la vida en el campo.

—¿Conoce usted cómo se llevan a cabo los cultivos microbianos, lady Frances? —preguntó el doctor.

—No demasiado —replicó ella.

—Pues se desarrollan, como ya sabe usted, en sueros o caldos especiales. Y la vida en el campo, lady Frances, se parece mucho a esto. Hay tiempo, espacio e infinitas posibilidades, todo lo cual constituye una suma de condiciones favorables para el desarrollo.

—¿Se refiere usted a las cosas malas? —preguntó Frankie.

—Todo depende, lady Frances, del germen que se cultive.

A Frankie le dio la impresión de que aquel diálogo era muy tonto; mas ¿por qué sentía aprensión? Haciendo un esfuerzo, replicó en tono de broma:

—Pues yo tengo la esperanza de estar desarrollando toda suerte de malas cualidades.

Él la miró y, con acento apacible, dijo:

—¡Oh, no! No lo crea, lady Frances. Estoy seguro de que vivirá usted siempre en el lado de la ley y del orden.

¿No hubo cierto énfasis en su voz, al pronunciar la palabra *ley*?

De repente, y desde el otro lado de la mesa, la señora Nicholson dijo:

—Mi marido se jacta de saber identificar muy bien el carácter y la personalidad de la gente.

—Es cierto, Moira —contestó su marido inclinando la cabeza—. Me interesan los pequeños detalles —se volvió hacia Frankie—. Como ya le dije antes, me enteré del accidente sufrido por usted, pero hay un detalle que me extraña mucho.

—¿Cuál? —inquirió Frankie con el corazón agitado.

—El doctor que pasó por aquí y que la hizo traer a esta casa.

—¿Y qué hay de raro en él?

—Pues que sin duda era un hombre un tanto extraño, porque hizo dar la vuelta a su coche antes de acudir en socorro de usted.

—No comprendo.

—Es natural, porque estaba usted sin sentido. Pero el joven Reeves, un muchacho que trabaja de mensajero, venía de Staverley, en su bicicleta, y no pasó por su lado ningún automóvil. Él, sin embargo, dio la vuelta a la esquina; encontró el coche de usted destrozado, en tanto que el doctor seguía su camino... en dirección a Londres. ¿Comprende usted lo raro del caso? Ese médico no venía de Staverley. De manera que forzosamente tuvo que seguir la dirección opuesta y bajar la pendiente. En tal caso, su automóvil habría marchado en dirección a Staverley. Y, sin embargo, no llegó allí. Por lo tanto, dio la vuelta.

—A no ser que hubiese regresado un poco antes de Staverley —observó Frankie.

—En tal caso, su coche habría estado parado allí, mientras usted bajaba la pendiente. ¿Fue así?

Sus ojos, de color azul pálido, la miraban con fijeza a través de las gruesas gafas.

—No lo recuerdo —dijo Frankie—. No podría contestar con exactitud.

—Pareces un detective, Jasper —dijo la señora Nicholson—. Y, al fin y al cabo, para poner en claro algo que no vale la pena.

—Me interesan los pequeños detalles —repuso Nicholson.

Y se volvió hacia la dueña de la casa, de modo que Frankie suspiró con alivio.

¿Por qué le habría hecho aquellas preguntas? ¿Qué había averiguado con respecto al accidente? «Me interesan los pequeños detalles», había dicho. ¿No tendría reservado algo más? Frankie recordó el coche Talbot de color azul oscuro y la circunstancia de que Carstairs también era canadiense, y le pareció que el doctor Nicholson era un hombre siniestro.

Después de cenar, procuró no acercarse a él, para dedicarse a la frágil y suave señora Nicholson. Observó que los ojos de ella estaban siempre fijos en su marido y Frankie se preguntó si se debería al amor o al miedo.

Nicholson se dedicó a Sylvia y, a las diez y media, sorprendiendo una mirada de su esposa, se puso en pie para marcharse.

—Bueno —dijo Roger, en cuanto hubieron salido—, ¿qué le parece a usted el doctor Nicholson? Tiene una personalidad muy destacada, ¿no lo cree usted así?

—Me sucede lo mismo que a Sylvia —replicó Frankie—. No me es muy simpático. Prefiero a su mujer.

—Es muy bonita, pero algo tonta —dijo Roger—. O bien le adora o le teme a más no poder. No sabría qué decir acerca de eso.

—Me ha producido la misma impresión —convino Frankie.

—No me es simpático —dijo Sylvia—, pero debo confesar que es un hombre enérgico. Tengo entendido que ha curado de un modo maravilloso a varios toxicómanos. Es decir, a pacientes cuyos familiares habían perdido ya la esperanza de que se curasen. Fueron a su sanatorio, como último recurso, y salieron absolutamente curados.

—Sí —dijo de pronto Henry Bassington-ffrench—. ¿Y saben ustedes lo que ocurre allí? ¿Conocen los espantosos sufrimientos y los tormentos mentales de los pobres pacientes? Un hombre que está acostumbrado a un estupefaciente cualquiera entra allí y se ve desprovisto de él, enloquece por esta causa y se da de cabeza contra la pared. Eso es lo que hace ese doctor tan enérgico. No hace más que torturar a la gente, torturarla y sumirla en el infierno hasta que uno se vuelve loco...

Se estremecía con violencia al pronunciar estas palabras. De pronto, dio media vuelta y salió de la estancia.

Su esposa se quedó un poco asombrada.

—¿Qué le pasa a Henry? —preguntó, extrañada—. Al parecer está muy trastornado.

—Toda la noche me ha dado la impresión de que estaba algo indispuesto —se aventuró a decir Frankie.

—También lo he observado yo. Lleva unos días de muy mal humor. ¡Ojalá no hubiese abandonado la habitación! Ahora que recuerdo, el doctor Nicholson ha invitado a Tommy a su casa pasado mañana, pero no me gusta demasiado que vaya allí... a causa de los extraños pacientes que tiene, entre trastornados y toxicómanos.

—Supongo —observó Roger— que el doctor no le permitirá ponerse en contacto con ellos. Y, al parecer, siente mucha simpatía por los niños.

—En efecto, y creo que lamenta mucho no tener hijos. Sin duda, a su mujer le ocurre lo mismo. La pobre parece muy triste, y da la sensación de estar muy delicada.

—Tiene el aspecto de una madona triste —observó Frankie.

—Es una magnífica descripción de su aspecto.

—Si al doctor Nicholson le gustan los niños, seguro de que también asistió a la fiesta infantil que usted organizó —dijo Frankie, sin dar mucha importancia al asunto.

—Por desgracia, estuvo entonces un par de días ausente. Creo que tuvo que ir a Londres para asistir a una conferencia.

—Ah, entiendo.

Luego fueron todos a acostarse, pero antes de hacerlo, Frankie escribió a Bobby.

Capítulo 15

Un descubrimiento

Bobby había pasado unos días muy desagradables, porque le molestaba en extremo su forzada inactividad. Le resultaba violento permanecer en Londres sin hacer cosa alguna. Le llamó por teléfono George Arbuthnot y, en pocas y lacónicas palabras, le comunicó que todo había ido bien. Dos días más tarde, recibió una carta de Frankie, por mediación de su doncella, y que había sido dirigida a la casa que los Marchington tenían en la capital. Y, a partir de aquel momento, ya no supo nada más.

—Una carta para ti —exclamó Badger.

Bobby se acercó, muy excitado, pero el sobre de la carta estaba escrito por su padre y procedía de Marchbolt. Mas en aquel momento descubrió la figura esbelta y vestida de negro de la doncella de Frankie, que se aproximaba al garaje. Cinco minutos después rompía el sobre de la segunda carta de Frankie.

Querido Bobby:
Me parece que ha llegado el momento de que vengas a re-cogerme. He dado instrucciones a casa para que te entreguen

el Bentley cuando lo pidas. Ponte una librea de chófer. Las nuestras son siempre de color verde oscuro. Cómprala en Harrod's, por cuenta de papá. Tiene que estar perfecta en todos los detalles. Y procura que el bigote esté debidamente crecido y recortado. Este detalle es capaz de desfigurar por completo a cualquiera.

Ven aquí y pregunta por mí. Podrías traerme incluso una carta de papá. Di que el coche se encuentra ya en buen estado de funcionamiento. El garaje de la casa solo contiene dos coches y no tiene capacidad para más. Hay aquí un Daimler de la familia y el dos plazas de Roger Bassington-ffrench. Por fortuna, no cabe ningún otro coche en el garaje, de modo que habrás de ir a Staverley para dejar allí el mío. Una vez allí, averigua todo lo que puedas, en especial con respecto al doctor Nicholson, que dirige un sanatorio para enfermos toxicómanos. Hay algunas circunstancias sospechosas con respecto a él; tiene un Talbot de color azul oscuro, estuvo ausente de su casa el día 16, día en que tomaste la cerveza envenenada, y se interesa demasiado por las circunstancias de mi accidente.

Además, creo haber identificado el cadáver. Hasta la vista, compañero policía.

Recibe el afecto de tu conmocionada, con el mayor éxito.

Frankie

P. S.: Yo misma haré que te entreguen esta carta en mano.

Bobby sintió que recobraba repentinamente el ánimo. Se quitó el mono y, después de comunicar a Badger que se marchaba, recordó que aún no había abierto la carta de su padre. Lo hizo así, con un entusiasmo digno de toda loa, puesto que las cartas del vicario eran en su mayoría un producto del deber más que del placer, y respiraba una atmósfera de tolerancia cristiana que resultaba muy deprimente.

Daba el vicario concienzudas noticias acerca de lo que había ocurrido en Marchbolt; describió sus propias dificultades con el organista y hacía comentarios acerca de la conducta poco cristiana de uno de sus administradores de la iglesia. También hablaba de la encuadernación de los libros de himnos. Y el vicario esperaba que Bobby trabajara como un hombre, en su nueva ocupación, esforzándose todo lo que pudiera y terminaba asegurándole que siempre era su afectísimo padre.

Pero había una posdata:

Ahora recuerdo que alguien estuvo en casa, pidiendo tus señas de Londres. Yo estaba ausente en aquel momento y el visitante no dejó su nombre. La señora Robert dice que era un individuo alto, algo encorvado y que llevaba gafas. Al parecer, sintió mucho no encontrarte y manifestó su deseo de volver a verte.

Un hombre alto, encorvado, con gafas... Bobby se esforzó en recordar a alguien que se pareciese a aquella descripción, pero no lo consiguió. De repente, tuvo una sospecha. ¿No sería el anuncio de un nuevo atentado contra su vida? ¿Acaso aquel misterioso enemigo, o aquellos enemigos, trataban de averiguar su paradero?

Se sentó y empezó a reflexionar en serio. Quienesquiera que fuesen aquellos individuos se habían enterado de que él ya no estaba en el pueblo. Sin sospechar nada, la señora Robert dio sus señas. Por lo tanto, aquellos sujetos estaban probablemente vigilando el lugar.

Por consiguiente, si salía, quizá lo siguieran y, dado el estado actual de las cosas, eso no le convenía.

—Badger —exclamó Bobby.

—¿Qué pasa?

—Ven aquí.

Los cinco minutos siguientes fueron empleados en un trabajo muy intenso. Y diez minutos más tarde, Badger era ya capaz de repetir de memoria las instrucciones recibidas.

En cuanto estuvo satisfecho acerca del particular, Bobby subió a un Fiat de dos plazas, fabricado en el año 1902, y salió con él. Lo aparcó en St. Jame's Square y desde allí se encaminó directo a su club. Hizo algunas llamadas telefónicas y dos horas más tarde le fueron entregados algunos paquetes. Por último, y hacia las tres y media, un chófer que vestía librea de color verde oscuro se dirigió a St. Jame's Square y subió rápidamente en un Bentley muy grande que llevaba allí media hora. El vigilante del aparcamiento lo saludó. El caballero que había dejado el automóvil le había dicho, tartamudeando un poco al hacerlo, que su chófer no tardaría en recogerlo.

Bobby embragó y el automóvil echó a andar. El Fiat abandonado continuaba esperando tristemente a su dueño. Bobby, a pesar de la molestia intensa que sentía en su labio superior, empezaba a divertirse. Se dirigió al norte y no al sur, y poco después el poderoso motor avanzaba por la Great North Road.

Aquella era una precaución adicional que tomaba. Estaba seguro de que no lo habían seguido. De repente, torció a la izquierda y, siguiendo algunos caminos poco directos, se encaminó a Hampshire.

Poco después de la hora del té, el Bentley emprendió

el camino hacia Merroway Court, conducido por un chófer correcto y envarado.

—¡Caramba! —exclamó Frankie en tono alegre—. Aquí está el automóvil.

Salió a la puerta delantera, acompañada por Sylvia y por Roger.

—¿Hay alguna novedad, Hawkins?

El chófer llevó la mano a su gorra.

—No, milady. El coche ha sido repasado por completo.

—Entonces, todo va bien.

El chófer sacó la carta, se la entregó a Frankie y dijo:

—De parte de su señoría, milady.

La joven la cogió.

—Se alojará usted en... ¿cómo se llama...? Sí, en Las Armas del Pescador, en Staverley, Hawkins. Si necesito el coche, llamaré por la mañana.

—Muy bien, milady.

Bobby retrocedió con el coche, dio media vuelta y echó a correr por la carretera.

—Siento muchísimo que aquí no tengamos espacio. Es un coche rápido y, en todos los aspectos, muy bonito.

—Con este se puede correr bien —dijo Roger.

—En efecto, y eso hago —admitió Frankie.

Estaba satisfecha al observar que no hubo la menor manifestación de reconocimiento del rostro de Bobby por parte de Roger. Lo contrario le habría extrañado mucho, porque ni ella misma habría conocido a Bobby si se lo hubiera encontrado por casualidad. El bigotito tenía un aspecto muy natural y el envaramiento que fingía, tan impropio de él, completaban perfectamente el disfraz, aumentado aún por la librea.

También la voz era excelente y poco parecida a la de Bobby, de modo que Frankie empezó a creer que el muchacho era mucho más inteligente de lo que se había imaginado.

Mientras tanto, su amigo se instaló, con el mismo éxito, en Las Armas del Pescador. Debía representar allí el papel de Edward Hawkins, chófer de lady Frances Derwent.

El joven estaba muy mal informado acerca de la conducta de los chóferes en su vida privada, pero creyó que no estaría de más cierta altanería. Trató de sentirse un ser superior y de obrar de acuerdo con eso. La actitud de admiración de algunas mujeres jóvenes empleadas en Las Armas del Pescador tuvo un efecto alentador, de modo que en breve pudo observar que Frankie y su accidente habían sido el tema principal de las conversaciones en Staverley desde que ocurrió. Bobby condescendió en hablar con el posadero, que era un hombre cordial y fornido, llamado Thomas Askew, y aun se permitió sonsacarle un poco.

—El joven Reeves estuvo allí y presenció el accidente —declaró el señor Askew.

Bobby bendijo la natural fantasía de los muchachos. El famoso accidente estaba ya comprobado por un testigo presencial.

—Creyó que había llegado el último momento de su vida —añadió el señor Askew—. El coche bajaba por la cuesta en línea recta. Fue un milagro que la joven no se matara.

—Su señoría no es capaz de morir con esa facilidad —contestó Bobby.

—¿Ha sufrido muchos accidentes?

—Ha tenido mucha suerte —repuso Bobby—, pero le aseguro a usted, señor Askew, que cuando su señoría coge el volante, como lo hace a veces... Bueno, también creo que ha llegado mi última hora...

Varias personas presentes negaron con la cabeza en señal de tristeza y dijeron que aquello no les extrañaba y que precisamente habían imaginado lo mismo.

—Tiene usted un establecimiento muy agradable, señor Askew —dijo Bobby, en tono protector y bondadoso—. Muy bonito y muy cómodo.

El señor Askew expresó su gratitud.

—¿Acaso Merroway Court es la única posesión considerable en la vecindad?

—También está por ahí la Granja, señor Hawkins. En realidad no es ninguna mansión, porque allí no vive ninguna familia. Y la casa estuvo desocupada muchos años hasta que la alquiló ese doctor estadounidense.

—¿Un médico estadounidense?

—Sí, señor. Se llama Nicholson. Y si me pregunta usted, señor Hawkins, le diré que allí suceden cosas raras.

La muchacha del bar observó en aquel instante que el doctor Nicholson le daba miedo. Estaba claro que la asustaba, no cabía la menor duda.

—¿Qué quiere usted decir, señor Askew? —preguntó Bobby.

El posadero inclinó ligeramente la cabeza.

—Los que están allí han ido a la fuerza. Los han hecho ingresar sus parientes. Le aseguro a usted, señor Hawkins, que si le contara los gemidos, los gritos y los gruñidos que allí se oyen, no querría creerme.

—¿Y por qué no interviene la policía?

—Porque se da por supuesto que allí no ocurre nada

de particular. Casos de trastornos mentales y enfermos por el estilo. Bueno, locos que, al fin y al cabo, no lo están demasiado. El director es médico y, al parecer, no hay nada que decir acerca de eso.

En cuanto hubo pronunciado tales palabras, el hostelero metió la cara en una jarra de cerveza y volvió a sacarla, para negar con la cabeza con expresión de duda.

—¡Ah! —dijo Bobby, con acento significativo—. Si supiéramos todo lo que ocurre en esos lugares...

Y a su vez se inclinó sobre su jarra. La muchacha del bar, con acento vehemente, exclamó:

—Eso es lo que yo digo, señor Hawkins. ¿Qué pasa allí? Una noche escapó una pobre jovencita; iba en camisón, la desdichada, y el doctor y un par de enfermeras salieron a cazarla. «¡Oh, no permitan que me lleven!» Eso gritaba sin cesar. Daba lástima. Creo que era muy rica y que sus parientes la habían metido allí. El caso es que la encerraron de nuevo y el doctor explicó que tenía manía persecutoria. Así lo dijo. Según creo, el enfermo piensa que todo el mundo está contra él. Pero muchas veces me he preguntado... ¡Oh, sí!, muchas veces...

—¡Ah! —exclamó el señor Askew—. Es muy fácil decir...

Otro de los presentes observó que nadie estaba enterado de las cosas que sucedían en aquellos lugares. Y otro corroboró la afirmación.

Por último se disolvió la reunión y Bobby anunció su intención de ir a dar un paseo antes de acostarse.

Sabía que la Granja se hallaba a un lado del pueblo, y en sentido opuesto a Merroway Court, de modo que dirigió sus pasos hacia allí. Lo que pudo oír aquella noche en la posada le pareció muy digno de su atención. Claro está que había que descontar algunas cosas. En los pueblos, generalmente, se sienten grandes prejuicios contra un recién llegado y más aún si el forastero pertenece a otra nacionalidad. Si Nicholson dirigía un sanatorio para curar toxicómanos era natural que allí se produjeran extraños ruidos y que se oyeran gemidos, gritos y gruñidos, sin que tuviesen ninguna significación siniestra. Sin embargo, la historia de aquella muchacha que se fugó había impresionado a Bobby de un modo desagradable. ¿Y si en realidad la Granja fuese un lugar donde se retenía a la gente contra su voluntad? En tal caso, podrían tener también algunos pacientes verdaderos para disfrazar las actividades reales de aquella gente.

Al llegar aquí su meditación, Bobby se encontró ante un elevado muro, en el cual había una puerta de hierro forjado. Se detuvo y empujó con suavidad un batiente. Observó que estaba cerrada. Era natural.

No obstante, el contacto de aquella puerta cerrada le comunicó una sensación siniestra. Aquel lugar parecía una cárcel.

Avanzó un poco más por el camino, midiendo el muro con la mirada. ¿Sería posible franquearlo? Era liso y muy alto, de modo que no ofrecía oportunidades para su escalada. Siguió andando y de pronto llegó ante una puertecilla. Sin grandes esperanzas, la empujó también, y con gran sorpresa por su parte cedió del todo porque solo estaba entornada.

—Esto está un poco descuidado —dijo para sí.

Y entró, cerrando suavemente la puerta a su espalda. Se encontró en un sendero que avanzaba por entre un grupo de arbustos. Recorrió el sinuoso camino, y de repente, cuando menos lo esperaba, descubrió una curva rápida que llevaba a un espacio abierto e inmediato a la casa. La noche estaba alumbrada por la luna, de modo que Bobby se vio iluminado por su luz antes de darse cuenta de ello.

En el mismo instante, una figura femenina dio la vuelta a la esquina de la casa. Andaba con la mayor suavidad, mirando a un lado y a otro. Por lo menos, así lo creyó Bobby. Y le pareció notar en ella la nerviosa vigilancia de un animal perseguido. De repente, aquella mujer se detuvo unos instantes y se tambaleó como si fuera a caerse.

Bobby avanzó y la sostuvo. Sus labios estaban pálidos y a él le pareció que nunca había podido contemplar tal expresión de miedo en un rostro humano.

—No se preocupe —le dijo con voz tranquilizadora y baja—. No tiene nada que temer.

La joven profirió un débil gemido y entornó los párpados.

—Estoy muy asustada —murmuró—. Terriblemente asustada.

—¿Qué le pasa? —preguntó Bobby.

Ella negó con la cabeza y se limitó a repetir, con voz casi inaudible:

—Estoy muy asustada, terriblemente asustada.

De repente, percibió algún ruido y se irguió, alejándose de Bobby, pero luego volvió a su lado.

—Váyase —dijo—. Váyase enseguida.

—Deseo ayudarla —replicó Bobby.

—¿De veras? —Lo miró durante unos segundos y en sus ojos había una expresión escrutadora, como si quisiera explotar su drama. Pero luego negó con la cabeza de nuevo—. Nadie puede ayudarme.

—Yo sí —contestó Bobby—. Haré lo que sea necesario. Dígame qué es lo que le da tanto miedo.

—Ahora no —replicó ella—. ¡Oh, dese prisa! ¡Ya vienen! Y no podrá ayudarme si no se marcha. Váyase inmediatamente.

Bobby cedió a su recomendación, aunque antes murmuró:

—Me alojo en Las Armas del Pescador.

Luego retrocedió por el sendero y, al mirarla por última vez, pudo ver que con un ademán le hacía seña de que se marchara. De repente, oyó pasos por el sendero por delante de él. Alguien se acercaba desde la puertecilla. Bobby se apresuró a ocultarse entre los arbustos a un lado del camino.

No se había equivocado. Un hombre avanzaba por el camino y aun cuando pasó muy cerca de Bobby, este no le pudo ver el rostro, a causa de la oscuridad.

En cuanto hubo pasado, Bobby continuó su retirada. Comprendió que no podía hacer nada más aquella noche. Por otra parte, sus ideas eran muy confusas.

Había reconocido el rostro de aquella mujer, sin que le cupiera la menor duda. Era el original del retrato que tan misteriosamente había desaparecido.

Capítulo 16

Bobby se convierte
en procurador

—¿Señor Hawkins?

—¿Qué desea? —preguntó Bobby con voz ahogada, porque tenía la boca llena de lo que estaba comiendo.

—Lo llaman por teléfono.

Bobby tomó presuroso un sorbo de café, se limpió la boca y se puso en pie. El teléfono se hallaba en un pequeño corredor oscuro. Cogió el receptor y oyó la voz de Frankie.

—¡Hola, Frankie! —exclamó Bobby sin tomar ninguna precaución.

—Habla lady Frances Derwent —contestó fríamente la joven—. ¿Es Hawkins?

—Sí, milady.

—Necesitaré el coche a las diez para que me lleve a Londres.

—Por supuesto, milady —contestó Bobby.

En el otro extremo de la línea, Frankie colgó el receptor y se volvió hacia Roger Bassington-ffrench.

—Realmente es una molestia —observó— tener que regresar hoy a Londres. Y todo a causa de las prisas de papá.

—Sin embargo —dijo Roger—, ¿volverá usted esta tarde?

—¡Oh, desde luego!

—Yo casi había pensado en rogarle que me permitiera acompañarla hasta Londres —dijo Roger.

Frankie hizo una pausa cortísima, antes de contestar con aparente cordialidad:

—Desde luego.

—Pero, pensándolo mejor, creo que no iré hoy —repuso Roger—. Henry tiene un aspecto más raro que de costumbre. Y no me gusta dejar a Sylvia sola con él.

—Lo comprendo —dijo Frankie.

—¿Conducirá usted misma? —preguntó Roger mientras los dos se alejaban del teléfono.

—Sí, pero llevaré conmigo a Hawkins. He de hacer algunas compras y entonces resulta molesto conducir una misma. En primer lugar, no se puede dejar el coche donde conviene.

—Es verdad.

No dijo más, pero cuando llegó el coche, conducido por Bobby, muy envarado y correcto, Roger se asomó a la puerta para verla marchar.

—Adiós —dijo Frankie.

Debido a las circunstancias, la joven no creyó conveniente ofrecer su mano, pero Roger se la cogió y la sostuvo unos segundos.

—¿Volverá usted? —preguntó con singular insistencia.

—Desde luego —contestó Frankie, riéndose—. Solo me despido hasta la tarde.

—Procure evitar los accidentes.

—Si le parece bien, dejaré conducir a Hawkins.

Fue a tomar asiento al lado de Hawkins, que se llevó la mano a la gorra. El automóvil avanzó por la avenida y Roger continuó de pie en los escalones viendo cómo se alejaba.

—Bobby —dijo Frankie—, ¿crees que Roger se ha enamorado de mí?

—¿De veras? —preguntó Bobby.

—¡Hombre! Me lo preguntaba a mí misma.

—Supongo que conoces bien los síntomas —contestó Bobby algo distraído.

—¿Ha sucedido algo? —preguntó Frankie dirigiéndole una rápida mirada.

—Sí. He encontrado a la joven original del retrato.

—¿Te refieres al retrato que pudiste ver y que se hallaba en el bolsillo del muerto?

—Sí.

—¡Bobby! Yo quería contarte algo, pero no tiene que ver con esto. ¿Dónde la has encontrado? Cuéntamelo todo.

Bobby señaló la dirección con un gesto de la cabeza y respondió:

—En el sanatorio del doctor Nicholson.

—Cuéntamelo.

Cuidadosamente y sin olvidar ningún detalle, Bobby describió los sucesos de la noche anterior. Frankie escuchaba conteniendo el aliento.

—En tal caso, estamos siguiendo la verdadera pista —dijo—. Y el doctor Nicholson está implicado en todo eso. Te aseguro, Bobby, que ese hombre me da miedo.

—¿Cómo es?

—¡Oh! Alto, corpulento y enérgico. Además tiene la costumbre de observar atentamente a la gente. Fija la mirada al amparo de los gruesos cristales de sus gafas. Y da la sensación de que se entera de todo lo que uno piensa.

—¿Y cuándo lo viste?

—Anoche cenó con nosotros.

Luego la joven dio cuenta de todo lo ocurrido en la cena y de la insistencia con que el doctor Nicholson se refirió al «accidente».

—Noté que estaba receloso —acabó diciendo.

—Realmente, es extraño que se fijara en semejantes detalles —observó Bobby—. Y ahora, ¿qué piensas, Frankie, acerca de lo que pueda haber en el fondo de este asunto?

—Pues bien, empiezo a creer que tu idea de que existe una banda de traficantes de estupefacientes, de la que yo me reí cuando lo dijiste, no es disparatada, ni mucho menos.

—¿Y crees que el doctor Nicholson puede ser el jefe de la banda?

—Sí, ese asunto del sanatorio podría ser una buena tapadera para ocultarlo todo. Desde luego, puede disponer así de cierta cantidad de estupefacientes, y de un modo absolutamente legal. Y mientras pretende curar a los toxicómanos, quizá les proporciona el medio de alimentar su vicio.

—Eso parece bastante plausible —convino Bobby.

—Aún no te he hablado de Henry Bassington-ffrench.

Bobby escuchó con la mayor atención los detalles que le dio la joven acerca de la idiosincrasia de su huésped y luego preguntó:

—¿Y su esposa no sospecha nada?

—Tengo la seguridad de que no se lo imagina siquiera.

—¿Y cómo es ella? ¿Inteligente?

—No me he hecho esa pregunta, pero supongo que no demasiado. Sin embargo, en algunas cosas parece muy astuta. Es una mujer franca y agradable.

—¿Y nuestro Bassington-ffrench?

—Me tiene muy preocupada —contestó Frankie—. ¿No te parece, Bobby, que podríamos estar completamente equivocados con respecto a él?

—No lo creo —contestó el joven—. Ya sabes que dimos muchas vueltas sobre el asunto y acabamos concluyendo que él era un criminal.

—¿A causa de la fotografía?

—Exacto. Nadie más que él pudo haber cambiado los retratos.

—Es verdad —convino Frankie—, pero este incidente es lo único que tenemos contra él.

—Es más que suficiente.

—Tienes razón, y sin embargo...

—¿Qué?

—No lo sé. Tengo la sensación de que es inocente y de que no está relacionado en absoluto con ninguno de los incidentes de este asunto.

—Vamos a ver —dijo Bobby dirigiéndole una fría mirada—, ¿se ha enamorado él de ti o tú de él?

Hizo la pregunta con exagerada cortesía y Frankie se ruborizó.

—No seas absurdo, Bobby. Solamente me preocupa la posibilidad de que exista una explicación inocente. Nada más.

—No creo que la haya. Y sobre todo ahora, cuando ya hemos encontrado a la joven en la vecindad. Eso parece muy raro y comprometedor. Si tuviéramos alguna idea de quién era el muerto...

—Yo la tengo. Te lo comenté en mi carta. Estoy casi segura de que la víctima del asesinato era un individuo llamado Alan Carstairs.

Y de nuevo hizo un relato de lo ocurrido.

—Me parece que vamos progresando —dijo Bobby—. Ahora, del modo que podamos, habrá que esforzarse en reconstruir el crimen. Examinaremos los hechos y veremos cuál es el resultado que conseguimos. —Hizo una pausa y el automóvil disminuyó la marcha, como si simpatizara con él. Luego pisó una vez más el acelerador y habló al mismo tiempo, diciendo—: En primer lugar, vamos a dar por supuesto que tienes razón respecto a Alan Carstairs. Desde luego, reúne todos los requisitos. Es el hombre apropiado, que llevaba una vida errante, tenía muy pocos amigos y conocidos en Inglaterra, y aun en el caso de que desapareciera, nadie lo echaría de menos ni tampoco lo buscaría. Por ahora eso va bien. Alan Carstairs fue a Staverley con esa gente..., ¿cómo dices que se llaman?

—Rivington. También por ahí podemos averiguar algo y creo que no debemos perderlos de vista.

—Ya lo haremos. Muy bien. Carstairs se dirige a Staverley con los Rivington. ¿Ves algo raro en esto?

—¿Te refieres a que él los obligó a llevarlo deliberadamente?

—Eso es. También podría tratarse de una casualidad. ¿Lo llevaron allí ellos y él conoció a esa muchacha de forma accidental, como me sucedió a mí? Supongo que la conocía de antes porque, de lo contrario, no llevaría su retrato consigo.

—Hay otra posibilidad —apuntó Frankie pensativa—. Y es la de que siguiera las huellas de Nicholson y de su banda.

—Y utilizó a los Rivington como medio de llegar de forma natural a esa parte del mundo.

—Es una teoría posible —aceptó Frankie—. Quizá seguía los pasos de la banda.

—O tal vez simplemente las huellas de la muchacha.

—Sí. Quizá había sido raptada e incluso es posible que él viniese a Inglaterra buscándola.

—Bueno, pues, entonces, si la siguió hasta Staverley, ¿por qué marchó él a Gales?

—Claro está que han ocurrido muchas cosas que aún desconocemos —dijo Bobby.

—Evans —murmuró Frankie pensativa—. Hasta ahora no hemos descubierto nada con respecto a él. Ese Evans debe de estar relacionado con Gales.

Ambos guardaron silencio; de pronto Frankie se fijó en el lugar en el que se hallaban.

—Querido amigo, estamos ya en Putney Hill. Parece que hayan transcurrido solo cinco minutos. Y ahora vamos a ver dónde no conviene ir y qué vamos a hacer.

—Tú tienes la palabra, porque yo no sé ni por qué hemos vuelto a Londres.

—Este viaje ha sido únicamente una excusa para poder hablar contigo. No podía arriesgarme a que me viesen paseando por las callejuelas de Staverley charlando con mi chófer. Utilicé la carta fingida de mi padre como excusa para ir a Londres y hablar contigo durante el camino. Pero este proyecto estuvo a punto de verse frustrado por el deseo de Bassington-ffrench de acompañarme.

—Habría sido un grave inconveniente.

—No, tampoco, porque lo habríamos dejado donde nos indicara y luego hubiésemos ido a Brook Street para hablar. Creo que habría sido mejor allí que en otra parte, porque tal vez tu garaje esté vigilado.

Bobby estuvo de acuerdo y dio cuenta de las investigaciones llevadas a cabo en Marchbolt con respecto a él.

—Mejor será que vayamos a mi casa de Londres —indicó Frankie—. Allí no están más que mi doncella y un par de encargados de la casa.

Se dirigieron efectivamente a Brook Street. Frankie oprimió el botón del timbre y en breve se abrió la puerta. Bobby se quedó en el coche. A los pocos segundos Frankie abrió de nuevo la puerta y lo llamó con un ademán. Subieron hasta la enorme sala del primer piso, descorrieron algunas cortinas y quitaron las fundas de uno de los sofás.

—Había olvidado decirte otra cosa —recordó Frankie—. El día 16, cuando tú fuiste envenenado, Bassington-ffrench se hallaba en Staverley, pero, en cambio, Nicholson se había ausentado, según dicen, para asistir a una conferencia en Londres. Además, su coche es un Talbot de color azul oscuro.

—Y tiene todas las facilidades posibles para disponer de la cantidad de morfina que le convenga en cualquier momento —dijo Bobby.

Intercambiaron unas miradas cargadas de significado.

—Desde luego, eso no es ninguna prueba concluyente, pero tiene todos los números para ser cierto.

Frankie se acercó a una mesita y regresó con la guía telefónica.

—¿Qué vas a hacer?

—Buscar el apellido Rivington.

Volvió con rapidez algunas páginas y encontró a varios Rivington. Algunos evidentemente no eran los que buscaban y, al fin, la joven se decidió por dos de ellos, creyendo posible que uno fuese el que les interesaba.

—Aquí tengo, por ejemplo, a M. R. Rivington. Oslow Square. Este es una posibilidad. Y, además, hay un William Rivington, en Hampstead. Estos son los dos más probables. Y creo, Bobby, que es necesario verlos cuanto antes.

—Tienes razón, pero ¿qué les diremos? Tenemos que llevar preparadas unas cuantas mentiras, Frankie. Y yo no tengo grandes habilidades para eso.

Ella reflexionó un momento y dijo:

—Me parece que tendrás que actuar tú. ¿Crees que podrías convertirte en el socio más joven de una firma de procuradores?

—Es un papel muy distinguido —dijo Bobby—. Estaba temiendo que se te ocurriese algo peor. Pero, en fin, creo que no nos sirve.

—¿Por qué?

—Porque los procuradores no suelen hacer visitas personales. Prefieren escribir cartas o solicitar entrevistas en sus oficinas.

—La firma de procuradores de la que yo te hablo no tiene tantos prejuicios —adujo Frankie—. Espera un momento. —Salió de la estancia y volvió con una tarjeta—. Señor Frederick Spragge —leyó entregándosela a Bobby—. Eres el socio más joven de la firma Spragge, Spragge, Jenkinson & Spragge, de Bloomsbury Square.

—¿Te has inventado esa casa, Frankie?

—De ningún modo. Son los procuradores de mi padre.

—Y suponte que ellos me persiguen por falsedad.

—No hay de qué preocuparse. Entre ellos no hay ningún joven Spragge. El único que aún vive tiene más de cien años y hace lo que yo quiero. Si las cosas toman un mal camino, ya me las arreglaré. Ese hombre es un esnob y muy aficionado a los lores y a los duques, aunque le den poco dinero.

—¿Y en cuanto al traje? ¿Tendré que llamar a Badger para que me traiga algo de ropa?

—No quiero insultar la que ahora llevas, Bobby, ni tampoco echarte en cara la pobreza o algo por el estilo, pero ¿crees que tu ropa servirá? Me parece que sería mejor echarle una ojeada al ropero de mi padre. Sus trajes no te quedarán mal.

Un cuarto de hora después, Bobby, vestido con una chaqueta de día y pantalones a rayas, de excelente corte y que le sentaban bastante bien, se examinaba a sí mismo en el espejo del vestidor de lord Marchington.

—Tu padre viste de un modo estupendo —observó—. Y ahora, gracias al buen traje que llevo, me siento más confiado.

—Me parece que tendrías que conservar tu bigote —sugirió Frankie.

—Por supuesto. Es una obra de arte que no podría repetir con prisas.

—Pues consérvalo, a pesar de que los hombres de leyes suelen llevarlo afeitado.

—Siempre es mejor que una barba —replicó Bobby—. Y ahora oye, Frankie, ¿crees que tu padre podrá prestarme un sombrero?

Capítulo 17

LOS CHISMES
DE LA SEÑORA RIVINGTON

Cuando Bobby se disponía a cruzar la puerta, observó:

—¿Y si da la casualidad de que ese señor M. R. Rivington, de Oslow Square, es un procurador? La situación sería cómica, ¿eh?

—Quizá valdría más que pruebes primero con el otro. Creo que es coronel —dijo Frankie—. Con toda seguridad no sabrá una palabra de procuradores.

En vista de eso, Bobby cogió un taxi que lo llevó a Tite Street. El coronel Rivington había salido. La señora Rivington, sin embargo, estaba en casa. Bobby entregó su tarjeta a la elegante doncella, añadiendo que le llevaba allí una misión urgente.

La tarjeta y el traje de lord Marchington produjeron el efecto deseado en la doncella. Ni por un momento sospechó que Bobby hubiese ido a vender miniaturas o fuese un agente de seguros. Lo introdujo en una sala muy bien amueblada y lujosa y a los pocos instantes entró en ella la señora Rivington, que vestía con elegancia un traje muy caro y que además iba perfectamente maquillada.

—Perdóneme que la moleste, señora Rivington —dijo Bobby—, pero el asunto tiene alguna urgencia y hemos deseado evitar la demora inevitable de las cartas.

El hecho de que un procurador tuviera el deseo de evitar la demora de las cartas parecía tan imposible que por un momento Bobby se preguntó lleno de ansiedad si la señora Rivington se daría cuenta de aquel detalle monstruoso.

Pero la señora Rivington era sin duda una mujer de hermosa cabeza, pero sin seso, que aceptaba las cosas tal como se presentaban.

—¡Oh, siéntese! —exclamó—. Acabo de recibir de su oficina el aviso de que venía usted a visitarnos.

Bobby mentalmente aplaudió a Frankie por aquella brillante treta. Tomó asiento y procuró adoptar el aspecto propio de un hombre de leyes.

—Se trata de nuestro cliente, el señor Alan Carstairs —explicó.

—¿De veras?

—Tal vez le han comunicado a usted que nosotros nos ocupamos de sus asuntos.

—Me parece que sí —dijo la señora Rivington, abriendo de par en par sus ojos azules. Sin duda era una mujer que se dejaba sugestionar—. Pero, además, conozco a su firma. Defendieron a Dolly Maltravers, ¿verdad? Cuando le pegó un tiro a aquel terrible modisto. Supongo que conoce usted todos los detalles.

Luego lo miró, sin disimular la curiosidad. A Bobby le dio la impresión de que aquella señora iba a ser una víctima fácil.

—Conocemos muchos detalles que nunca se mencionan en los tribunales —respondió sonriendo.

—Ya lo imagino —repuso la señora Rivington con alguna envidia—. Dígame, ¿es cierto que esa mujer vestía como se dijo?

—Esa historia fue refutada ante el tribunal —dijo Bobby en tono solemne al mismo tiempo que hacía un leve guiño.

—¡Ah, ya lo comprendo! —exclamó, entusiasmada, la señora Rivington.

—Con respecto al señor Carstairs —añadió él, dándose cuenta de que había establecido ya cordiales relaciones y podía seguir adelante con su misión—, salió repentinamente de Inglaterra, como tal vez sabrá usted.

La señora Rivington negó con la cabeza.

—¿Se ha marchado de Inglaterra? No lo sabía. Hace ya bastante tiempo que no lo vemos.

—¿Le comunicó a usted cuánto tiempo pensaba permanecer aquí?

—Dijo que quizá permanecería una o dos semanas, aunque también era posible que pasara seis meses o un año.

—¿Y dónde se alojaba?

—En el Savoy.

—¿Y cuándo lo vio usted por última vez?

—¡Oh! Hace tres semanas o un mes. No puedo recordarlo.

—¿Y lo llevó usted un día a Staverley?

—Desde luego. Creo que aquella fue la última vez que lo vimos. Llamó para preguntar cuándo podría vernos. Acababa de llegar a Londres y Hubert estaba muy ocupado, porque al día siguiente teníamos el propósito de ir a Escocia. Pero antes teníamos el compromiso de ir a Staverley para almorzar y cenar con una gente muy

154

desagradable de la que no podíamos librarnos, y él deseaba ver a Carstairs, porque le era muy simpático. Así pues, yo le dije: «Mira, querido, lo llevaremos con nosotros a casa de esos Bassington-ffrench. A ellos no les importará». Y así lo hicimos. En efecto, no les importó.

Y la buena señora hizo una pausa.

—¿Y él no le comunicó las razones de su venida a Londres? —preguntó Bobby.

—No. ¿Tenía alguna? ¡Ah, sí! Ya sé. Nosotros creímos que sería algo referente a ese millonario, amigo suyo, que tuvo tan trágica muerte. Un médico le dijo que tenía un cáncer y él se mató. El doctor obró muy mal, ¿no le parece? Además, suelen equivocarse con cierta frecuencia. Nuestro médico dijo el otro día que mi niña tenía el sarampión y resultó ser una erupción sin importancia. Por eso le dije a Hubert que cambiaríamos de médico.

Sin hacer caso del sistema de la señora Rivington, que cambiaba de médicos como si dispusiera de otro modo los libros en una estantería, Bobby volvió a tratar del punto que le interesaba.

—¿Sabe usted si el señor Carstairs conocía a los Bassington-ffrench?

—No, pero creo que le gustaron. Sin embargo, en el viaje de regreso, se condujo de un modo raro y estaba malhumorado. Supongo que debió de trastornarlo alguna de las cosas que allí se dijeron. Como usted ya sabe, él es canadiense y muchas veces he notado que son gente muy susceptible.

—¿Y no tiene idea de lo que pudo afectarlo?

—En absoluto. A veces son cosas tan tontas las que influyen de un modo raro en una persona.

—¿Sabe usted si dio algún paseo por la vecindad? —preguntó Bobby.

—¡Oh, no! ¡Vaya una idea rara! —exclamó la señora Rivington mirándolo.

—¿Y no conoció a ninguno de los vecinos de la localidad?

—No. En la casa solo estábamos nosotros y los de la familia. Me extraña lo que acaba usted de decirme.

—¿Sí? —preguntó Bobby al observar que la señora Rivington hacía una pausa.

—Porque él hizo muchísimas preguntas acerca de algunas personas que vivían en las cercanías.

—¿Y no recuerda usted sus nombres?

—No. No se trataba de personas interesantes. Creo que mencionó a un doctor.

—¿Al doctor Nicholson?

—Me parece que sí. Deseaba averiguar más acerca de él, de su esposa, de cuándo llegaron por allí y otros detalles por el estilo. Y eso me extrañó, porque él no los conocía y, por regla general, no era un hombre curioso. Pero, en fin, quién sabe si solo se proponía conversar y no se le ocurrió otra cosa más interesante. A veces ya sabe usted que esta conducta es corriente.

Bobby estuvo de acuerdo y preguntó cómo había surgido el tema de los Nicholson. Pero la señora Rivington no pudo decírselo. Había salido al jardín con Henry Bassington-ffrench y al entrar en la casa oyó que los demás hablaban de los Nicholson.

Hasta entonces la entrevista había resultado muy fácil y Bobby pudo pedir informes a la señora, sin necesidad de andarse con rodeos, pero de pronto ella demostró la curiosidad que sentía.

—Pero, dígame, ¿qué desea usted averiguar con respecto al señor Carstairs?

—En realidad, lo que más me interesa es tener sus señas —explicó Bobby—. Como ya sabe usted, cuidamos de sus asuntos y acabamos de recibir un cable muy importante de Nueva York. Como usted no ignora, en estos momentos el dólar tiene una fluctuación muy intensa...

La señora Rivington afirmó enérgicamente.

—Y, por último —se apresuró a añadir Bobby—, necesitamos con urgencia ponernos en contacto con él para que nos dé instrucciones. No dejó sus señas y, como oímos mencionar que era amigo de ustedes, hemos creído que tal vez tuviesen alguna noticia de su paradero.

—¡Ah, ya comprendo! —dijo la señora Rivington, completamente satisfecha—. ¡Qué lástima! ¡Siempre ha sido un poco descuidado!

—¡Oh, desde luego! —dijo Bobby—. Bien... —Se puso en pie—. Le ruego que me perdone por haberla entretenido tanto rato.

—No tiene importancia —contestó la señora Rivington—. Además, es interesantísimo saber que Dolly Maltravers realmente... lo hizo.

—¡Oh, yo no he dicho nada! —contestó Bobby.

—Desde luego. Ya sé que los hombres de leyes son muy discretos —contestó ella sonriendo.

«Bueno, esto no ha ido mal —pensó Bobby mientras se alejaba de Tite Street—. Al parecer, he calumniado a esa señora Dolly o como se llame, pero es probable que lo merezca. Y en cuanto a esa mujer, es sencillamente idiota y no comprenderá que si yo necesitaba la dirección de Carstairs era mucho más sencillo que se la hubiera preguntado por teléfono.»

Una vez de regreso en Brook Street, él y Frankie trataron el asunto, examinándolo de cabo a rabo.

—Al parecer, fue la casualidad la que lo llevó a casa de los Bassington-ffrench —dijo Frankie, pensativa.

—No hay duda. Pero cuando estaba allí, alguna observación casual le hizo fijar la atención en los Nicholson.

—De lo cual resulta que los personajes más importantes en este asunto son los Nicholson y no los Bassington-ffrench.

—Veo que sigues deseosa de exculpar a tu héroe —dijo Bobby, mirándola.

—Por ahora me limito a indicar lo que resulta de los hechos. Lo que excitó a Carstairs fue la mención de Nicholson y de su sanatorio. El hecho de haber ido a casa de los Bassington-ffrench fue casual. Debes admitir eso.

—Eso parece.

—¿Y por qué «parece»?

—Hay otra posibilidad. En cierto modo, Carstairs quizá averiguó que los Rivington habrían de ir a almorzar con los Bassington-ffrench. Quizá oyó alguna frase en un restaurante o en el mismo Savoy. Entonces, los llamó, deseando verlos con urgencia, y así sucedió lo que él se proponía. Ellos estaban preocupados por su próximo viaje a Escocia y le rogaron que los acompañase. A sus amigos no les importaría y, por otra parte, ellos no querrían perder la ocasión de verlo. Eso es muy posible, Frankie.

—En efecto, es posible. Pero me parece un método de obrar muy indirecto.

—No mucho más que tu accidente —contestó Bobby.

—Mi accidente fue una vigorosa acción directa —replicó Frankie en tono frío.

Bobby se quitó la ropa de lord Marchington y entre los dos la dejaron en el mismo lugar en que la habían encontrado. Luego se puso otra vez su uniforme de chófer y emprendieron enseguida el viaje de regreso a Staverley.

—Si Roger se ha enamorado de mí —dijo Frankie—, se alegrará de verme regresar tan pronto. Quizá piense que no puedo pasar mucho tiempo lejos de él.

—Tampoco creo yo que seas capaz de soportar su ausencia —dijo Bobby—. Siempre oí decir que los criminales verdaderamente peligrosos suelen ser muy atractivos.

—A pesar de todo, yo no creo que ese hombre sea un criminal.

—Eso ya lo has dicho antes.

—Bueno, pues es lo que siento.

—A pesar de todo, es imposible olvidar el retrato.

—¡Maldito sea! —exclamó Frankie.

Bobby, en silencio, llevó el coche por la avenida que conducía a la casa. Frankie se apeó de un salto y se dirigió a la morada sin mirar atrás. Bobby se alejó.

La casa parecía muy silenciosa. Frankie consultó el reloj y vio que señalaba las ocho y media.

«Sin duda me esperan mucho más tarde —pensó—. ¿Dónde estarán?»

Abrió la puerta de la biblioteca y entró, pero se detuvo en seco.

El doctor Nicholson estaba sentado en el sofá y tenía cogidas las dos manos de Sylvia Bassington-ffrench.

Esta se puso en pie de un salto y, atravesando la estancia, se acercó a Frankie.

—Acaba de decírmelo —exclamó con voz forzada y

mientras llevaba las dos manos a su rostro, como si quisiera ocultarlo a las miradas de todos—. Es demasiado terrible —sollozó.

Y pasando por el lado de Frankie, salió de la estancia.

El doctor Nicholson se había puesto en pie. Frankie dio uno o dos pasos hacia él, que la contemplaba con sus ojos escudriñadores.

—¡Pobre señora! —dijo en tono suave—. Ha sido una sorpresa espantosa para ella.

Se estrecharon los músculos de las comisuras de su boca y Frankie llegó a creer que le divertía aquella situación. Pero de pronto comprendió que su emoción era muy distinta.

Aquel hombre estaba colérico. Se contenía y ocultaba su ira bajo un aspecto suave y afable; aunque, sin embargo, continuaba la emoción. Y no podía hacer otra cosa sino contenerla.

Hubo una pausa y luego el doctor dijo:

—Es mejor que la señora Bassington-ffrench conozca la verdad. Y deseo convencerla de que me confíe a su esposo.

—Temo haberlos interrumpido a destiempo —dijo Frankie—. He regresado antes de lo que me proponía.

Capítulo 18

LA JOVEN DEL RETRATO

De vuelta en la posada, Bobby fue acogido con la noticia de que alguien lo esperaba para verlo.

—Es una mujer. La encontrará usted en la salita del señor Askew.

Hacia allí se dirigió Bobby, extrañado. A no ser que tuviera alas, no podía imaginar cómo Frankie pudo llegar antes que él a la posada, porque no se le ocurrió jamás la posibilidad de que le esperase otra persona.

Abrió la puerta de la habitación que utilizaba el señor Askew como sala particular. Sentada y muy tiesa en un sillón, vio una esbelta figura vestida de negro... La joven del retrato.

Tan asombrado quedó Bobby que durante unos segundos no pudo hablar. Luego se fijó en que aquella joven estaba muy nerviosa. Sus pequeñas manos temblaban, y se abrían y se cerraban sobre los brazos del sillón, y parecía como si su misma excitación nerviosa le impidiese hablar, pero sus grandes ojos miraban con expresión suplicante y a la vez aterrada.

—¿Es usted? —exclamó Bobby por fin.

Cerró la puerta a su espalda y se aproximó a la mesa. Ella continuaba silenciosa y sus ojos grandes y asustados estaban fijos en los de él.

Por último, habló en voz baja y ronca:

—Usted me prometió... me prometió... ayudarme. Quizá no debería haber venido.

Entonces Bobby empezó a hablar, pronunciando palabras que pretendían tranquilizarla.

—¿Que no debería usted haber venido? ¡Tonterías! Ha hecho muy bien. ¡Claro está que sí! Y estoy dispuesto a hacer cualquier cosa... lo que sea necesario para ayudarla. No se asuste, porque ahora está completamente segura.

En el rostro de la joven apareció un leve tinte rosado, y de repente exclamó:

—¿Quién es usted? Bien veo... que no es un chófer. Quiero decir que tal vez lo sea, pero que en realidad no lo es.

Bobby comprendió lo que quería decirle a pesar de la confusión de sus ideas.

—A veces un hombre se ve obligado a aceptar cualquier trabajo —explicó—. En otro tiempo pertenecí a la Marina. En realidad no soy exactamente un chófer... Pero eso no tiene ahora ninguna importancia. Le aseguro que puede confiar en mí y... bien, cuénteme todo lo que pueda.

—Tal vez me tomará usted por una loca —dijo ella, que se había sonrojado—. Sí, sin duda me cree loca.

—De ningún modo.

—Sí... por haber venido aquí de este modo. Pero estaba tan asustada... ¡Oh, estaba aterrorizada!

La voz se le quebró y los ojos se le salieron de las órbitas, como si contemplara algo terrorífico.

Bobby le asió la mano con firmeza.

—Mire —dijo—, no tenga miedo. Todo se arreglará. Ahora está usted segura, con... un amigo. Nada le sucederá.

Sintió la presión de sus dedos cuando contestaba a sus palabras.

—Cuando apareció usted la otra noche a la luz de la luna —dijo ella, con voz presurosa y baja—, yo... estaba sufriendo una pesadilla. Soñé que estaba ya libre. Ignoraba quién era usted y de dónde venía. Pero me transmitió esperanza y decidí venir a su encuentro... para decirle...

—Cálmese —le respondió Bobby con acento alentador—. Cuéntemelo todo.

Ella retiró de pronto la mano.

—Si lo hago, va usted a creer que estoy loca, que me he contagiado de la locura de todos los demás que hay en la casa.

—Le aseguro que eso no sucederá. No tendría motivo para ello.

—A pesar de todo, creerá que soy una demente, pues lo que voy a decirle parece cosa de locos.

—Me consta que no será así. Haga el favor de contármelo.

Ella se retiró un tanto, se irguió en su asiento y miró fijamente hacia delante.

—No puedo decirle a usted otra cosa sino que estoy asustada a más no poder y temo que van a asesinarme.

Hablaba con voz ronca, conteniéndose, pero sus manos temblaban.

—¿Que van a asesinarla?

—Parece una locura, ¿verdad? Podría usted creer que sufro, ¿cómo se llama?, manía persecutoria.

163

—No —dijo Bobby—, no tiene usted aspecto de loca, sino simplemente el de una pobre mujer asustada. Dígame quién se propone asesinarla y por qué.

Ella guardó unos instantes de silencio, mientras se retorcía las manos, y luego dijo en voz baja:

—Mi marido.

—¿Su marido? —preguntó Bobby, sintiendo gran confusión en sus ideas—. ¿Quién es usted? —preguntó luego en tono seco.

—¿Acaso lo ignora? —replicó ella, sorprendida.

—No tengo la menor idea de quién puede ser usted.

—Me llamo Moira Nicholson —contestó la joven—. Y mi marido es el doctor Nicholson.

—Entonces, ¿no es usted una de sus pacientes?

—¡Oh, no! —contestó ella—. Pero comprendo que haya podido usted confundirme con una de ellas.

—No es eso, y no quise dar tal significado a mis palabras —replicó Bobby, deseoso de tranquilizarla—. Sinceramente, no hablaba en este sentido, pero me ha sorprendido saber que es usted una mujer casada y que su marido... Ahora, continúe con su relato. Me decía que su marido intenta asesinarla.

—Me doy cuenta de que eso parece una locura, pero no lo es. Cada vez que me mira, puedo leerlo en sus ojos. Además, han ocurrido cosas muy extrañas... Accidentes.

—¿Cómo? —preguntó Bobby.

—Sí. ¡Oh! Me doy perfecta cuenta de que todo eso parece el relato de una mujer histérica, y que no hago más que expresar una serie de manías y de obsesiones...

—Nada de eso. Todo me parece muy razonable. Continúe y dígame en qué consistieron esos accidentes.

—No se los puede calificar de otra manera. Por ejemplo, un día hizo retroceder el automóvil, sin notar que yo estaba detrás... Por suerte, salté a tiempo. Una sustancia venenosa se hallaba, por pura casualidad, en una botella que no le correspondía... Y así sucesivamente. Desde luego, cosas estúpidas, que todo el mundo encontraría muy naturales, pero en realidad no lo son, sino que habían sido preparadas deliberadamente y con un propósito determinado. Lo sé y eso acaba con mi fuerza de resistencia. Siempre he de estar vigilante..., en guardia, para salvar la vida. —Y tragó saliva con gesto nervioso.

—¿Y por qué desea su marido librarse de usted? —preguntó Bobby.

Quizá no esperaba una respuesta definitiva, pero la recibió en el acto.

—Porque quiere casarse con Sylvia Bassington-ffrench.

—¿Cómo? Ella ya está casada.

—Lo sé. Pero él hará lo necesario para resolver ese inconveniente.

—¿Qué quiere usted decir?

—No lo sé con exactitud. Pero estoy convencida de que se esfuerza en hacer ingresar al señor Bassington-ffrench en la Granja en calidad de paciente.

—Y luego, ¿qué pasará?

—Lo ignoro, pero no dudo de que ocurrirá algo. —Se estremeció, añadiendo—: Él tiene cierto dominio sobre el señor Bassington-ffrench, aunque desconozco en qué se basa.

—Bassington-ffrench es morfinómano —dijo Bobby.

—¿De veras? Supongo que Jasper le proporcionará la morfina.

—La recibe por correo.

—Tal vez Jasper no se la suministra directamente porque es muy astuto. Es posible que el señor Bassington-ffrench ignore que la morfina procede de Jasper, pero yo no lo dudo. Jasper se propone hacerlo ingresar en la Granja, y una vez que lo tenga allí, fingirá que desea curarlo... —Hizo una pausa y un escalofrío le recorrió el cuerpo—. En la Granja ocurren cosas —añadió— muy raras. Los pacientes acuden para mejorar su estado, pero solo consiguen empeorar.

Mientras hablaba, Bobby creyó sentir un ambiente de maldad. Y percibió claramente el terror que durante tanto tiempo había rodeado la vida de Moira Nicholson.

—Me ha dicho usted que su marido desea casarse con la señora Bassington-ffrench.

—Está loco por ella —dijo Moira.

—¿Y ella?

—Lo ignoro —contestó—. No he logrado formarme una opinión de ello. En apariencia, ella está muy encariñada con su marido y con su hijito, y también desea ser feliz y llevar una vida apacible. Tiene el aspecto de mujer sencilla, pero muchas veces me ha dado la impresión de que no es tan ingenua como parece a primera vista. En algunas ocasiones, me he preguntado si es completamente distinta de todo cuanto me he imaginado...

»¡Quién sabe si desempeña un papel y lo hace con extremada perfección! Otras veces, en cambio, llego a creer que todo eso son simples imaginaciones mías, desprovistas de base. Cuando se lleva algún tiempo viviendo en la Granja, la mente llega a desviarse y no es raro que se empiecen a imaginar cosas.

—¿Y qué puede usted decirme de Roger? —preguntó Bobby.

—Sé muy poco de él. Creo que es un buen muchacho, pero que pertenece a estos tipos que se dejan engañar fácilmente. Estoy convencida de que Jasper lo domina por completo y se esfuerza en convencerlo para que persuada al señor Bassington-ffrench de que ingrese en la Granja. Y probablemente Roger se habrá creído que esa idea ha nacido en su propio cerebro. —De repente se inclinó hacia delante y agarró una manga de Bobby—. No permita usted que vaya a la Granja —imploró—. Si lo hace, ocurrirá algo espantoso. Estoy segura.

Bobby guardó unos instantes de silencio, mientras repasaba mentalmente aquella historia asombrosa.

—¿Cuánto tiempo lleva usted casada con el doctor Nicholson? —preguntó al fin.

—Poco más de un año.

—¿Y ha pensado usted alguna vez en que pudiera separarse de él?

—¿Cómo? No tendría adónde ir. Carezco de dinero. Y si alguien consintiera en escucharme, ¿qué historia podría contar yo? ¿El relato fantástico de que mi marido quiere asesinarme? ¿Quién querría creerme?

—Pues yo la creo —dijo Bobby. Hizo una pausa, como si deliberase consigo mismo antes de hablar, y continuó—: Oiga, voy a hacerle una pregunta directa. ¿Conoce usted a un hombre llamado Alan Carstairs?

—¿Por qué me pregunta usted eso? —exclamó ella, sonrojándose ligeramente.

—Porque es importantísimo que yo lo sepa. Tengo la teoría de que usted conoce a Alan Carstairs y que probablemente en alguna ocasión le dio su retrato.

La joven guardó un instante de silencio, con los ojos bajos. Luego levantó la cabeza y lo miró.

—Es absolutamente cierto —confirmó.

—¿Le conoció usted antes de casarse?

—Sí.

—¿Y él estuvo aquí y la vio a usted después de casada?

—Una vez —contestó ella, después de un leve titubeo.

—Y eso ocurrió, más o menos, hace un mes, ¿no es cierto?

—Sí, señor. Creo que en efecto fue así.

—¿Y él estaba enterado de que usted vivía en esta comarca?

—Ignoro cómo se enteró, porque yo no se lo había dicho. Y desde que me casé, nunca llegué a escribirle.

—Sin embargo, él lo averiguó y vino a verla. ¿Está enterado de eso su marido?

—No.

—Eso piensa usted, pero ¿no podría estar al corriente de lo que sucedía?

—Es posible, pero nunca me ha dicho nada.

—¿Llegó usted a hablar de su marido con Carstairs? ¿Le comunicó sus temores, con respecto a su propia seguridad?

—Entonces aún no sospechaba nada —contestó ella.

—Y sin embargo no era feliz.

—No, señor.

—¿Y se lo dijo usted así?

—No, me esforcé en disimular el hecho de que mi matrimonio no había sido un éxito.

—Sin embargo, él pudo adivinarlo a pesar de todo —observó Bobby.

—Es posible —admitió ella en voz baja.

—Y..., no sé cómo decirlo, pero ¿cree usted posible

que Carstairs supiera algo acerca de su marido, que sospechara, por ejemplo, que ese sanatorio no era lo que en realidad parecía?

La joven frunció el entrecejo como haciendo un gran esfuerzo mental.

—Puede ser. Me hizo una o dos preguntas muy raras... Pero, no, no creo que supiera ni sospechara nada concreto.

Después de un instante de silencio, Bobby preguntó:

—¿Acaso usted cree que su marido es celoso?

—Sí, señor —contestó la joven, con gran sorpresa por su parte—. Muy celoso.

—¿De usted, por ejemplo?

—¿Me lo pregunta extrañado puesto que no me quiere? Pues sí, señor. A pesar de todo, se mostraría celoso. Yo soy algo de su propiedad. Es un hombre extraño... muy raro. —Se estremeció y luego preguntó repentinamente—: ¿Tiene usted alguna relación con la policía?

—¿Yo? ¡Oh, no!

—Me lo había imaginado, porque...

Bobby fijó la mirada en su librea de chófer.

—Es una historia muy larga —dijo.

—¿Es usted el chófer de lady Frances Derwent, ¿no es cierto? —preguntó—. Me lo dijo el hostelero. Hace pocas noches conocí a esa señorita y cené con ella.

—Ya lo sé —dijo Bobby—. Y ahora convendría hablar con ella —añadió—. Yo no puedo llamarla. Usted, en cambio, podría telefonear diciendo que desea hablar con ella al aire libre, donde nadie pudiera oír su conversación.

—Desde luego, es posible —sopesó Moira.

—Sé que todo esto le parece muy extraño, pero créame que cuando se lo hayamos explicado, saldrá de su asombro. Ahora es necesario que, con la mayor urgencia, hablemos con lady Frances. Es esencial.

—Muy bien. —Moira se puso en pie, y cuando ya tenía la mano en el pomo de la puerta, titubeó y añadió—: ¡Alan Carstairs! ¿Dice usted que lo vio hace poco tiempo?

—Sí, señora —contestó Bobby—, pero no podría precisar cuándo. —Y pensó, dolorido: «Desde luego, ella no sospecha que ha muerto». Y, en voz alta, añadió—: Haga el favor de llamar a lady Frances. Después se lo contaré a usted todo.

Capítulo 19

UN CONSEJO DE TRES

Moira volvió pocos minutos después.

—He hablado con ella —dijo—. Rogué que se pusiera al aparato y luego le pedí que fuese a mi encuentro, en un pequeño pabellón que hay cerca del río. Sin duda mi petición le ha parecido muy rara, pero me prometió ir enseguida.

—Muy bien —contestó Bobby—. ¿Y dónde está ese lugar?

Moira le dio las instrucciones precisas y le indicó el camino.

—Muy bien —repitió Bobby—. Vaya usted delante y yo la seguiré.

Se atuvieron a ese programa y Bobby se quedó rezagado para cruzar unas palabras con el señor Askew.

—Lo que son las casualidades —dijo—. Esa señora, es decir, la señora Nicholson... Yo trabajaba a las órdenes de un tío suyo, un caballero canadiense.

Se dijo que la visita de Moira podría originar algunos rumores, y lo último que quería era que aquel tipo de habladurías llegaran a oídos del doctor Nicholson.

—¡Ah, sí! —exclamó el señor Askew—. Ya me había extrañado esa visita.

—Sí —contestó Bobby—, me reconoció y vino a enterarse de lo que hago ahora. Es una señora muy sencilla y afable.

—¡Oh, sí! Y supongo que la pobre no se divierte demasiado en la Granja.

—Yo no viviría allí por gusto —convino Bobby.

Y, comprendiendo que había alcanzado su objetivo, echó a andar por el pueblo y luego tomó la dirección indicada por Moira. Llegó sin tropiezo al lugar de la cita y encontró a la joven que lo aguardaba. Frankie no había aparecido aún.

En la mirada de Moira advirtió dudas y recelo, de modo que no tuvo más remedio que darle algunas explicaciones.

—He de decirle a usted muchas cosas —anunció. Pero se interrumpió sin saber cómo continuar.

—¿De veras?

—Para empezar —dijo Bobby, resolviéndose—, en realidad, yo no soy un chófer, aunque es cierto que trabajo en un garaje de Londres. Tampoco me llamo Hawkins, sino Jones, Bobby Jones. Y procedo de Marchbolt, en Gales.

Moira lo escuchaba muy atenta, pero el nombre de Marchbolt no le causó ninguna impresión. Bobby, decidido, continuó su relato:

—Ahora posiblemente voy a darle a usted una noticia muy desagradable. Ese amigo suyo, Alan Carstairs, ha..., bueno, de un modo u otro tiene que saberlo usted... Ha muerto.

Comprendió el doloroso sobresalto que acababa de

comunicar a la joven y desvió la mirada. ¿Se habría entristecido mucho? ¿Estaría enamorada de aquel hombre?

Ella guardó silencio y luego, en voz baja, dijo:

—Por eso no volvió. Ya lo temía.

Bobby se aventuró a dirigirle una mirada y recobró el ánimo al advertir que estaba triste y pensativa, pero que dominaba muy bien su pena.

—Cuéntemelo todo —dijo.

—Se cayó por un acantilado en Marchbolt, es decir, el pueblo donde vivo. Dio la casualidad de que un médico y yo estábamos en las cercanías y lo encontramos poco después de haberse caído —hizo una pausa y añadió—: Llevaba en su bolsillo un retrato de usted.

—¿De veras? —Sonrió con tristeza y añadió—: ¡Querido Alan...! Era muy fiel. —Permaneció un momento en silencio y después preguntó—: ¿Y cuándo ocurrió eso?

—Hará cosa de un mes, y para ser preciso, el 3 de octubre.

—O sea, poco después de haber estado aquí.

—En efecto. ¿Le anunció su intención de dirigirse a Gales?

Ella movió negativamente la cabeza.

—¿Conoce usted a alguien llamado Evans? —preguntó Bobby.

—¿Evans? —repitió Moira—. No. Me parece que no. Es un apellido muy vulgar, pero no recuerdo a nadie que lo lleve.

—Esto es precisamente lo que ignoramos. ¡Eh, hola! Aquí está Frankie.

En efecto, la joven se acercaba sonriendo por el sendero. Y su rostro, al ver a Bobby y a la señora Nicholson en animada charla, demostró el mayor asombro.

—¡Hola, Frankie! —dijo Bobby—. Me alegro de que hayas venido. Hemos de tener una larga e importante conversación. Y, para empezar, ten en cuenta que la señora Nicholson es el original del retrato.

—¡Oh! —exclamó Frankie.

Miró a Moira y de pronto se echó a reír.

—Ahora comprendo, querido amigo —dijo a Bobby—, por qué, al ver a la señora Cayman, tuviste tal sorpresa.

—¡Claro! —contestó Bobby.

—¡Cuán tonto habrías sido! ¿Cómo sería posible que, ni siquiera por un momento, hubieses podido creer que Moira Nicholson era Amelia Cayman?

Moira los miraba muy extrañada.

—Tenemos mucho que contarle —añadió Bobby—, y no sé cómo empezar.

Describió al matrimonio Cayman y luego dio cuenta de cómo habían identificado el cadáver.

—No comprendo —dijo Moira, asombrada—. ¿El cadáver de quién era? ¿De su hermano o de Alan Carstairs?

—Ahí es donde empieza la actuación sospechosa —dijo Bobby.

—Además —añadió Frankie—, Bobby fue envenenado.

—Con ocho gramos de morfina —remató el joven.

—No empieces a hablar así. Eres capaz de pasar varias horas sin decir otra cosa y eso resulta aburrido para los demás. Deja que lo explique yo. —Aspiró profundamente el aire y añadió—: Esos Cayman fueron a visitar a Bobby, después de la vista, con objeto de preguntarle si su supuesto hermano había dicho algo antes de morir.

174

Bobby contestó que no, pero luego recordó que, en efecto, la víctima había dicho algo acerca de un individuo llamado Evans. Y, concienzudamente, les escribió para comunicárselo. Pocos días después recibió una carta en la que alguien le ofrecía trabajo en Perú o en otro lugar cercano, y como él lo rechazó no tardaron en propinarle cierta cantidad de morfina...

—Ocho gramos —insistió Bobby.

—... en un botellín de cerveza. Pero como Bobby tiene un aparato digestivo extraordinario, algo fenomenal, el veneno no lo mató. Entonces, nosotros comprendimos que Pritchard, o Carstairs, debió de haber sido empujado por el borde del acantilado.

—Pero ¿por qué? —preguntó Moira.

—¿No lo comprende? A nuestros ojos, está perfectamente claro. Quizá no lo he explicado bastante bien. Sea como fuere, decidimos que había ocurrido así y nos pareció que Roger Bassington-ffrench era el autor del crimen.

—¿Roger Bassington-ffrench? —preguntó Moira.

—Y empezamos a trabajar sobre esta base. Tenga usted en cuenta que él estaba allí, pero después de la muerte de Carstairs, y que desapareció el retrato que llevaba en el bolsillo, de modo que se puede suponer que él fue el autor de la sustitución.

—Ya comprendo —dijo Moira, pensativa.

—Además —añadió Frankie—, yo sufrí un accidente a corta distancia de aquí. Fue una coincidencia asombrosa. —Y miró a Bobby, haciéndole un guiño—. Entonces llamé a Bobby, rogándole que viniese, fingiendo que era mi chófer, y así los dos pudimos hacer averiguaciones acerca del asunto.

—Ahora ya comprenderá usted lo ocurrido —dijo Bobby, aceptando la ligera mentira de Frankie—. Pero no puede imaginarse la sorpresa que tuve anoche, al penetrar en el jardín de la Granja, y encontrarla a usted, es decir, al original del misterioso retrato.

—Me reconoció con mucha rapidez —observó Moira, con una ligera sonrisa.

—La habría reconocido inmediatamente, en cualquier lugar —dijo Bobby.

Sin que lo justificara ninguna razón, Moira se sonrojó. De pronto se le ocurrió una idea y miró a sus dos interlocutores.

—¿Me dicen ustedes la verdad? —preguntó—. ¿Es realmente cierto que han llegado aquí casualmente? ¿O bien porque...? —A su pesar, le tembló la voz, y continuó—: ¿O bien porque sospechan de mi marido?

Bobby y Frankie se miraron, y el primero dijo:

—Le doy mi palabra de honor de que no habíamos oído siquiera pronunciar el nombre de su marido hasta que llegamos aquí.

—Ya comprendo. —La joven se volvió hacia Frankie—. Perdóneme, lady Frances, pero acabo de recordar que la noche en que cenamos juntas, Jasper, mi marido, se dirigió a usted preguntándole detalles acerca de su accidente. Yo no sospechaba la razón, pero ahora creo que tal vez creyó ver alguna cosa.

—Bueno, para ser sinceros, le diré que el accidente fue fingido —exclamó Frankie—. ¡Caramba, ahora me siento mejor! Todo fue preparado cuidadosamente. Pero eso no tenía nada que ver con su marido. Y preparamos esta comedia para..., ¿cómo se llama?, para ver si descubríamos algo acerca de Bassington-ffrench.

—¿Roger? —preguntó Moira, perpleja—. Me parece absurdo —añadió.

—Sin embargo, no se pueden negar los hechos —repuso Bobby.

—¿Roger? ¡Oh, no! —Negó con la cabeza, añadiendo—: Es posible que haya podido dar muestras de debilidad o de imprudencia. Quizá pudiera contraer alguna deuda o comprometerse en algún escándalo, pero no lo creo capaz, no puedo imaginarme a ese hombre empujando a otro para hacerlo caer por el borde de un acantilado.

—Yo tampoco —contestó Frankie.

—Sin embargo, tuvo que ser él necesariamente quien se apoderó del retrato —objetó Bobby, testarudo—. Y ahora, atiéndame bien, señora Nicholson, mientras le doy cuenta de los hechos.

Así lo hizo, despacio y con el mayor cuidado. Y en cuanto terminó su relato, ella asintió con la cabeza para manifestar que lo había comprendido.

—Me doy cuenta de lo que piensa usted y, en efecto, es muy raro. —Y tras una pausa y de un modo inesperado, dijo—: ¿Y por qué no se lo pregunta usted a él?

Capítulo 20

CONSEJO DE DOS

De momento la atrevida sencillez de aquella pregunta los dejó a todos asombrados. Luego, Frankie y Bobby empezaron a hablar a un tiempo.

—No es posible —exclamó Bobby, en el momento en que Frankie decía:

—Eso no tendría ningún resultado.

Pero ambos se interrumpieron a la vez, al comprender mejor las posibilidades de aquella idea.

—En realidad —dijo Moira—, no acabo de imaginar lo que andan ustedes buscando. Todo parece indicar que Roger llevó a cabo el cambio de retratos, pero no puedo comprender que fuese capaz de empujar a Alan para hacerlo caer. ¿Para qué habría de hacer eso? Ni siquiera lo conocía. Se habían visto una vez e incluso creo que almorzaron juntos, pero no volvieron a encontrarse. No existe ningún móvil.

—Entonces, ¿quién lo empujó? —preguntó Frankie.

—Lo ignoro —contestó Moira, cuyo rostro se nubló.

—Oiga —dijo Bobby—, ¿me permite usted que comunique a Frankie lo que me dijo antes? Me refiero a sus temores.

—Haga lo que quiera —contestó Moira volviendo la cabeza—, pero todo eso tiene un aspecto melodramático e histérico... Yo misma, ahora, no creo en ello.

En efecto, en aquel paisaje inglés, sus anteriores afirmaciones parecían carecer de verosimilitud.

—En este momento, me parece que me he conducido como una tonta —dijo Moira—. Olvide lo que le dije, señor Jones. Quizá obedeció a una excitación nerviosa. Además, ahora he de marcharme. Adiós.

Se alejó rápidamente y Bobby se disponía a seguirla, pero Frankie lo retuvo con firmeza.

—Quédate aquí, tonto. Déjala a mi cuidado, no te preocupes.

Echó a andar detrás de Moira y, a los pocos minutos, regresó al lado de Bobby.

—¿Qué? —preguntó el joven, lleno de curiosidad.

—Ya está. La he tranquilizado. Le pareció violento que sus temores fuesen revelados ante una tercera persona. Le he hecho prometer que pronto nos reuniríamos los tres. Y ahora que ya no te molesta su presencia, cuéntamelo todo.

Así lo hizo Bobby y Frankie lo escuchó muy atenta. Luego, dijo:

—Todo eso concuerda con dos cosas. En primer lugar, sorprendí a Nicholson cuando tenía cogidas las dos manos de Sylvia Bassington-ffrench. Y me dirigió una mirada asesina. Si las miradas pudiesen matar, estoy segura de que habría perdido la vida allí mismo.

—¿Y cuál es la otra cosa? —preguntó Bobby.

—Un simple incidente. Sylvia me dijo que la fotografía de Moira había causado una profunda impresión en un forastero que visitó su casa. Tengo la seguridad de que era Carstairs. Reconoció el retrato, la señora Bassington-ffrench le dijo que era la señora Nicholson. Y eso explica cómo pudo averiguar dónde estaba. Pero aún no veo qué intervención puede tener Nicholson. ¿Por qué había de desear la muerte de Alan Carstairs?

—¿Te imaginas que fuera él el asesino y no Bassington-ffrench? De todos modos, es una coincidencia que él y Bassington-ffrench estuvieran en Marchbolt el mismo día.

—Las coincidencias no son raras, pero en el supuesto de que fuera Nicholson, aún no adivino el móvil. ¿Acaso Carstairs seguía la pista de Nicholson, creyéndole jefe de alguna banda de traficantes de estupefacientes? ¿O bien el móvil del asesinato fue su nueva amiga?

—Podrían ser las dos cosas —indicó Bobby—. Quizá se enteró de que Alan Carstairs y su mujer habían tenido una entrevista o, posiblemente, temió que su esposa lo hubiese descubierto.

—Eso es una posibilidad —dijo Frankie—, pero, ante todo, tenemos que cerciorarnos de la inocencia de Roger. Lo único que tenemos contra él es el asunto del retrato. Si puede aclarar satisfactoriamente este detalle...

—¿Vas a hablarle del asunto? ¿Te parece prudente, Frankie? Si es el traidor del drama, según hemos creído hasta ahora, corremos el peligro de mostrarle nuestro juego.

—No será así, porque pienso obrar de otro modo. Piénsalo bien, pues este hombre no parece sospechoso. Antes supusimos que daba muestras de un exceso de astucia, pero ¿y si es inocente? ¿Y si puede explicar el asunto del retrato de modo que yo no sorprenda en él ninguna vacilación ni reticencia? En tal caso, podría ser un buen aliado.

—¿Qué te propones hacer, Frankie?

—Ten en cuenta, mi querido amigo, que esa mujer puede ser una chiflada que exagera las cosas, pero aun en el caso contrario, o sea, suponiendo que dice la verdad y que su marido quiere librarse de ella para casarse con Sylvia, en este caso, Henry Bassington-ffrench corre un peligro mortal. Hemos de impedir a toda costa que lo envíen a la Granja. Y en la actualidad, Roger apoya al doctor Nicholson.

—Bien pensado, Frankie —dijo él—. Sigue desarrollando tu plan.

La joven se puso en pie para marcharse, se detuvo un instante y comentó:

—De un modo u otro, parece que ambos nos hemos metido entre las cubiertas de un libro y nos hallamos en medio de la historia de otra persona. Es una sensación rara y desagradable.

—Te comprendo muy bien —dijo Bobby—. En todo este asunto hay algo misterioso, pero yo preferiría calificarlo más bien de drama que de novela. Parece que estamos en el escenario, en el descanso anterior al segundo acto, y que carecemos de papeles en la representación. Y lo más espantoso es que no tenemos la más remota idea de lo que ocurrió en el primer acto.

—No estoy segura de que se trate de un segundo acto. A veces me parece que estamos ya ante el tercero. Tenemos que averiguar muchas cosas, Bobby, y eso cuanto antes, porque se aproxima el final.

—Y entonces habrá muchos cadáveres —repuso Bobby—. Ten en cuenta que nos ha metido en este asunto una frase que al parecer no tiene significado.

—«¿Por qué no le preguntan a Evans?» Es curioso, Bobby, que después de haber descubierto tantas cosas y conocido a tantos personajes, aún no estemos siquiera cerca de averiguar quién es ese misterioso Evans.

—Yo tengo mi idea de él. Me imagino que ese hombre carece de importancia y que aun cuando ha sido nuestro punto de partida, no es esencial. Me recuerda a aquel cuento de Wells en que un príncipe mandó construir un palacio, o un templo maravilloso, en torno a la tumba de su amada. Y en cuanto estuvo terminado, notó que algo desentonaba. Ordenó que lo quitasen y resultó que era la tumba.

—A veces —dijo Frankie— no creo en la existencia de ese hombre.

Dicho esto, saludó a Bobby con un movimiento de cabeza y emprendió el camino hacia la casa.

Capítulo 21

ROGER CONTESTA
A UNA PREGUNTA

La ayudó la fortuna, porque encontró a Roger a corta distancia de la vivienda.

—¡Caramba! —dijo él—. Ha regresado usted de Londres...

—No estaba de humor para continuar allí —contestó Frankie.

—¿Ha estado usted ya en casa? —preguntó él en tono grave—. Me he enterado de que Nicholson ha dicho a Sylvia la verdad acerca del pobre Henry. Y la infeliz ha tenido un grave disgusto. Al parecer, nunca había tenido la menor sospecha.

—Ya lo sé —dijo Frankie—. A mi llegada, los encontré a los dos en la biblioteca y noté que ella estaba muy afligida.

—Oiga usted, Frankie —dijo Roger—, es absolutamente necesario salvar a Henry. Creo que ese vicio de tomar morfina no está muy arraigado en él, sobre todo porque no es antiguo. Además, tiene toda clase de motivos para desear la curación: Sylvia, Tommy y su hogar. Tenemos que hacerle ver la situación. Nicholson es el hombre más indicado. Habló del asunto conmigo hace unos días. Ha logrado algunos éxitos asombrosos, incluso con personas que durante varios años fueron esclavas del vicio. Si Henry consintiera en ingresar en la Granja...

Pero Frankie le interrumpió.

—Oiga —dijo—, quiero preguntarle a usted una cosa. Es solamente una pregunta. Espero que no me considere usted impertinente.

—¿De qué se trata? —preguntó Roger, interesado.

—¿Quiere decirme si fue usted quien sacó un retrato del bolsillo de ese hombre que se cayó desde lo alto de un acantilado, en Marchbolt?

Al mismo tiempo lo examinaba atentamente, para que no se le escapara ningún detalle de su expresión. Y quedó satisfecha de lo que vio.

—¿Cómo ha llegado usted a averiguar eso? —replicó—. ¿Se lo ha dicho Moira? Aunque lo cierto es que ella no lo sabe.

—Pero ¿lo hizo usted?

—No tengo más remedio que confesarlo.

—¿Por qué?

—Verá usted, tiene que hacerse cargo del asunto tal como lo veía yo. Estaba de guardia al lado del cadáver de un desconocido y de pronto vi que se asomaba algo de su bolsillo. Lo examiné. Y por asombrosa coincidencia, era el retrato de una mujer a la que yo conocía, de una mujer casada y que, según sospecho, no es muy feliz. ¿Qué iba a ocurrir? En primer lugar, se celebraría la vista, y habría publicidad con respecto a todos los detalles del asunto. Era muy posible que apareciese en los periódicos el nombre de esa mujer desdichada. Entonces actué, obligado por el impulso del momento. Tal vez hice mal. Pero Moira Nicholson es una buena mujer y quise librarla de todos esos peligros.

Frankie dio un suspiro.

—¿De modo que eso ocurrió tal como lo cuenta? Si supiera usted...

—¿Qué? —preguntó Roger, extrañado.

—No puedo explicarle muchas cosas ahora —contestó Frankie—. Más tarde quizá me decida. Es muy complicado. Comprendo bien las razones que lo obligaron a retirar el retrato, pero ¿había algún inconveniente en que usted manifestara conocer a la víctima? ¿Por qué motivo no dijo a la policía quién era en realidad?

—¿Que lo conocía? —preguntó Roger, asombrado—. ¿Cómo podía reconocerlo? ¡Si no lo conocía...!

—Pues una semana antes lo había visto usted aquí mismo.

—Mi querida amiga, ¿no desvaría usted?

—¿No tuvo ocasión de saludar y de conocer a Alan Carstairs?

—Sí, era el individuo que acompañaba a los Rivington. Pero el muerto no era Alan Carstairs.

—Pues sí, lo era.

Se quedaron mirándose uno a otro y, al fin, Frankie, de nuevo recelosa, exclamó:

—Con toda seguridad pudo usted reconocerlo.

—No llegué a verle el rostro —dijo Roger.

—¿Cómo?

—Tal como se lo digo. Lo cubría un pañuelo.

Frankie se quedó mirándolo, y de pronto recordó que Bobby le había comunicado aquel detalle.

—¿Y no se le ocurrió a usted mirarle la cara? —inquirió Frankie.

—No. ¿Para qué?

—Pues yo —afirmó Frankie—, si encontrara en el bolsillo de un muerto el retrato de alguien a quien conociese, lo primero que se me ocurriría sería contemplar el rostro de la víctima. Los hombres a veces sufren de una falta de curiosidad imperdonable. —Hizo una pausa y añadió—: ¡Pobrecilla! Estoy muy apenada por ella.

—¿A quién se refiere usted? ¿A Moira Nicholson? ¿Por qué la compadece tanto?

—Porque está asustada —contestó Frankie.

—Siempre da la impresión de que tiene mucho miedo. Pero ¿de qué?

—De su marido.

—No me costaría nada también sospechar de él —contestó Roger.

—Ella está segura de que quiere asesinarla —le dijo Frankie.

—¡Dios mío!

—Siéntese —dijo la joven—. Voy a contarle a usted muchas cosas. Quiero demostrarle que el doctor Nicholson es un peligroso criminal.

—¿Un criminal? —preguntó Roger, en tono de incredulidad.

—Espere hasta que haya oído toda la historia.

Hizo una narración clara y cuidadosa de todo lo ocurrido desde el día en que Bobby y el doctor Thomas encontraron el cadáver. Solo se reservó el hecho de que su accidente fue fingido, pero dio a entender que había permanecido más tiempo del necesario en Merroway Court en su deseo de aclarar aquel misterio.

No pudo quejarse de falta de interés por parte de su oyente, porque Roger estaba fascinado.

—¿Es cierto lo que acaba de decirme? —preguntó—. ¿No sufre usted alguna ilusión con respecto al envenenamiento de Jones y todo lo demás?

—Es la pura verdad.

—Perdone mi incredulidad, pero a veces cuesta un poco creer tales cosas. —Permaneció unos segundos pensativo y con el entrecejo fruncido, y luego añadió—: Bueno, a pesar de que todo esto me parece fantástico, creo que ha acertado en su primera deducción. Ese hombre, Alex Pritchard o Alan Carstairs, debió de ser asesinado. En caso contrario, ya no habría ninguna razón para que atacaran a Jones. Ahora bien, la clave de la situación es la frase: «¿Por qué no preguntan a Evans?». Tal vez no tiene mucha importancia, puesto que no han descubierto ustedes ningún indicio acerca de quién es ese Evans o qué se le había de preguntar. Supongamos que el asesino o los asesinos creyeron que ese Jones sabía algo peligroso para ellos. Entonces quisieron eliminarlo y es probable que lo intenten otra vez, si vuelven a encontrarlo. Todo eso parece razonable, pero, en cambio, no comprendo por qué atribuye usted toda la culpa a Nicholson.

—Es un hombre siniestro, tiene un Talbot de color azul oscuro y estuvo presente el día en que fue envenenado Bobby.

—Esas son pruebas muy débiles.

—Recuerde, además, todo lo que la señora Nicholson dijo a Bobby.

Y repitió los temores de la buena señora, aunque en el pacífico paisaje en que se hallaban los dos, parecía algo disparatado. Roger se encogió de hombros.

—Ella cree que su marido proporciona la morfina a

Henry, pero eso no pasa de ser una suposición. No hay ningún detalle que parezca demostrarlo. Creo también en su deseo de hacer ingresar a Henry en la Granja en calidad de paciente, pero es muy natural por parte de un médico. Él desea, claro está, el mayor número de enfermos posible. Y ella cree también que su marido está enamorado de Sylvia. Acerca del particular, no puedo decir nada.

—Si ella lo cree así, seguramente tiene razón —interrumpió Frankie—, porque cualquier mujer conoce perfectamente el estado de ánimo de su marido.

—Bien, aun dándolo por supuesto, eso no significa necesariamente que el doctor sea un criminal peligroso. Muchos ciudadanos respetables se enamoran de las mujeres de otros.

—Además, existe su convicción de que el doctor quiere asesinarla —añadió Frankie.

—Y, usted, ¿lo cree de verdad? —preguntó Roger.

—Por lo menos, lo cree ella.

—Es necesario —replicó Roger, mientras encendía un cigarrillo— averiguar todo el crédito que merece la afirmación de esa señora. La Granja es un lugar que pone los pelos de punta, porque allí hay mucha gente rara. Es muy posible que la vida en esa mansión llegue a desequilibrar a una pobre mujer, especialmente si tiene un temperamento tímido y nervioso.

—Entonces, ¿no cree usted en lo que ella teme?

—No he dicho eso. Es probable que sus temores sean sinceros, pero ¿tienen alguna base? Eso es lo que no me parece probable.

Recordó Frankie, con meridiana claridad, a Moira, mientras atribuía sus temores a los nervios. Pero no tardó en convencerse de que no era aquella la causa, aun cuando no había podido explicar su punto de vista a Roger.

Mientras tanto, este añadía:

—Mire, si usted demostrara que Nicholson estuvo en Marchbolt el día de la tragedia del acantilado, la cosa cambiaría totalmente, o también si pudiéramos encontrar algún motivo que lo relacionara con Carstairs, pero hasta ahora tengo la impresión de que desconoce usted a los verdaderos sospechosos.

—¿Cuáles?

—Esos que tienen un nombre tan raro.

—¿Los Cayman?

—Esos mismos. No tengo la menor duda de que están implicados hasta el fondo en este asunto. En primer lugar, tenemos su falsa identificación del cadáver, y luego su insistencia en saber si la víctima dijo algo antes de morir. Y creo muy lógico suponer, como lo hizo usted, que la oferta de Buenos Aires procedía de ellos o fue preparada por ellos.

—Es realmente molesto —dijo Frankie— que nos haya costado tanto exculparlo a usted e ignorar, en cambio, lo que usted mismo sabe. A veces las palabras conducen a una confusión extraordinaria. Pero, aguarde —añadió la joven—, se me ha ocurrido una cosa. Hasta ahora había supuesto que el retrato de la señora Nicholson fue sustituido por el de la señora Cayman.

—Puedo asegurarle a usted —exclamó Roger— que nunca he llevado sobre mi corazón la imagen de esa señora. Por lo que me ha dicho, es una mujer repulsiva.

—A su modo, no es fea —dijo Frankie—. Pero lo interesante es que probablemente Carstairs también llevaba consigo su retrato.

—Y usted cree... —insinuó Roger.

—Que uno de esos retratos representaba el amor y el otro el negocio. Carstairs llevaba el retrato de la señora Cayman por alguna razón. Quizá deseaba que alguien lo identificara. Imagínese usted que el señor Cayman lo seguía, y al encontrar una oportunidad favorable se acercó a él, al amparo de la niebla, y le dio un empujón; Carstairs se cayó, dando un grito de sorpresa. El señor Cayman huyó a toda prisa, ignorando que por allí había alguien. Supongamos también que no estaba enterado de que Alan Carstairs llevase aquel retrato. ¿Qué sucedió luego? Pues los periódicos lo publicaron...

—Consternación en los Cayman —dijo Roger.

—Eso es. ¿Qué se hace entonces? Pues lo más atrevido. ¿Quién conoce a Carstairs por su nombre? En este país, casi nadie. La señora Cayman se presenta, derramando lágrimas de cocodrilo, y reconoce el cadáver como el de su hermano. Los dos han expedido también algunos paquetes, para confirmar la historia de una excursión a pie.

—Me parece, Frankie, que acaba usted de decir cosas muy acertadas —exclamó Roger, admirado.

—También lo creo yo —dijo la joven—. Y tiene usted razón. Deberíamos empezar a trabajar con respecto a los Cayman. No comprendo por qué no lo hemos hecho ya.

Eso no era absolutamente cierto, porque Frankie conocía muy bien el motivo, o sea, que hasta entonces se habían dedicado a seguir la pista a Roger. Pero le pareció que obraba con mayor tacto callando aquel detalle.

—¿Y qué haremos con respecto a la señora Nicholson? —preguntó ella de repente.

—¿Qué quiere usted decir?

—Pues que la pobrecilla tiene mucho miedo. Me parece que no se muestra usted bastante sensible con ella, Roger.

—No es así, pero me irritan las personas que no saben protegerse a sí mismas.

—No sea injusto. ¿Qué puede hacer la pobre? No tiene dinero, ni sabría adónde ir.

—Si se viera usted en su caso, Frankie —dijo Roger—, ya sabría lo que le convendría hacer.

—¡Oh...! —exclamó la joven, sorprendida.

—Sí, si creyera usted que alguien deseaba asesinarla, no aguardaría pasivamente a que la matasen. Huiría, viviría de un modo u otro, o daría muerte a aquella persona, anticipándose. En fin, haría usted algo.

Frankie se detuvo a reflexionar acerca de su posible conducta y, al fin, asintió:

—Sí, en efecto, haría algo.

—Lo cierto es que usted tiene valor y ella es cobarde —añadió Roger.

Frankie se sintió lisonjeada. Moira Nicholson no era realmente el tipo de mujer que ella admiraba y también se sintió algo molesta por la influencia que, al parecer, ejercía en Bobby.

«A Bobby le gustan las mujeres indefensas», pensó.

Recordó la curiosa fascinación que ejerció en su amigo aquel retrato, desde el comienzo del asunto, y llegó a la conclusión de que Roger era distinto.

Con toda evidencia, a Roger no le gustaban las mujeres tímidas, y Moira, por su parte, tampoco sentía aparentemente ninguna simpatía por Roger. Lo calificó de débil y admitió la posibilidad de que fuese capaz de matar a alguien. Tal vez fuese débil, pero tampoco se podía negar que tenía atractivos. Y ella misma lo sintió así desde su llegada a Merroway Court.

La voz de Roger la devolvió a la realidad.

—Si usted quisiera, Frankie, podría hacer de un hombre lo que se le antojara.

Frankie sintió cierta emoción y al mismo tiempo algún embarazo, y se apresuró a cambiar de tema.

—Con respecto a su hermano —dijo—, ¿cree usted todavía que debe ingresar en la Granja?

Capítulo 22

OTRA VÍCTIMA

—No —contestó Roger—, no lo creo. En resumidas cuentas, hay otros establecimientos adonde podría ir. Lo más importante es conseguir la conformidad de Henry.

—¿Y cree usted que será difícil?

—Tal vez. Ya lo oyó usted la otra noche. Pero si lo sorprendemos en uno de sus momentos de arrepentimiento, el asunto sería muy distinto. ¡Caramba! Por ahí viene Sylvia. ¡Mire!

La señora Bassington-ffrench salía de la casa y miró a su alrededor. Al ver a su cuñado y a Frankie, se dirigió hacia ellos, al parecer muy preocupada e incluso asustada.

—Roger —empezó diciendo—, te he buscado por todas partes —y al ver que Frankie se disponía a dejarlos solos, añadió—: No se marche usted. ¿Para qué disimular? Creo que ya está usted enterada de todo lo que importa. Hace ya tiempo que lo sospechaba usted.

Frankie inclinó la cabeza en señal de asentimiento.

—Yo, en cambio, estaba ciega..., ciega por completo —añadió Sylvia en tono amargo—. Ustedes dos vieron lo que yo nunca había sospechado. Solo me preguntaba por qué Henry había cambiado tanto. Eso me hacía más desgraciada, pero nunca sospeché la verdad. —Hizo una pausa y, cambiando de tono, añadió—: En cuanto el doctor Nicholson me dijo la verdad, fui a ver a Henry. Acabo de dejarlo. —Contuvo un sollozo y añadió—: Roger, todo se arreglará. Ha consentido. Irá a la Granja y desde mañana mismo se pondrá en manos del doctor Nicholson.

—¡Oh, no! —exclamaron a la vez Roger y Frankie. Y Sylvia los miró, asombrada.

—Ten en cuenta, Sylvia... —dijo Roger, indeciso—. El caso es que he reflexionado acerca de eso y creo que la Granja no es el lugar más apropiado...

—¿Crees acaso que él solo podrá luchar consigo mismo y curarse? —preguntó Sylvia, dudosa.

—No. Pero hay otros lugares, no tan... bueno, que no se hallan a tan corta distancia. Estoy convencido de que sería un error su permanencia en esta localidad.

—Yo también estoy segura —dijo Frankie, deseosa de corroborar sus palabras.

—Pues yo no —replicó Sylvia—. No quiero oír hablar de la posibilidad de que se lo lleven lejos. Además, el doctor Nicholson se ha mostrado siempre muy sensible y comprensivo, de modo que estaré tranquila si Henry queda confiado a sus cuidados.

—Hasta ahora pensaba que Nicholson no te era demasiado simpático, Sylvia —dijo Roger.

—Ya he cambiado de opinión —contestó—. Esta tarde no pudo mostrarse más amable y bondadoso, de modo que han desaparecido mis temores acerca de él.

Se creó una situación embarazosa y ninguno sabía qué decir.

—¡Pobre Henry! —exclamó Sylvia al fin—. Se quedó anonadado al enterarse de que yo lo sabía. Convino en que, por mí y por Tommy, había de luchar contra su vicio. Se defendió diciendo que yo no tenía la menor idea de la necesidad que sentía. Y supongo que es cierto, aun cuando me lo explicó el doctor Nicholson. Es una obsesión que hace irresponsables a sus víctimas. Es horrible, Roger, pero el doctor Nicholson fue muy bondadoso, y confío en él.

—A pesar de todo, me parece mejor... —empezó a decir Roger.

—No lo entiendo, Roger —lo interrumpió Sylvia con impaciencia—. ¿Cómo se explica tu cambio de actitud? Apenas hace media hora estabas dispuesto a aprobar el ingreso de Henry en la Granja.

—Desde entonces he reflexionado.

—Yo también —dijo Sylvia—. Henry irá a la Granja y no a otro sitio.

Se miraron los dos y Roger dijo al fin:

—Mira, llamaré a Nicholson. Ahora estará en casa. Deseo hablar con él.

Sin esperar respuesta, se dirigió a la casa, seguido por las miradas de las dos mujeres.

—No acabo de comprender a Roger —dijo Sylvia—. Apenas hace un cuarto de hora insistía para que yo convenciese a Henry de que ingresara en la Granja.

—A pesar de todo, estoy de acuerdo con él. Creo haber leído en alguna ocasión acerca de la conveniencia de que los pacientes no ingresen en sanatorios que estén muy cerca de sus propias casas.

—Es una tontería.

Frankie no sabía qué decir. Al parecer, Sylvia se había

transformado en una ferviente partidaria de Nicholson. Frankie se preguntó si debería referir toda la historia a Sylvia, pero comprendió que no la creería. Ni siquiera Roger se había convencido de la culpabilidad del doctor. Y había el peligro de que Sylvia no guardase la discreción necesaria con respecto al médico.

Pasó un avión a corta distancia y las dos mujeres levantaron la cabeza para contemplarlo.

Cuando el aparato desapareció más allá de los árboles y se apagó el ruido a lo lejos, Sylvia se volvió hacia Frankie y le dijo:

—Ha sido horrible, y ustedes, al parecer, desean que Henry esté lejos de mí.

—No, no —exclamó Frankie—, no es eso. Yo deseaba, desde luego, que tuviese el mejor tratamiento posible, y me parece que el doctor Nicholson no es, en realidad, más que un charlatán.

—No lo creo —contestó Sylvia—. Creo que es un hombre inteligente y el médico que necesita Henry.

Miró retadora a Frankie, que se maravilló del control que Nicholson había adquirido sobre ella en tan poco tiempo. Sin saber qué hacer ni qué decir, guardó silencio y, mientras tanto, Roger volvió de la casa. Respiraba con agitación y dijo:

—Nicholson no está, pero he dejado recado.

—No comprendo por qué quieres verlo con tanta urgencia —dijo Sylvia—. Tú mismo me indicaste la conveniencia de obrar como hemos hecho ahora, y Henry está conforme.

—Me parece que, en resumidas cuentas, Sylvia, yo también tengo voz y voto en este asunto —dijo Roger con voz afable—. Recuerda que Henry es mi hermano.

—Tú mismo propusiste el plan —contestó Sylvia con obstinación.

—Sí, pero desde entonces he oído algunas cosas referentes al doctor Nicholson.

—¿Cuáles? Roger, no estoy dispuesta a creerle.

Se mordió el labio superior, dio media vuelta y se metió en la casa. Roger miró a Frankie.

—Esta situación es muy desagradable —dijo.

—Sí, mucho —contestó la joven.

—Y tenga usted en cuenta que una vez que Sylvia se ha decidido, se muestra muy obstinada.

—¿Y qué vamos a hacer?

Examinaron a fondo la cuestión y estuvieron de acuerdo acerca de que sería un error el hecho de referir toda la historia a Sylvia. Lo mejor, a su juicio, sería desenmascarar al doctor.

—Pero ¿qué va a decirle?

—No lo sé, pero le haré insinuaciones y estoy de acuerdo con usted en que Henry no debe ir a la Granja. Hay que impedirlo por todos los medios.

—Pero conviene no divulgar lo que sabemos —le recordó Frankie.

—Ya lo sé; por eso tendremos que apelar antes a todos los medios posibles. Es una circunstancia muy incómoda que Sylvia se muestre tan obstinada en esta situación.

—Eso demuestra la influencia que ese hombre es capaz de ejercer sobre los demás —observó Frankie.

—Sí, eso me inclina a creer que con pruebas o sin ellas tiene usted razón con respecto a él. ¿Qué ha sido eso?

Ambos se pusieron en pie de un salto.

—Parecía un tiro —dijo Frankie—. Ha sonado en la casa.

Se miraron uno a otro y luego echaron a correr hacia el edificio. Entraron por la puertaventana de la sala y luego pasaron al vestíbulo. Allí estaba Sylvia con el rostro blanco como el papel.

—¿Lo han oído? —preguntó—. Ha sido un tiro... en el estudio de Henry.

Se tambaleó, pero Roger la sostuvo, rodeándole la cintura con el brazo, en tanto que Frankie hacía girar el pomo de la puerta del estudio.

—Está cerrada.

—La ventana —aconsejó Roger.

Dejó a Sylvia casi desmayada sobre un diván y volvió a salir por la puertaventana de la sala. Frankie lo seguía. Dieron la vuelta a la casa, hasta llegar a la ventana del estudio. Estaba cerrada, pero miraron a través de los vidrios. El sol estaba en el ocaso y la luz era muy débil; sin embargo, pudieron ver lo suficiente.

Henry Bassington-ffrench estaba tirado sobre su escritorio. Tenía un balazo muy visible en la sien derecha, y en el suelo vieron un revólver.

—Se ha suicidado —dijo Frankie—. ¡Es espantoso!

—Retroceda un poco —contestó Roger—. Voy a romper el vidrio. Se envolvió la mano en la chaqueta y golpeó el vidrio de la ventana. Recogió luego cuidadosamente los fragmentos, y él y Frankie penetraron en la estancia. Mientras tanto, Sylvia y el doctor Nicholson acudían corriendo por la terraza.

—Aquí está el doctor —dijo Sylvia—. Acaba de llegar. ¿Le ha sucedido algo a Henry?

Y al ver la inmóvil figura, profirió un grito.

Roger atravesó de nuevo la ventana y el doctor Nicholson le entregó a Sylvia para que la sostuviese.

—Llévesela —dijo— y cuide de ella. Dele un poco de coñac. No le permita que vea nada más de lo que ha ocurrido.

Y atravesando la ventana fue a reunirse con Frankie. Negó lentamente con la cabeza.

—Es una tragedia —dijo—. ¡Pobre hombre! No ha tenido valor para resistir. Es una lástima. —Se inclinó sobre el cadáver y luego se enderezó—. No hay nada que hacer —añadió—. La muerte debe de haber sido instantánea. Quizá haya escrito algo. Todos los suicidas toman esta precaución.

Frankie se adelantó y pudo ver, debajo del codo del muerto, un papel en el que había escritas algunas líneas. Su contenido era bastante significativo.

Creo que este es el mejor medio. Este hábito fatal se ha apoderado ya de mí con demasiada violencia y no me siento con fuerzas para luchar. Hago esto creyendo que es lo mejor para Sylvia y para Tommy. ¡Dios os bendiga, queridos! Perdonadme.

Frankie sintió un nudo en la garganta.

—Conviene no tocar nada —dijo el doctor Nicholson—. Como es natural, habrá una investigación. Y ahora hemos de llamar a la policía.

Obedeciendo a su indicación, Frankie se dirigió a la puerta, pero se detuvo allí, observando:

—No está la llave en la cerradura.

—¿No? Tal vez la lleve el muerto en el bolsillo.

Se arrodilló para investigar con delicadeza. De la chaqueta del muerto extrajo una llave, y al probarla resultó ser aquella. Los dos salieron al vestíbulo y el doctor Nicholson se dirigió al teléfono.

Frankie sintió que le temblaban las rodillas y experimentó un leve mareo.

Capítulo 23

Desaparición de Moira

Frankie, una hora después, llamó a Bobby.

—¿Hawkins? —preguntó—. ¡Hola, Bobby! ¿Te has enterado de lo ocurrido? ¿Sí? Pues hemos de vernos con urgencia. Me parece que mañana por la mañana sería mejor. Antes del desayuno saldré a dar un paseo. Por ejemplo, a las ocho. En el mismo lugar en que nos vimos ayer.

Y colgó el auricular, mientras Bobby pronunció por tercera vez y con el mayor respeto la frase: «Sí, milady», por si acaso escuchaba algún oído indiscreto.

Fue el primero en llegar al lugar de la cita, pero Frankie no se hizo esperar. Estaba pálida y alterada.

—¡Hola, Bobby! Es terrible, ¿verdad? Me he pasado la noche sin dormir.

—Desconozco los detalles —contestó Bobby—. Únicamente sé que el señor Bassington-ffrench se ha suicidado. Supongo que es cierto, ¿verdad?

—Sí; Sylvia estuvo con él a fin de persuadirle de que aceptara someterse a un tratamiento. Él se metió en su estudio, cerró la puerta, escribió unas palabras de despedida y luego se pegó un tiro. ¡Es espantoso, Bobby!

—Me hago cargo —contestó el joven. Luego los dos guardaron silencio.

—Desde luego, habré de marcharme hoy —declaró Frankie con firmeza.

—Es natural. ¿Y cómo está la señora?

—Destrozada, la pobrecilla. No la he visto desde que descubrimos... el cadáver. Ha sido un golpe terrible.

Bobby asintió.

—Convendrá que traigas el coche hacia las once —añadió Frankie. Pero en vista de que él no contestaba, lo miró impaciente y preguntó—: ¿Qué te pasa, Bobby? Cualquiera creería que estás muy lejos de aquí.

—Dispensa... pero... me preguntaba... en fin, supongo que no hay ninguna duda.

—¿A qué te refieres?

—A que se ha suicidado. ¿No pueden haberlo asesinado?

—¡Oh, no! —exclamó Frankie—. Puedo asegurarte que se trata de un suicidio.

—¿Estás completamente segura? Ten en cuenta, Frankie, que, según nos dijo Moira, ese Nicholson deseaba quitar de su camino a dos personas. Y una de ellas ha desaparecido ya.

Frankie volvió a reflexionar, pero negó con la cabeza.

—Sin duda es un suicidio —dijo—. Yo estaba en el jardín con Roger cuando oímos el disparo. Los dos echamos a correr y atravesamos la sala y el vestíbulo. La puerta del estudio se hallaba cerrada por dentro. Tuvimos que entrar por la ventana del exterior, que también estaba cerrada, de modo que Roger tuvo que romper un vidrio, y después apareció Nicholson.

Bobby sopesó esos detalles.

—Sí; al parecer no hay motivos de sospecha —reconoció—, pero me llama la atención que Nicholson apareciese tan oportunamente.

—Aquella misma tarde había estado en la casa y se olvidó el bastón, de modo que regresó para recogerlo.

Bobby tenía el ceño fruncido, porque sentía gran preocupación.

—Oye, Frankie: imagina por un momento que el doctor Nicholson pegó un tiro a Bassington-ffrench.

—Sí, y antes consiguió hacerle escribir una carta de despedida para su mujer y su hijo.

—No creo que sea muy difícil falsificar un escrito como ese, porque cualquier posible diferencia que se hallase respecto a su letra habitual se podría atribuir a la agitación del momento.

—Esto es verdad. Bueno, continúa con tu teoría.

—Pues suponte que Nicholson mata de un tiro a Bassington-ffrench, deja la carta de despedida, sale y cierra la puerta, para reaparecer segundos después, como si acabara de llegar.

Frankie negó con la cabeza de mala gana.

—Es una buena idea, pero no sirve. En primer lugar, la llave estaba en el bolsillo de la víctima.

—¿Y quién la encontró?

—Nicholson.

—¿Qué te parece? ¿Había para él cosa más fácil que fingir el descubrimiento en el bolsillo?

—Recuerda que yo estaba observándolo, y tengo la certeza de que la llave estaba en el bolsillo.

—Eso es lo que afirma cualquiera cuando observa los movimientos de un prestidigitador. Tú ves perfectamente cómo saca el conejo de dentro del sombrero. Y si Nicholson es un criminal habilidoso, un poco de prestidigitación sería algo infantil para él.

—Quizá tengas razón; pero te aseguro, Bobby, que tu teoría es imposible. Sylvia Bassington-ffrench estaba en casa cuando se oyó el disparo. Inmediatamente se dirigió al vestíbulo. Si Nicholson hubiese disparado el tiro, para salir luego por la ventana del estudio, ella se habría acercado a la casa desde la puerta exterior. Lo vio llegar mientras nosotros dábamos la vuelta al edificio y acudió a su encuentro para acompañarlo hasta la ventana del estudio. No, Bobby, lo siento, pero ese hombre tiene una coartada magnífica.

—Por principio desconfío de las personas que tienen coartadas —dijo Bobby.

—Yo también, y vamos a ver cómo destruimos esa.

—No. La palabra de Sylvia Bassington-ffrench es suficiente.

—Sin duda.

—Bueno —dijo Bobby suspirando—. Habremos de resignarnos a creer que es un suicidio. ¡Pobre hombre!

—Los Cayman —respondió la joven—. No comprendo por qué los hemos dejado en paz hasta ahora. Supongo que conservas las señas que te dio ese Cayman.

—Sí, son las mismas que mencionó en la vista. Número 17, St. Leonard's Gardens, Paddington.

—¿Y no te parece que hemos obrado con algún descuido con respecto a esa gente?

—Desde luego. Pero tengo la convicción de que no tardaremos en observar que los pájaros han huido. Creo que se trata de una gente astuta, que sabe nadar y guardar la ropa.

—Aun cuando hayan emprendido la fuga, quizá averigüemos algo con respecto a ellos. Y yo me encargo del asunto.

—¿Por qué?

—Pues porque tampoco me parece conveniente que te muestres ahora. Ten en cuenta que a ti te conocen y a mí no.

—¿Y cómo te propones trabar relación con ellos? —preguntó Bobby.

—Pues, mira, me valdré de la política —dijo Frankie—. Iré a convencerlos de que voten a favor del partido conservador. Y llegaré cargada de propaganda.

—No está mal —dijo Bobby—, pero, como te dije antes, ya no los encontrarás. Además, hemos de pensar en otra persona: en Moira.

—¡Dios mío! Ya no me acordaba —exclamó Frankie.

—Bien lo he notado —replicó Bobby con calma.

—Tienes razón. Hay que hacer algo en su favor —dijo la joven.

Bobby afirmó mientras recordaba el rostro dolorido y asustado de aquella pobre mujer. Y siempre le inspiró lástima, desde el momento en que vio el retrato en el bolsillo de Alan Carstairs.

—Si la hubieses visto la noche en que entré en la Granja... —exclamó—. Estaba muerta de miedo, y lo peor, Frankie, es que tiene motivos. No se trata de los nervios ni de la imaginación. Si Nicholson quiere casarse con Sylvia Bassington-ffrench, ha de librarse de dos obstáculos. Uno ya no existe. Y ahora tengo la impresión de que la vida de Moira corre gran peligro y de que cualquier demora puede ser fatal.

Frankie se asustó al fijarse en el tono de sus palabras.

—Tienes razón —dijo—. Hay que obrar rápidamente. ¿Qué haremos?

—Convencerla de que salga inmediatamente de la Granja.

—Mira —dijo Frankie—, mejor será que se vaya a Gales. Al castillo. Allí gozará de toda la seguridad posible.

—Si pudiéramos conseguirlo, Frankie, sería magnífico.

—Es muy sencillo. Papá no se fija nunca en las idas y venidas de nadie. Moira le gustará, porque es tan femenina que con seguridad conquistará la simpatía de cualquier hombre. Además, a vosotros os gustan las mujeres indefensas...

—No creo que Moira merezca ese calificativo —dijo Bobby.

—No digas tonterías. Es como un pajarillo posado en una rama que se arriesga a ser devorado por una serpiente sin osar moverse.

—¿Y qué podría hacer?

—Muchas cosas —dijo Frankie en tono enérgico.

—No lo creo. No tiene amigos ni dinero...

—Bueno, sea como fuere —dijo Frankie—, es necesario ocuparse cuanto antes de eso.

—Estoy de acuerdo. Y debo añadir, Frankie, que en este caso te estás portando muy bien con ella.

—Bueno —contestó ella, interrumpiéndolo—. Estoy dispuesta a ayudarla con tal de que no continúe diciendo que no puede hacer nada. Tú trae el coche hacia las diez y media. Lo llevaré a la Granja, preguntaré por Moira y, si está allí Nicholson, le recordaré a ella su promesa de venir a pasar unas horas conmigo. Y así me la llevaré enseguida.

—¡Magnífico, Frankie! Me alegro de que no perdamos ya más tiempo, porque me horroriza pensar en un posible accidente.

Regresó a las nueve y media a Merroway Court. Acababan de servir el desayuno y Roger llenaba una taza de café. Estaba desencajado y pálido.

—Buenos días —dijo Frankie—. He pasado una noche muy mala, a las siete me levanté para dar un paseo.

—Lamento muchísimo que a causa de lo sucedido quizá se vea usted algo abandonada —dijo Roger.

—¿Cómo está Sylvia?

—Anoche le dieron un somnífero y aún está dormida, según creo. Me inspira la pobre una compasión extraordinaria, porque adoraba a Henry.

—Ya lo sé.

Frankie hizo una pausa y luego dio cuenta de sus planes para marcharse.

—Supongo que no hay más remedio —dijo Roger, dolorido—. La vista se celebrará el viernes. Ya le comunicaré si es necesaria su presencia. Todo depende del fiscal.

Tomó una taza de café y una tostada, y luego salió para dedicarse a las muchas cosas que exigían su atención. Frankie lo compadeció. Se daba perfecta cuenta de las murmuraciones y de la curiosidad que originaría aquel suicidio. Entonces apareció Tommy y ella se dedicó a distraerlo.

Bobby llegó con el coche hacia las diez y media. Los criados bajaron el equipaje de Frankie. Ella se despidió de Tommy y dejó unas líneas para Sylvia. El Bentley emprendió el camino.

En muy poco tiempo hicieron el trayecto hasta la

Granja. Frankie nunca había estado allí, pero la enorme verja de hierro y los arbustos que había en el jardín le causaron cierta depresión.

—Este lugar da miedo —observó—. No me extraña que Moira esté asustada.

Se acercaron a la puerta principal, Bobby se apeó y llamó. Tardaron algunos minutos en contestarle y, por último, abrió una mujer vestida de enfermera.

—¿La señora Nicholson? —preguntó Bobby.

Ella titubeó, pero luego abrió la puerta. Frankie se apeó y entró en la casa. La puerta se cerró a su espalda con un ruido siniestro. Notó la joven que tenía muy buenas cerraduras y sólidas trancas, y sintió un miedo injustificado, como si acabara de entrar en una prisión.

Para tranquilizarse, pensó que Bobby estaba fuera, en el coche, que había llegado allí a la vista de todo el mundo y que no podía ocurrirle nada. Mientras tanto, subía la escalera en pos de la enfermera y siguió andando por un corredor. Su guía abrió la puerta, y Frankie penetró en una salita elegantemente amueblada y muy alegre por las flores y las cretonas que la adornaban. Recobró el ánimo y, después de murmurar unas palabras, la enfermera se retiró.

Transcurrieron cinco minutos y luego se abrió la puerta, para dar paso al doctor Nicholson.

Frankie no pudo contener un leve sobresalto nervioso, pero lo disimuló con una sonrisa y estrechó la mano del médico.

—Buenos días —dijo.

—Buenos días, lady Frances. Espero que no venga usted a comunicarme malas noticias acerca de la señora Bassington-ffrench.

—Al salir, la dejé dormida —contestó la joven.

—¡Pobre señora! Supongo que su médico estará cuidándola.

—¡Oh, sí! Pero me parece que está usted muy ocupado, doctor, y no quiero hacerle perder tiempo. He venido a ver a su esposa.

—¿A Moira? Es usted muy amable.

Frankie tuvo la impresión de que se endurecía la mirada de aquel hombre tras los cristales de sus gafas.

—Sí —repitió—, ha sido usted muy amable.

—Si no se ha levantado aún, la esperaré —dijo Frankie, sonriendo.

—¡Oh! Ya se ha levantado —contestó el doctor.

—Bien. He venido a persuadirla de que me haga una visita. Me lo había prometido —añadió, sonriendo.

—Es usted muy bondadosa, lady Frances. Estoy seguro de que Moira lo habría pasado bien con usted.

—¿Lo *habría* pasado bien? —preguntó Frankie. El doctor sonrió, mostrando sus blancos dientes.

—Por desgracia, mi esposa se ha marchado esta mañana.

—¿Adónde? —preguntó Frankie, asombrada.

—¡Oh! A cambiar de ambiente. Ya sabe usted cómo son las mujeres, lady Frances. Este es un lugar bastante triste y, a veces, Moira siente la necesidad de distraerse un poco.

—¿Y no sabe usted adónde ha ido? —preguntó la visitante.

—Supongo que a Londres. De tiendas y para asistir a algún teatro. En fin, lo corriente.

Frankie tuvo la impresión de que la sonrisa de aquel hombre era muy desagradable.

—También iré hoy a Londres —dijo—. ¿Quiere usted darme sus señas?

—Suele alojarse en el Savoy —dijo el doctor Nicholson—. En todo caso, dentro de uno o dos días tendré noticias suyas. No es muy aficionada a escribir y, por otra parte, defiendo la libertad que debe existir entre marido y mujer. Sin embargo, creo que la encontrará posiblemente en el Savoy.

Sostenía la puerta abierta y Frankie no tuvo más remedio que estrecharle la mano y salir. La esperaba ya la enfermera. Lo último que oyó fue la voz suave, y tal vez irónica, del doctor Nicholson:

—Le agradezco su amabilidad, lady Frances —decía.

Capítulo 24

SOBRE LA PISTA
DE LOS CAYMAN

Bobby tuvo que hacer un esfuerzo para conservar su aspecto de chófer al ver que Frankie aparecía sola. La joven le dijo, con objeto de que la oyese la enfermera:

—Volvamos a Staverley, Hawkins.

El automóvil echó a rodar por la avenida y atravesó la verja. Y en cuanto se hallaron en plena carretera, sin testigos, Bobby preguntó a su compañera qué había sucedido.

—Mira, Bobby —le dijo Frankie, que estaba algo pálida—, no me gusta esto. Al parecer, la señora Nicholson se ha marchado.

—¿Que se ha marchado? ¿Esta mañana?

—O anoche.

—¿Sin dejar ningún mensaje para nosotros?

—No me lo creo, Bobby. Estoy segura de que ese hombre mentía.

—Demasiado tarde —replicó Bobby, desalentado—. Hemos sido unos tontos. Ayer no tendríamos que haberle permitido volver.

—¿Acaso temes que haya muerto? —preguntó Frankie en voz baja y temblorosa.

—No —contestó él en tono enérgico, quizá para tranquilizarse. Ambos guardaron silencio, y luego Bobby dijo más tranquilo—: Creo que debe de estar viva aún. Y ten en cuenta que si falleciera, su muerte debería parecer en todo caso natural o accidental. Supongo que la habrán llevado a alguna parte contra su voluntad, o tal vez aún siga en la Granja.

—Bueno —dijo Frankie—, ¿y qué vamos a hacer?

—No creo —contestó Bobby, pensativo— que puedas hacer nada. Será mejor que regreses a Londres. Acuérdate de tu deseo de seguir la pista de los Cayman. Dedícate a eso.

—¡Oh, Bobby!

—Aquí no puedes hacer nada útil, querida mía. Ya eres demasiado conocida, y como has anunciado que ibas a marcharte, debes hacerlo. No puedes continuar en Merroway y menos alojarte en Las Armas del Pescador. No sabes las murmuraciones que suscitarías en la vecindad. Tienes que marcharte. Tal vez Nicholson tuviera alguna sospecha, pero no puede estar seguro de que estés enterada de nada. Vuelve, pues, a la capital y yo me quedaré.

—¿En la posada?

—No; creo que ahora tu chófer habrá de desaparecer. Me instalaré a quince kilómetros de distancia, en Ambledever. Y si Moira continúa en esa maldita casa, lo sabré.

Frankie se resistió un poco y luego preguntó:

—¿Y tendrás cuidado, Bobby?

—Seré astuto como una serpiente.

De mala gana, Frankie se resignó. Lo que acababa de decir Bobby era muy razonable. Allí ya no tenía nada más que hacer.

Bobby la llevó a Londres, a la casa de Brook Street, y ella se quedó muy triste y sola.

Pero no era capaz de permanecer largo rato sin hacer nada. A las tres de la tarde, una muchacha vestida con seriedad y con gran elegancia, aunque con gafas, se dirigía a St. Leonard's Gardens, llevando en la mano cierta cantidad de prospectos y de papeles.

St. Leonard's Gardens, Paddington, era una triste colección de casas, la mayoría en muy mal estado. Aquel lugar tenía el aspecto de haber conocido tiempos mejores.

Frankie siguió andando mientras observaba los números de las casas, y de pronto profirió una exclamación de disgusto al notar que la señalada con el número diecisiete tenía un cartel anunciando que se vendía o se alquilaba sin muebles.

Inmediatamente se quitó las gafas y abandonó su envarado paso, porque ya no tenía nada que hacer allí.

Le dieron los nombres de varios agentes inmobiliarios, y Frankie eligió dos y los anotó. Después de decidir su plan de campaña, se dispuso a actuar.

Se dirigió a casa de los primeros, que eran los señores Gordon & Porter, de Praed Street.

—Buenos días —dijo al entrar—. ¿Podrían ustedes darme la dirección del señor Cayman? Recientemente estaba domiciliado en el número diecisiete de St. Leonard's Gardens.

—Es verdad —dijo el joven a quien se dirigió Frankie—. Estuvo aquí poco tiempo. Nosotros representamos a los propietarios. El señor Cayman reservó la casa para tres meses, anunciando que en breve partiría para el extranjero, y creo que así habrá ocurrido.

—Así pues, ¿no tiene usted sus señas?

—No, señorita. Terminó sus relaciones con nosotros y ahí acabó la cosa.

—Pero cuando alquiló la casa debía de tener algunas señas.

—Un hotel. Creo que era el G. W. R., Paddington Station.

—¿Y referencias? —preguntó Frankie.

—Pagó el trimestre por adelantado y dejó un depósito para cubrir los gastos de electricidad y de gas.

—¡Vaya! —exclamó Frankie, desalentada.

Se dio cuenta de que el joven la observaba con curiosidad y tal vez le parecía raro el interés de la joven por los Cayman.

—Me deben bastante dinero —mintió ella.

El joven se quedó, al parecer, escandalizado. Y sintiendo simpatía por ella, empezó a registrar el archivo e hizo cuanto pudo, aunque no consiguió encontrar ninguna huella del paradero del señor Cayman.

Frankie se dirigió al despacho de los otros agentes. No perdió tiempo en repetir aquella escena. Simplemente estaban interesados en alquilar de nuevo la casa y Frankie les pidió permiso para visitarla.

Aquella vez, y ante la sorpresa que vio retratada en el rostro del empleado, tuvo que explicar que deseaba una casa barata para dedicarla a pensión para muchachas. Desapareció la sorpresa del rostro del empleado, y Frankie salió de la oficina llevando las llaves de la casa que le interesaba y de otras dos que no se proponía visitar.

Frankie se alegró de que el empleado no se hubiese propuesto acompañarla, pero lo comprendió, diciéndose que no era necesario, puesto que la casa no estaba amueblada.

Al entrar en aquella morada, percibió muy bien el olor característico de las viviendas abandonadas. Era una casa muy poco atractiva, mal decorada y de paredes manchadas y sucias. Frankie la registró de arriba abajo. Sus últimos habitantes no la limpiaron antes de marcharse. Y aunque encontró mucha basura, no pudo hallar, en cambio, nada de naturaleza personal, ni siquiera un sobre roto.

Lo único que pudo encontrar fue una guía de ferrocarriles abierta, en el alféizar de una de las ventanas. Nada especial había en la página, pero Frankie copió algunos detalles, muy desanimada.

Había fracasado en su empeño de seguir la pista de los Cayman.

Se consoló diciéndose que ya era de esperar. Si el matrimonio Cayman estaba implicado en aquel asunto, tendrían mucho cuidado de que nadie pudiese encontrarlos. Esto, por lo menos, era una prueba de carácter negativo y confirmativo a la vez. Frankie devolvió muy desilusionada las llaves y prometió, mintiendo, que volvería a la casa a los pocos días.

Se dirigió al parque, preguntándose qué podría hacer. Y sus meditaciones fueron interrumpidas por un violento chaparrón. Como no vio ningún taxi, se metió en el metro, que estaba cerca de allí. Sacó un billete para Piccadilly Circus y en el kiosco compró un par de periódicos.

Una vez en el tren, casi vacío a aquella hora, dejó de pensar en sus problemas, abrió el periódico y se dispuso a leer. Aquí y allá encontró una serie de noticias desprovistas de interés: «Número de accidentes callejeros»; «Misteriosa desaparición de un escolar»; «La fiesta de lady Peterhampton en el Claridge»; «La convalecencia de sir John Milkington, después del accidente que sufrió su yate Astradora, ya famoso por haber pertenecido al difunto millonario señor John Savage. ¿Sería un buque funesto? Su constructor halló una trágica muerte; el señor Savage se suicidó y sir John Milkington se había salvado de la muerte de milagro».

Frankie dejó el periódico sobre las rodillas, haciendo un esfuerzo para recordar.

Ya se había mencionado dos veces el nombre de John Savage. Una por parte de Sylvia Bassington-ffrench, cuando hablaba de Alan Carstairs, y la otra por parte de Bobby, mientras repetía la conversación que sostuvo con la señora Rivington.

Aun cuando todo eso era difícil de explicar, Alan Carstairs habría sido amigo de John Savage, y la señora Rivington tenía una vaga idea de que la presencia del primero en Inglaterra estaba en cierto modo relacionada con la muerte de Savage. Y este se suicidó, creyendo que tenía un cáncer.

¿Y si Alan Carstairs no hubiera quedado satisfecho con el asunto de la muerte de su amigo? Tal vez se propuso hacer alguna investigación acerca de ella. Y todavía cabía la posibilidad de que las circunstancias que rodearon la muerte de Savage fueran la primera parte del drama en que ella y Bobby tomaban parte.

«Es muy posible», acabó diciéndose la joven.

Reflexionó profundamente, preguntándose cómo podría actuar con vistas al nuevo cariz que tomaba el asunto. Pero no tenía la menor idea de quiénes fueron los amigos de John Savage. De repente se le ocurrió una idea: su testamento. En el caso de que hubiese algo sospechoso acerca de su muerte, tal vez su testamento aportaría alguna indicación. Según sabía Frankie, en Londres existía un lugar donde, mediante el pago de un chelín, se podía consultar el testamento de cualquiera, pero no recordaba cuál era la dirección, ni cómo se llamaba aquella oficina.

El tren se detuvo en una estación y la joven vio que era la del Museo Británico. Habían pasado de largo por Oxford Circus, donde pensaba cambiar de tren.

Se apeó y, al salir a la calle, se le ocurrió una idea. Cinco minutos después se hallaba en la oficina de los señores Spragge, Spragge, Jenkinson & Spragge.

Fue recibida con la mayor deferencia y en el acto llevada a la oficina particular del señor Spragge, el que era el socio más antiguo de la firma.

También era muy amable. Tenía una voz rica, melosa y persuasiva, que sus clientes hallaban muy agradable cuando iban a exponerle algún asunto intrincado. Y se rumoreaba que el señor Spragge aventajaba a cualquier otra persona en Londres en su conocimiento de secretos deshonrosos de las familias nobles.

—Es un verdadero placer, lady Frances —dijo—. Siéntese. ¿Está usted lo bastante cómoda en este sillón? Sí, hace un tiempo magnífico, ¿verdad? El veranillo de San Martín. ¿Y cómo está lord Marchington? Espero que no tenga ninguna novedad.

Frankie contestó adecuadamente a estas preguntas y luego el señor Spragge se puso las gafas, para convertirse en el consejero legal de sus clientes.

—Ahora, lady Frances —añadió—, le ruego me diga el motivo que me proporciona el placer de verla a usted en mi oficina.

Y aun cuando no dijo una palabra acerca de eso, su actitud parecía preguntar si la joven iba allí por haber sido víctima de un chantaje o porque existían algunas cartas comprometedoras, o relaciones con algún joven indeseable. Tal vez también el modisto se había puesto tonto.

—Quisiera consultar un testamento —dijo Frances—, y no sé adónde debo ir ni qué debo hacer. Tengo entendido que hay una oficina donde, pagando un chelín, se puede conseguir.

—Somerset House —contestó el señor Spragge—. ¿De qué testamento se trata? Por ejemplo, si es de su familia, quizá yo pudiera decirle a usted lo que le interese, porque ya hace muchos años que mi firma tiene el honor de redactarlos todos.

—No es un testamento de mi familia —dijo Frankie.

—¿No? —exclamó el señor Spragge.

Y era tan intensa su facultad, casi hipnótica, de atraer la confianza de sus clientes, que Frankie, aun sin proponérselo, sucumbió y se lo dijo:

—Deseo conocer el testamento del señor John Savage.

—¿De veras? —preguntó, incrédulo, el señor Spragge, que no esperaba tal cosa—. Esto me parece sumamente extraordinario.

Expresaba tal sorpresa su voz que Frankie lo miró extrañada.

—En realidad —dijo el señor Spragge—, no sé qué hacer. Quizá, lady Frances, pueda usted indicarme sus razones para querer conocer este testamento.

—No —contestó Frankie—, no puedo.

Notó que el señor Spragge se conducía de un modo muy raro y que estaba preocupado.

—Pues creo —dijo el procurador— que debo avisarla de que existen ciertos inconvenientes.

—¿Inconvenientes? —preguntó Frankie.

—Sí. Las indicaciones son muy vagas, pero no hay duda de que ocurre algo. Y no quisiera verla a usted implicada en algún asunto desagradable.

Frankie podía haberle contestado que ya se hallaba en tal situación, pero se limitó a dirigirle una mirada interrogadora.

—En este asunto hay una coincidencia extraordinaria —añadió el señor Spragge—. Ocurre algo, pero en la actualidad no puedo decir de qué se trata.

Frankie continuó mirándolo, asombrada.

—He recibido algunas noticias —añadió el señor Spragge, ya con acento de indignación—. Sepa usted, lady Frances, que alguien se ha tomado la libertad de hacerse pasar por mí. Y lo ha hecho con toda la desfachatez. ¿Qué le parece a usted?

Por espacio de un minuto, Frankie, aterrada, no fue capaz de replicar.

Capítulo 25

—¿Y cómo lo ha averiguado usted? —pudo tartamudear al fin. No era eso lo que habría querido decir. Con gusto se hubiera mordido la lengua por su tontería, pero ya era tarde. Y el señor Spragge no hubiera sido un buen abogado si no hubiera notado que aquellas palabras contenían una confesión.

—¿De modo que usted sabía algo de eso, lady Frances?

—Sí. —La joven hizo una pausa y añadió—: Todo lo ocurrido es obra mía, señor Spragge.

—Me asombra usted —dijo el procurador. Sostuvo una lucha consigo mismo, entre el enojado hombre de leyes y el paternal procurador de la familia—. ¿Cómo ocurrió algo así? —preguntó.

—Fue una simple broma —dijo Frances—. Necesitábamos... hacer algo.

—¿Y quién tuvo la idea de hacerse pasar por mí? —preguntó el señor Spragge.

Frankie tuvo una rápida idea y contestó:

—Fue el joven duque de..., pero no, no debo mencionar nombres.

Pronto pudo notar que la marea se había vuelto en su favor. El señor Spragge no habría perdonado nunca al hijo de un vicario, pero su debilidad por la nobleza le indujo a considerar con benevolencia las travesuras de un duque. Y así volvió a mostrarse benigno.

—¡Ah, juventud, juventud! —murmuró agitando el dedo índice—. Son ustedes imposibles. Se quedaría usted asombrada, lady Frances, si comprendiera la cantidad de complicaciones legales que pueden resultar de una simple broma.

—Creo que usted es un hombre maravilloso, señor Spragge —contestó—. Nadie en el mundo habría tomado la cosa como lo ha hecho usted, y estoy avergonzada.

—No, no, lady Frances —dijo él, en tono paternal.

—¡Oh, sí! Supongo que se lo habrá dicho esa tal Rivington. ¿Qué le ha comunicado, exactamente?

—Me parece que tengo aquí la carta. La abrí hace media hora.

Frankie extendió la mano y el señor Spragge le entregó la carta como si dijera: «Vea usted el resultado de su locura».

Querido señor Spragge:

Por mi parte es tal vez una tontería, pero acabo de recordar algo que tal vez hubiera sido útil. El día que me visitó Alan Carstairs dijo que pensaba dirigirse a un lugar llamado Chipping Somerton. Tal vez este dato le sirva para algo.

Me interesó muchísimo lo que tuvo la bondad de comunicarme acerca del asunto Maltravers.

Le saluda atentamente su afectísima,

Edith Rivington

—Ya ve usted que el asunto podría haber sido muy grave —dijo severamente el procurador, aunque también con cierta benevolencia—. Ya comprendí que ocurría algo extraordinario, relacionado con el asunto Maltravers o con mi cliente, el señor Carstairs...

—¡Caramba! ¿El señor Carstairs era cliente suyo? —interrumpió Frankie.

—Sí, me consultó, hace cosa de un mes, cuando vino a este país. ¿Conoce usted al señor Carstairs, lady Frances?

—Creo poder contestarle en sentido afirmativo —dijo la joven.

—Es una persona muy atractiva —dijo el señor Spragge—. Cuando viene parece traer consigo un ambiente de... amplios espacios.

—¿Vino a consultarle acerca del testamento del señor Savage? —preguntó Frankie.

—¡Ah! —dijo el señor Spragge—. Así, ¿fue usted quien le aconsejó que viniera a verme? Él no pudo recordar quién era. Y siento mucho no haber podido hacer más en su interés.

—¿Y qué le aconsejó usted? —le preguntó Frankie—. ¿Puede decírmelo, sin faltar por eso al secreto profesional?

—No hay inconveniente —dijo el señor Spragge, sonriendo—. Opiné que no se podía hacer nada, a menos que los parientes del señor Savage estuviesen dispuestos a gastar mucho dinero para lograr invalidar el testamento. Y creo que no se hallan en situación de hacer eso. Yo nunca aconsejo llevar un asunto al tribunal mientras se pueda zanjar amistosamente. La ley, lady Frances, es un animal muy inseguro y a veces se retuerce de un modo inesperado. Siempre me he atenido al principio de arreglar los asuntos lejos del tribunal.

—Pues este es un asunto muy curioso —dijo Frankie, pensativa.

Tenía la sensación de que andaba descalza por un suelo cubierto de tachuelas. Y en cuanto pisara una, se descubriría todo el engaño.

—Tales casos son más frecuentes de lo que pueda usted imaginar —contestó el señor Spragge.

—¿Casos de suicidio? —preguntó Frankie.

—No, me refería a aquellos en que se advierte una influencia indebida. El señor Savage era un comerciante testarudo, pero blando como la cera en manos de una mujer. Y no tengo ninguna duda de que ella conocía muy bien su conveniencia.

—Me gustaría mucho que me contara usted toda la historia —dijo Frankie—. El señor Carstairs estaba tan indignado que, al parecer, no acabó de hacerse cargo del asunto.

—Era muy sencillo —contestó el procurador—. Y como además lo conocen varias personas, no hay inconveniente en que yo se lo cuente.

—Soy toda oídos —dijo la joven.

—El señor Savage regresó de Estados Unidos a Inglaterra en el mes de noviembre del año pasado. Como ya sabe usted, era muy rico y no tenía parientes próximos. En aquel viaje conoció a una señora, llamada Templeton. Poco se sabe de ella, aparte de que era muy guapa y de que estaba casada.

Frankie pensó que se trataría del matrimonio Cayman.

—Esos viajes oceánicos son peligrosos —añadió el procurador sonriendo—. El señor Savage se dejó atraer por esa mujer y aceptó sus invitaciones para ir a visitarla a la casita que ella tenía en Chipping Somerton. No he podido averiguar cuántas veces sucedió exactamente, pero no hay duda de que fue allí con frecuencia.

»Después se produjo la tragedia. El señor Savage había pasado algún tiempo inquieto acerca de su salud. Temía sufrir determinada enfermedad...

—Cáncer —dijo Frankie.

—Bueno, sí, cáncer. Aquella idea se convirtió en una obsesión. Pasaba entonces una temporada con los Templeton y ellos lo convencieron para que fuese a Londres a consultar a un especialista. Así lo hizo. Ahora bien, lady Frances, ese especialista, hombre muy distinguido, que ha ocupado un lugar preeminente en su profesión durante muchos años, juró en la vista que ese señor Savage no sufría cáncer y que así se lo había dicho, pero añadió que su cliente estaba tan obsesionado por su propia creencia que no quiso aceptar la verdad. Yo, sin embargo, creo que las cosas ocurrieron de otro modo. Si los síntomas del señor Savage extrañaron al doctor, quizá puso mala cara, habló de tratamientos caros y, a pesar de que lo tranquilizara con respecto al cáncer, tal vez le dio la impresión de que aquello era muy grave. Y el señor Savage, sabiendo que los médicos suelen ocultar al paciente el hecho de que sufra tal enfermedad, interpretó las palabras del doctor a su manera. Así, las expresiones tranquilizadoras del médico no eran ciertas y él sufría efectivamente la enfermedad que temía.

»Sea como fuere, el señor Savage regresó a Chipping Somerton en un estado de depresión mental. Vio ante sí una larga y dolorosa agonía. Creo que algunos miembros de su familia habían muerto de cáncer y él decidió sin duda no sufrir el mismo final. Llamó a un procurador, hombre muy respetable, y este redactó el testamento que firmó el señor Savage, entregándoselo luego para que lo guardase. Aquella misma noche, el señor Savage tomó una dosis considerable de cloral y dejó una carta para explicar que prefería una muerte rápida y sin dolor a otra larga y dolorosa como la que le aguardaba.

»En su testamento, el señor Savage legaba la suma de setecientas mil libras esterlinas, libres de todo gravamen, a la señora Templeton y el resto de su fortuna a determinadas asociaciones caritativas.

El señor Spragge se reclinó en su asiento, muy satisfecho de sí mismo.

—El jurado pronunció su veredicto habitual de «suicidio en un ataque de enajenación mental», pero yo creo que de eso no se puede deducir que no gozase de su razón cuando redactó el testamento. Creo que ningún jurado se atrevería a afirmar tal cosa. El testamento se redactó en presencia de un procurador, quien aseguró que el testador gozaba de todas sus facultades. Creo que tampoco se podría probar que en aquel momento se hallase bajo una influencia indebida. El señor Savage no desheredó a ningún pariente próximo, porque los únicos que tenía eran unos primos lejanos, a quienes apenas veía. Además, creo que viven en Australia. —Hizo una pausa y añadió—: El señor Carstairs opinaba que ese testamento no estaba de acuerdo con el carácter del señor Savage. Este nunca manifestó la menor simpatía por la caridad organizada y en cambio siempre sostuvo que las herencias habían de transmitirse a los parientes. Pero el señor Carstairs no tenía ninguna prueba documental de esas afirmaciones y además, como yo le indiqué, los hombres a veces cambian de opinión. La impugnación de tal testamento hallaría la oposición de esos establecimientos caritativos y también la de la señora Templeton. Además, el testamento ha sido admitido para su legalización.

—¿Y no hubo ninguna oposición en aquel momento? —preguntó Frankie.

—Según ya he dicho, los parientes del señor Savage no vivían en este país y se enteraron a duras penas de este asunto. El señor Carstairs, en cambio, lo tomó a su cargo. De regreso de un viaje al interior de África, por el camino averiguó los detalles y llegó a Inglaterra para ver si era posible hacer algo acerca del particular. Me vi obligado a contestarle que, según mi opinión, no se podía hacer nada. La posesión tiene una fuerza extraordinaria ante la ley, y la señora Templeton estaba en posesión de la herencia. Además, se había marchado de Inglaterra, según creo, para ir a vivir al sur de Francia. Se negó a discutir siquiera el asunto. Le sugerí la conveniencia de pedir la opinión de alguna autoridad legal, pero el señor Carstairs creyó que no sería necesario y aceptó mi punto de vista de que no se podía hacer nada o, en el caso de que se hubiera podido hacer algo en el momento oportuno, cosa dudosa según yo creo, ya era demasiado tarde.

—¿Y nadie sabe quién es esa señora Templeton? —preguntó Frankie.

El señor Spragge negó con la cabeza y frunció los labios.

—Un hombre como el señor Savage, que conocía la vida, no debió dejarse engatusar de ese modo, pero...

Y el señor Spragge negó otra vez tristemente con la cabeza al pensar en las tonterías cometidas por sus clientes.

—Los hombres son seres extraordinarios —dijo Frankie, poniéndose en pie y ofreciendo la mano al procurador—. Adiós, señor Spragge —añadió—, ha sido usted amabilísimo y estoy avergonzada.

—Ahora tengo ocasión de aconsejarle que sea usted más juiciosa en lo venidero —le contestó el procurador.

—Se ha portado usted como un ángel.

Y después de estrecharle cordialmente la mano, la joven se alejó.

El señor Spragge volvió a sentarse, pensó en el joven duque de... y se dijo que solo había dos duques cuya edad pudiera permitirle aquella broma. ¿Cuál podría ser? Y cogió una guía de la nobleza.

Capítulo 26

AVENTURA NOCTURNA

La inexplicable ausencia de Moira preocupaba a Bobby mucho más de lo que él mismo se imaginaba. Se dijo una y otra vez que era absurdo llegar a conclusiones y también fantástico imaginar que Moira hubiese desaparecido en una casa llena de testigos, de modo que sin duda existiría alguna explicación sencillísima y que, en el peor de los casos, solo estaría en calidad de prisionera dentro de la Granja.

No creyó de momento que hubiese salido de Staverley por propia voluntad. Sin duda no habría sido capaz de alejarse sin enviarles algún aviso. Además, les había dicho que no tenía adónde ir.

Sin duda, el siniestro doctor Nicholson era el autor de todo. De un modo u otro se enteró de las actividades de Moira y actuó a su vez. En la Granja, la pobre mujer debía de estar presa e incapacitada para comunicarse con el mundo exterior.

Pero quizá no fuese prisionera durante largo tiempo. Bobby creía a pies juntillas todo cuanto Moira les había dicho y estaba convencido de que sus temores no eran imaginarios, sino perfectamente justificados.

Nicholson quería librarse de su mujer y, en varias ocasiones, habían fracasado sus tentativas. Y Moira, al comunicar sus temores a otras personas, lo obligó a actuar rápidamente.

Bobby creyó que, en efecto, el doctor había conseguido realizar sus propósitos. Y sin duda, se dijo, aun cuando aquellas dos personas extrañas hubieran escuchado las palabras de su mujer, no tenían en cambio ninguna prueba. Y probablemente creía que solo habría de temer a Frankie. Quizá sospechó de ella desde el primer momento, como parecían indicar sus preguntas acerca del fingido accidente. En cambio, no debía de sospechar del chófer de lady Frances.

Sí, Nicholson actuaría. El cadáver de Moira aparecería quizá muy lejos de Staverley y tal vez fuese arrastrado por el mar o encontrado al pie de un acantilado. Y la muerte parecería haber sido causada por un accidente. Nicholson se había especializado en ello.

A pesar de todo, eso requería tiempo, aunque no mucho. Nicholson quizá se vio obligado a obrar antes de lo que se proponía. Y era razonable suponer que, por lo menos, habrían de transcurrir veinticuatro horas antes de poder llevar a cabo un plan.

Antes de que hubiese transcurrido ese espacio de tiempo, Bobby encontraría a Moira, en el supuesto de que estuviera en la Granja.

Después de dejar a Frankie en Brook Street, se preparó para actuar. Creyó oportuno no acercarse al garaje, por si acaso lo vigilaban. Creyó que nadie sospecharía de él bajo su disfraz de Hawkins, pero también se disponía a cambiar de personalidad.

Aquella tarde, un joven con bigote y vestido con un

traje barato de color azul oscuro llegó a la activa población de Ambledever. Se alojó en un hotel cerca de la estación y dijo llamarse George Parker. Después de dejar su maleta, salió a pie y empezó a negociar el alquiler de una motocicleta.

A las diez de la noche, un motorista con gorra y gafas atravesó el pueblo de Staverley y fue a detenerse en un lugar desierto del camino, cerca de la Granja. Ocultó la motocicleta al amparo de unos arbustos y pudo notar que el camino estaba desierto. Se acercó luego a la puertecilla que ya conocía y también la encontró entornada. Se metió dentro y llevó la mano al bolsillo de la chaqueta, donde llevaba su revólver reglamentario totalmente cargado, cuyo contacto le tranquilizó.

Dentro del recinto de la Granja todo estaba tranquilo. Recordó sonriente las horribles historias que había leído acerca de situaciones semejantes, en las que se supone que el traidor tiene un felino amaestrado para que cace a los intrusos, pero el doctor Nicholson parecía contentarse con los cerrojos y las trancas y aun se mostraba bastante descuidado. Bobby tuvo la impresión de que aquella puertecilla no tendría que haber estado abierta, pero, como todos los traidores, el doctor Nicholson sufría algunos olvidos fatales.

«Aquí no hay pitones amaestradas —pensó Bobby—, ni tampoco guepardos o cables electrificados. Ese hombre está anticuado a más no poder.»

Se hacía esas reflexiones para darse ánimos, porque cuando pensaba en Moira sentía oprimírsele el corazón.

Creyó verla otra vez ante él asustada y pálida. ¿Dónde estaría ahora? ¿Qué hizo con ella el siniestro doctor? Si por lo menos estuviera viva.

«Seguro que no ha muerto —se dijo Bobby—. No voy a pensar lo contrario.»

Reconoció cuidadosamente los alrededores de la casa y pudo ver que estaban alumbradas algunas ventanas de los pisos superiores y una de la planta baja. El joven se acercó a esta. Vio que tenía las cortinas corridas, pero entre ellas quedaba una estrecha abertura por la cual pudo ver un brazo de hombre, que se movía como si estuviese escribiendo. Y cuando cambió de posición, pudo contemplar su rostro y reconoció al doctor Nicholson.

El doctor, sin sospechar que lo vigilaban, seguía escribiendo y Bobby, fascinado, se decía que aquel criminal se hallaba a cortísima distancia de él. Se fijó bien en sus facciones y pudo ver que eran acentuadas y enérgicas. En cambio, tenía las orejas pequeñas y pegadas al cráneo. El lóbulo estaba unido a la mejilla y recordó que las orejas de aquel tipo tenían, según se aseguraba, un significado especial.

El doctor seguía escribiendo, tranquilo y sin darse prisa. Se interrumpía a veces un instante, para continuar luego. Su pluma avanzaba a través del papel. Y una vez se quitó las gafas, para limpiarlas, y se las puso de nuevo.

Dando un suspiro, Bobby se dijo que aquel hombre iba a pasar largo rato escribiendo. Por lo tanto, había llegado la ocasión de penetrar en la casa.

Se dijo que si lograba entrar por una de las ventanas altas, mientras el doctor seguía escribiendo, podría explorar el edificio a su gusto durante las horas de la noche.

Dio la vuelta a la casa y por fin se decidió por una

ventana del primer piso. Estaba abierta por su parte superior, pero en la estancia no había luz, de modo que tal vez estuviese desocupada en aquel momento. Además un árbol le prometía un fácil acceso.

Poco después, Bobby se había encaramado al árbol, y cuando extendía la mano para agarrarse al borde de la ventana, oyó un crujido ominoso de la rama en que se apoyaba y, un momento después, Bobby se vio arrojado de cabeza a unos arbustos que había debajo y que por suerte atenuaron la violencia de la caída.

La ventana del estudio de Nicholson estaba a cierta distancia y en el mismo lado de la casa. Bobby oyó una exclamación del doctor y el ruido de la ventana que se abría. El joven, después de recobrarse de los primeros efectos de la caída, se puso en pie, librándose de las ramas rotas que le rodeaban, y fue a ocultarse entre los arbustos.

Oyó algunas voces y vio luces que se movían en torno a los arbustos. Bobby estaba quieto, escondido y no osaba respirar. Quizá registraran también el sendero y, si encontraban la puerta abierta, tal vez creyeran que el intruso había huido por allí y se darían por satisfechos.

Mas no se presentó nadie por aquel extremo del jardín. De pronto, Bobby oyó que Nicholson preguntaba algo. No pudo distinguir las palabras, pero sí oyó la respuesta de una voz áspera y nada refinada.

—Todos están en casa y no hay novedad, señor. He terminado la ronda.

Se apagaron poco a poco los ruidos y se extinguieron las luces. Al parecer, todos se habían metido en la cama. Con la mayor cautela, Bobby salió de su escondrijo y dio dos pasos en dirección al edificio.

Entonces, de la oscuridad salió algo que fue a golpearle en la nuca.

La agresión fue inesperada.

Se cayó hacia delante y se sumió en la oscuridad.

Capítulo 27

MI HERMANO FUE ASESINADO

El viernes por la mañana, el Bentley verde se detuvo delante del hotel de la estación de Ambledever. Frankie había telegrafiado a Bobby, de acuerdo con el nombre convenido entre ambos, George Parker, para avisarlo de que sería citada a declarar en la vista que se celebraba a causa del suicidio de Henry Bassington-ffrench y que, en su viaje desde Londres, se detendría en Ambledever.

Ella esperaba el telegrama de respuesta, pero, como no lo recibió, se dirigió al hotel.

—¿El señor Parker, señorita? —preguntó el botones—. Me parece que no hay ningún caballero con este nombre en el hotel, pero voy a verlo.

Volvió unos minutos más tarde, diciendo:

—Llegó aquí el miércoles por la noche, señorita. Dejó aquí su equipaje, diciendo que tal vez regresaría tarde. Pero no ha vuelto.

Frankie se asustó y tuvo que apoyarse en una mesa para no caer. El botones la miró con simpatía y le preguntó:

—¿Se encuentra usted mal, señorita?

—No es nada —contestó Frankie—. ¿Y no ha dejado ninguna carta?

El botones se alejó para regresar unos segundos después, negando con la cabeza.

—Ha llegado un telegrama para él —dijo—. No hay otra cosa. —La miró con curiosidad y preguntó—: ¿Puedo hacer algo para ayudarla, señorita?

Frankie negó con la cabeza; en aquel momento solo deseaba marcharse y reflexionar acerca de lo que haría luego.

—No, nada más, gracias —contestó. Subió a su Bentley y se alejó.

El botones la miró mientras se marchaba y murmuró:

—Ese le ha dado el salto. Y es una lástima, porque ella vale la pena. ¿Cómo era él? —preguntó a la señorita de la oficina, pero ella no pudo recordarlo.

«Sin duda —pensó el botones— habían salido para casarse, pero él, a última hora, cambió de idea.»

Mientras tanto, Frankie se dirigía a Staverley y sentía una gran confusión de ideas. Le extrañaba que Bobby no hubiese regresado al hotel y se dijo que, para ello, solo podía haber dos razones: quizá estaba sobre la pista que lo había llevado lejos, o bien le había ocurrido algo desagradable. Al pensar eso, el Bentley dio una curva peligrosísima, pero Frankie recobró a tiempo el dominio del coche.

Se reconvino por imaginar cosas. Sin duda alguna, a Bobby no le ocurría nada grave. Con toda seguridad estaba sobre la pista y nada más.

«Pero ¿por qué —se preguntó luego— no le dejó unas líneas para tranquilizarla?»

Aunque era difícil, también era posible encontrar una explicación. Quizá se vio en circunstancias adversas o no tuvo tiempo ni oportunidad para comunicarse con ella. Bobby estaría convencido de que Frankie ya se enteraría de su paradero. Seguramente todo marchaba bien.

Como en un sueño, se celebró la vista. Allí estaban Roger y Sylvia, y ella estaba muy guapa. Y Frankie se sorprendió cuando la admiraba, como si asistiese a una representación teatral.

La sesión fue conducida con el mayor tacto. Los Bassington-ffrench eran muy conocidos en la localidad y se hizo todo lo posible para respetar los sentimientos de la viuda y del hermano del difunto.

Frankie y Roger declararon, y también lo hizo el doctor Nicholson. Se leyó la carta de despedida del suicida. En fin, la sesión terminó muy pronto y el jurado pronunció el veredicto: «Suicidio en un arrebato de enajenación mental». Era el mismo que ya había previsto el señor Spragge.

En la mente de Frankie se relacionaron dos acontecimientos. Otros tantos suicidios se habían cometido por idéntica razón, según la opinión de los jurados. ¿No podría existir una relación entre ambos?

Estaba persuadida de la realidad del segundo suicidio, porque ella se encontró en el lugar de la escena. Rechazó como disparatada la teoría de Bobby, que llegó a imaginar un asesinato. La coartada del doctor Nicholson era irrebatible y la confirmó la misma viuda.

Frankie y el doctor Nicholson continuaban allí cuando ya se habían marchado los demás y después de que el fiscal hubiese estrechado la mano de Sylvia, pronunciando algunas palabras de condolencia.

—Me parece que en casa hay algunas cartas para usted, querida Frankie —dijo Sylvia—. Supongo que me dispensará si ahora la dejo para tenderme un rato, porque esa sesión ha sido bastante violenta y dolorosa para mí.

Estremeciéndose, salió de la estancia. Nicholson la acompañó, pronunciando con voz suave algunas palabras acerca de un sedante. Frankie se volvió hacia Roger y le dijo:

—Oiga, Roger, Bobby ha desaparecido.

—¿Que ha desaparecido?

—Sí.

—¿Dónde y cómo?

Frankie, en muy pocas palabras, le dio cuenta de lo que sabía.

—¿Y nadie lo ha visto desde entonces? —preguntó Roger.

—No, ¿qué le parece?

—Pues que esto no tiene buena pinta —contestó Roger.

—¿Acaso cree usted...? —replicó Frankie, sintiendo que se le caía el alma a los pies.

—¡Oh! Quizá no le haya pasado nada grave, pero silencio. Ahí viene Nicholson.

Entró el doctor en la estancia, con su silencioso paso. Se frotaba las manos y sonreía.

—Esto ha ido muy bien —dijo—. El doctor Davidson se ha conducido con mucho tacto y consideración. Creo que debemos felicitarnos de que sea nuestro fiscal.

—Estoy de acuerdo —contestó Frankie, maquinalmente.

—Esto constituye una diferencia muy notable, lady Frances. El fiscal puede conducir una vista como le parezca mejor. Tiene amplios poderes y, según prefiera, la situación puede ser fácil o difícil para los demás. En este caso todo ha marchado muy bien.

—Sí, ha sido una buena actuación —observó Frankie, con tono severo.

Nicholson la miró sorprendido.

—Comprendo la reacción de lady Frances —dijo Roger— y estoy de acuerdo con ella. Mi hermano fue asesinado, doctor Nicholson.

Estaba en pie, a espaldas del otro, y no pudo notar, como Frankie, el sobresalto que apareció en los ojos del médico.

—Sé muy bien lo que digo —añadió, cortando a Nicholson antes de que pudiese hablar—. La ley quizá no lo considere así, pero ha sido un asesinato. Las bestias criminales que indujeron a mi hermano a ser esclavo de ese narcótico lo asesinaron de un modo tan real como si lo hubiesen matado de un tiro.

Había cambiado ligeramente de posición y, con ojos coléricos, miraba al doctor.

—Y estoy dispuesto a ajustar las cuentas con ellos —añadió en tono de amenaza.

Los ojos de color azul pálido del doctor miraron al suelo y asintió tristemente con la cabeza.

—Desde luego, estoy de acuerdo con usted —dijo—. Estoy más enterado que usted acerca del vicio de tomar estupefacientes, señor Bassington-ffrench, y el hecho de inducir a un hombre a que se acostumbre a esos venenos es un crimen espantoso.

Por la mente de Frankie circulaban varias ideas y una sobresalía por encima de todas las demás.

«No es posible —se decía a sí misma—. Sería demasiado monstruoso; pero toda la coartada de ese hombre depende de la palabra de la viuda. Y en tal caso...»

Se fijó en la escena que tenía delante y pudo notar que Nicholson le dirigía la palabra.

—¿Ha llegado usted en coche, lady Frances? ¿No ha sufrido ningún accidente esta vez? —preguntó con una sonrisa que a ella le pareció odiosa.

—No —contestó—, y me parece desagradable la repetición de los accidentes. ¿No cree?

No estuvo segura de si había visto bien, pero creyó notar que los párpados de él temblaron de forma casi imperceptible un momento.

—Quizá esta vez conducía su chófer —observó.

—Mi chófer —contestó ella— ha desaparecido. —Y se quedó mirando fijamente a Nicholson.

—¿De veras?

—Lo vieron por última vez cuando se dirigía a la Granja —añadió Frankie, y el doctor arqueó las cejas.

—¿De veras? ¿Habrá en la cocina alguna belleza sin que yo lo sepa? —preguntó con ironía—. No puedo creerlo..., no.

—Sea como fuere, lo vieron por última vez cuando iba allí —repitió Frankie.

—Habla usted con un tono muy dramático —dijo Nicholson—. Quizá hace demasiado caso de los chismes de la localidad, pero tenga en cuenta que no merecen crédito. Yo mismo he oído las historias más raras del mundo. —Hizo una pausa y, con una voz que había cambiado ligeramente de tono, prosiguió—: Incluso llegó a mis oídos la historia de que mi esposa y su chófer estuvieron hablando a la orilla del río. —Hizo una pausa—. Y tengo entendido, lady Frances, que se trata de un joven de gran valía.

«¿Ah, sí? —pensó Frankie—. Ahora quizá querrá dar a entender que su esposa se ha fugado con mi chófer. ¿Será este su juego?» Y en voz alta, añadió:

—Hawkins es un chófer que está muy por encima de todos los demás de su oficio.

—Eso parece —respondió Nicholson. Se volvió hacia Roger—. He de marcharme, y tenga la seguridad de que la señora Bassington-ffrench y usted mismo pueden contar con todo mi apoyo.

Roger lo acompañó al vestíbulo. Frankie los siguió. En la mesa de aquella estancia vio dos cartas dirigidas a ella. Una era una factura y la otra... Su corazón dio un salto, al notar que la letra era de Bobby. Nicholson y Roger estaban ya en la puerta, y ella rasgó el sobre.

La carta decía lo siguiente:

> *Querida Frankie:*
>
> *Por fin estoy sobre la pista. Sígueme lo antes que puedas a Chipping Somerton. Será mejor que vayas allí en el tren y no con el coche, porque el Bentley es demasiado conocido. Te dirigirás a una casa llamada Tudor Cottage.*
>
> *Te explicaré exactamente cómo encontrarla. No preguntes a nadie (aquí siguen indicaciones detalladas). ¿Lo entiendes bien? No se lo digas a nadie. (Las dos últimas palabras estaban subrayadas con un trazo negro.) A nadie en absoluto.*
>
> *Siempre tuyo,*
>
> *Bobby*

Frankie, nerviosa, arrugó la carta en la mano. Todo marchaba bien y a Bobby no le ocurría nada malo.

Estaba sobre la pista y por casualidad seguía la misma que ella. Había estado en Somerset House para examinar el testamento de John Savage. «Rose Emily Templeton.» Este era el nombre de la esposa de Edgar Templeton, de Tudor Cottage, Chipping Somerton. Eso coincidía, además, con la página de la guía de ferrocarriles que encontró abierta en casa de los Cayman. Y, sin duda, estos se habían dirigido a Chipping Somerton.

Todo iba poniéndose en su lugar y, sin duda alguna, se aproximaban ya al final de la investigación.

Roger se volvió hacia ella.

—¿Algo interesante en su carta? —preguntó.

Frankie titubeó, diciéndose que tal vez Bobby no había incluido a Roger cuando le recomendó no hablar de aquello con nadie. Pero luego recordó que había subrayado muy bien tales palabras y asimismo recordó su idea monstruosa. En el caso de que aquello fuese cierto, Roger, aunque de forma inocente, podría traicionarlos, de modo que no se atrevió a insinuarle sus sospechas.

Se decidió al fin y dijo:

—No, nada de particular.

Pero antes de que transcurrieran veinticuatro horas, habría de arrepentirse amargamente de aquella decisión.

Más de una vez durante las siguientes horas lamentó el consejo de Bobby de no hacer uso del automóvil.

Chipping Somerton no estaba muy lejos, a vuelo de pájaro, pero aquel viaje la obligó a cambiar varias veces de tren y a hacer tres largas esperas en las pequeñas estaciones. Y para un temperamento como el de Frankie, tal lentitud era insoportable. Sin embargo, se dio cuenta de la cordura del consejo de Bobby. El Bentley era un coche muy conocido. Las excusas que dio para dejarlo en Merroway Court apenas eran plausibles, pero no se le ocurrió ninguna mejor.

Oscurecía ya cuando el tren de Frankie se paró en la pequeña estación de Chipping Somerton. A la joven le produjo la impresión de que era ya medianoche, porque le parecía que el tren había estado corriendo horas y más horas por los rieles. Empezó a llover y esto fue una molestia más.

Se abrochó la chaqueta hasta el cuello, leyó por última vez la carta de Bobby a la luz de una lámpara de la estación, se fijó muy bien en las instrucciones y echó a andar.

Aquellas indicaciones eran muy fáciles de seguir. Vio más delante las luces de la población y tomó el sendero de la izquierda, que subía por una colina. Al llegar a la cumbre, cogió el camino de la derecha y entonces pudo ver a sus pies el pequeño grupo de casas que constituían el pueblo. Delante, distinguió una línea de pinos. Por último, leyó el nombre de Tudor Cottage.

Por allí no había nadie, de modo que entró. Pudo distinguir el perfil de la casa, más allá, en un lugar desde el cual podía ver muy bien la vivienda. Luego, con el corazón palpitante, imitó lo mejor que pudo el grito de un búho. Transcurrieron algunos minutos, y en vista de que nada ocurría, volvió a llamar.

Se abrió la puerta de la casa y vio cómo se asomaba la figura de un hombre vestido de chófer. ¡Bobby! Hizo un gesto para llamarla y se retiró al interior, dejando la puerta abierta.

Frankie salió de entre los árboles, se dirigió a la casa y vio que no estaba iluminada ninguna ventana. Todo se hallaba sumido en la oscuridad y el silencio.

Penetró en el vestíbulo oscuro y se detuvo para mirar a su alrededor.

—¡Bobby! —murmuró.

La avisó el olfato. ¿Dónde había percibido aquel olor dulzón y desagradable? En el preciso instante en que su

cerebro daba la respuesta, «Cloroformo», unos vigoro-
sos brazos la sujetaron por detrás. Abrió la boca para gritar y se la cubrieron con un pañuelo mojado. Y aquel
olor, dulce y penetrante, inundó su nariz.

Luchó con desesperación, revolviéndose y dando pun-
tapiés, pero fue inútil. Se sintió sucumbir. Oía un ruido
como de tambores y notaba que por momentos no podía
respirar. Luego no supo nada más...

Capítulo 28

Una hora antes de morir

Cuando Frankie recobró el sentido, su reacción fue depresiva. No hay nada romántico en los efectos del cloroformo. Se vio tendida en un suelo de madera duro, con las manos y los pies atados. Consiguió rodar sobre sí misma y su cabeza tropezó violentamente con una caja de cartón. Y entonces ocurrieron varias cosas desagradables.

Pocos minutos después, Frankie fue capaz, si no de sentarse, por lo menos de observar a su alrededor. A su lado oyó un débil gemido. Le pareció que se hallaba en un desván. La luz penetraba por una claraboya del tejado y en aquel momento el lugar estaba muy mal iluminado. Se dio cuenta de que no tardaría en anochecer. En la pared vio unos cuantos cuadros rotos y, en la estancia, una cama de hierro estropeada, unas sillas desfondadas y la caja de cartón antes mencionada.

El gemido pareció proceder del rincón.

Las ataduras de Frankie no eran muy fuertes, de modo que podía moverse con algunas limitaciones, y así se arrastró por el polvoriento suelo.

—¡Bobby! —exclamó.

En efecto, era él, y también estaba atado de pies y manos. Además, llevaba una mordaza que casi había conseguido quitarse. Frankie acudió a socorrerlo y aun cuando los dos estaban atados, ella pudo hacer algún uso de sus manos y acabó la tarea con los dientes.

—¡Frankie! —exclamó Bobby, al fin.

—Me alegro de que estemos juntos —dijo ella—. Pero nuestra situación no es demasiado agradable.

—Supongo —observó Bobby, ceñudo— que nos han tendido una trampa.

—¿Cómo te cogieron? —preguntó ella—. ¿Después de haberme escrito aquella carta?

—¿Cuál? No te he escrito ninguna.

—¡Ah, ya comprendo...! —dijo ella abriendo los ojos—. ¡Qué tonta fui! Y sobre todo al hacer caso de la recomendación de no decir nada a nadie.

—Mira, Frankie. Te diré lo que me sucedió a mí y luego me contarás tus aventuras.

Hizo un relato de lo que había ocurrido en la Granja y del siniestro resultado de sus andanzas.

—Llegué por fin a este maldito agujero —dijo—. En una bandeja había algo de comer y beber. Como yo tenía un hambre espantosa, tomé algo, y sin duda tenía alguna droga, porque me dormí casi de inmediato. ¿Qué día es hoy?

—Viernes.

—Pues, mira, me dejaron sin sentido el miércoles por la noche. Y lo peor es que desde entonces no he sabido lo que era de mí. Ahora, cuéntame lo que te ha sucedido.

Frankie contó su relato, empezando con la historia

que oyera de los labios del señor Spragge, y continuó hasta el momento en que creyó reconocer a Bobby en la puerta de la casa.

—Luego, me durmieron con cloroformo —terminó diciendo—. Además, Bobby, he vomitado dentro de esa caja para el carbón.

—Reconozco en eso que eres una mujer de recursos —contestó él—. Y ahora, ¿qué vamos a hacer? Durante largo tiempo hemos obrado según nos pareció, pero ahora han cambiado las cosas.

—¡Ojalá yo hubiese hablado con Roger de tu carta! —exclamó ella, lamentándose—. Pensé en hacerlo, pero titubeé y luego decidí seguir exactamente las instrucciones que me dabas en aquella carta.

—Y ahora nadie sabe dónde estamos —observó Bobby—. Temo mucho, mi querida Frankie, que te he metido en un mal asunto.

—Estábamos demasiado confiados en nosotros mismos —observó ella en un tono sombrío.

—Lo único que no puedo comprender es por qué no nos han matado a los dos —musitó Bobby—. Creo que a Nicholson no le quitaría el sueño tomar semejante medida.

—Es porque tiene un plan —dijo Frankie con un ligero estremecimiento.

—Pues también necesitaremos uno. Ante todo, hay que salir de aquí, Frankie. ¿Cómo lo haremos?

—Podríamos gritar.

—Sí, quizá pase alguien y nos oiga —contestó Bobby—. Pero teniendo en cuenta que Nicholson no te ha amordazado, creo que nuestras probabilidades deben de ser muy pocas. Además, no te han atado las manos tan fuerte como a mí. Voy a ver si puedo deshacer los nudos con los dientes.

Durante los cinco minutos siguientes, Bobby se dedicó a una lucha que hablaba en favor de su dentista.

—Es extraordinario ver cuán fáciles son estas cosas en los libros —dijo jadeando—. Creo que no he conseguido nada en absoluto.

—Sí, ya se afloja la cuerda —dijo Frankie—, pero, cuidado, porque llega alguien.

Ella, rodando por el suelo, se alejó del joven. Podía oír los pasos de alguien que subía la escalera y parecían pertenecer a una persona corpulenta. Por debajo de la puerta se filtró un rayo de luz, se oyó el ruido de una llave que giraba en la cerradura y la puerta se abrió despacio.

—¿Cómo están mis dos pajaritos? —preguntó la voz del doctor Nicholson.

Llevaba una palmatoria en la mano, y aunque se ocultaba en parte el rostro con el ala del sombrero y con el cuello del gabán subido, su voz permitió reconocerlo muy bien. Y centellearon sus ojos detrás de los gruesos cristales. Movió la cabeza de un modo humorístico al mirar.

—Me parece indigno por parte de usted, mi querida lady Frances, que haya caído tan fácilmente en la trampa —dijo.

Ni Bobby ni Frankie dieron respuesta alguna. La situación era tan difícil que ninguno sabía qué decir. Nicholson dejó la vela sobre una silla.

—De todos modos —dijo—, permítanme ver si están cómodos.

Examinó las cuerdas que ataban a Bobby, hizo un gesto de aprobación y luego se acercó a Frankie. Entonces negó con la cabeza.

—Durante mi juventud —observó— me dijeron que los dedos eran anteriores a los tenedores y que los dientes se usaron antes que los dedos. Veo que su amigo ha usado los suyos.

En un rincón había una pesada silla de roble con el respaldo roto. Nicholson hizo levantar a Frankie, la colocó en la silla y la ató al mueble con firmeza.

—Supongo que no está usted demasiado incómoda —dijo—. Además, tampoco permanecerá aquí mucho tiempo.

—¿Y qué va a hacer usted con nosotros? —preguntó Frankie.

Nicholson se dirigió a la puerta y cogió la palmatoria.

—Me reprendió usted, lady Frances, por ser demasiado aficionado a los accidentes. Tal vez sea verdad. Pero, en fin, me atreveré con otro.

—¿Qué quiere usted decir? —preguntó Bobby.

—Bueno, se lo explicaré —replicó el doctor, condescendiente—. Lady Frances Derwent conducía su coche y a su lado iba su chófer. Se equivocó al tomar una curva y cogió una senda que conducía a una cantera. El coche se estrelló al caerse desde lo alto y, como es natural, lady Frances y su chófer resultaron muertos.

Hubo una pausa y Bobby dijo:

—Es posible que no ocurra así. A veces fracasan los mejores planes. Por ejemplo, lo mismo le sucedió a usted en Gales, en uno de los planes que se llevaron a la práctica.

—Su tolerancia a la morfina fue realmente increíble. Y desde nuestro punto de vista, también muy de lamentar

—dijo Nicholson—. Pero no se preocupe por mí esta vez. Cuando los descubran, tanto usted como lady Frances estarán bien muertos.

Bobby se estremeció a su pesar. Pudo descubrir una extraña nota en la voz de Nicholson. Parecía un artista que examinara su obra maestra.

«Ese hombre se divierte —pensó Bobby—. Sin duda alguna.» No estaba dispuesto a dar a Nicholson ningún motivo de diversión, y dijo, con fingida indiferencia:

—Está usted cometiendo un grave error por lo que se refiere a lady Frances.

—Sí —dijo Frankie—, en la astuta carta que usted falsificó, me recomendaba no decírselo a nadie. Pero hice una excepción. Se lo comuniqué a Roger Bassington-ffrench. Y él estaba enterado de todo con respecto a usted. De modo que si nos sucede algo, sabrá quién ha sido su autor. Mejor sería que nos dejara marchar cuanto antes.

Nicholson guardó un momento de silencio y, al fin, dijo:

—¡Bah! Una fanfarronada. —Y se volvió hacia la puerta.

—¿Y qué me dice de su esposa, cerdo? —exclamó Bobby—. ¿La ha asesinado también?

—Moira vive aún —dijo Nicholson—, aunque ignoro por cuánto tiempo. Depende de cómo se presenten las circunstancias. *Au revoir* —dijo, haciendo una burlona reverencia—. Tardaré un par de horas en hacer los preparativos necesarios. Ustedes, mientras tanto, podrán distraerse hablando de su situación. No los amordazaré si no es necesario, ¿comprenden? En cuanto oiga un grito pidiendo socorro, volveré para obligarlos a guardar silencio.

Salió, cerrando la puerta a su espalda.

—No es verdad —dijo Bobby—. No puede ser cierto. Estas cosas no ocurren.

Pero no dejaba de decirse que iban a ocurrir, tanto con respecto a él como con respecto a Frankie.

—En los libros siempre se produce la salvación de las víctimas una hora antes del momento final —dijo Frankie, tratando de mostrarse animosa.

Pero no lo estaba, sino que, en realidad, se sentía completamente desalentada.

—Todo esto es imposible —exclamó Bobby, como si discutiera con alguien—. Es fantástico. El mismo Nicholson no es una persona real. Claro está que desearía que nos salvasen, pero no veo quién podrá hacerlo.

—¡Ojalá se lo hubiese dicho a Roger! —exclamó Frankie.

—Quizá, a pesar de todo, Nicholson cree que se lo dijiste —opinó Bobby.

—No —replicó ella—, no ha hecho ni caso. Ese hombre es demasiado listo.

—Más que nosotros —dijo Bobby, en tono de mal humor—. ¿Sabes lo que más me molesta en este asunto?

—No, ¿qué?

—Pues que ahora, cuando ya estamos cerca del otro mundo, aún ignoramos quién es Evans.

—Se lo preguntaremos —sugirió Frankie—. Ya sabes. El último deseo del que va a morir. No puede negarse. Y estoy de acuerdo contigo en que no podemos morir sin haber satisfecho nuestra curiosidad.

—Mira —dijo Bobby, después de un corto silencio—, creo que, como último recurso, deberíamos gritar pidiendo socorro. No nos queda otra solución.

—Aún no —dijo Frankie—. En primer lugar, creo que nadie nos oiría, porque de lo contrario no nos habría traído aquí, y luego no me arriesgo a esperar a que me maten sin poder hablar con alguien. Dejaremos el recurso de gritar para el último instante.

—En buen lío te he metido, Frankie.

—No te preocupes. Recuerda que no habrías podido alejarme de esto, porque yo deseaba intervenir. ¿Y crees, Bobby, que nos matará de verdad?

—¿Y crees ahora que mató también a Henry Bassington-ffrench?

—Me temo mucho que sí.

—Si fuese posible...

—Es posible, suponiendo que Sylvia Bassington-ffrench sea cómplice de ese hombre.

—¡Frankie!

—Ya lo sé. Esta idea me horrorizó en cuanto se me hubo ocurrido. Mas parece lógica. ¿Por qué se mostró Sylvia tan ciega respecto a la morfina? ¿Por qué se resistía con tanta obstinación, cuando deseábamos enviar a su marido a un lugar cualquiera y no a la Granja? Y, además, estaba en la casa cuando se oyó el tiro.

—Quizá le disparó ella.

—¡Oh, no!

—Sí. Pudo hacerlo. Y luego entregó la llave del estudio a Nicholson para que la metiese en el bolsillo de Henry.

—Es una locura —exclamó Frankie—. No es posible. Pero lo horroroso es que las personas que parecían más decentes han resultado ser criminales. Debería ser posible reconocerlos por algún rasgo físico; por las cejas, las orejas u otra cosa cualquiera.

—¡Dios mío! —exclamó Bobby.

—¿Qué pasa?

—Pues, sencillamente, que ese hombre que acaba de salir no era Nicholson.

—¿Estás loco? ¿Quién podía ser sino él?

—No lo sé... Pero no era Nicholson. Yo notaba algo raro en él, pero no acababa de comprenderlo. Y cuando has pronunciado la palabra *orejas*, me he dado cuenta. La otra noche estuve observando a Nicholson a través de la ventana de su estudio y me fijé en sus orejas. Tiene los lóbulos unidos a la cara. Pero ese hombre que acaba de salir tiene las orejas muy diferentes.

—¿Y qué significa eso? —preguntó Frankie.

—Pues que ese hombre se ha disfrazado para dar la impresión de que es Nicholson.

—¿Por qué...? ¿Quién puede ser?

—Roger Bassington-ffrench. Desde el primer momento descubrimos al criminal y luego, como unos tontos, nos dejamos engañar.

—¿Bassington-ffrench? —murmuró Frankie—. Tienes razón, Bobby. Ha de ser él por fuerza. Era la única persona que estaba presente cuando yo, hablando con Nicholson, aludí a los accidentes.

—En tal caso, ya estamos perdidos —dijo Bobby—. Yo tenía la esperanza, muy remota, de que gracias a un milagro Roger Bassington-ffrench pudiese salvarnos en el último momento. Pero ahora esa esperanza ha desaparecido. Moira está prisionera y tú y yo nos vemos atados de pies y manos. Nadie más tiene la menor idea del lugar y de la situación en que nos hallamos. Ha terminado este asunto, Frankie.

Apenas había pronunciado estas palabras cuando,

por encima de su cabeza, oyó un ruido; unos segundos más tarde se produjo un choque espantoso y a través de la claraboya cayó un bulto. Reinaba allí demasiada oscuridad para ver nada.

—¿Qué demonios...? —empezó a decir Bobby.

Por entre el estruendo de cristales rotos habló una voz:

—Bob-bob... Bobby —dijo.

—Que me maten si no es Badger.

Capítulo 29

La historia de Badger

No se podía perder un solo minuto. Ya se oían algunos ruidos en el piso inferior.

—Deprisa, Badger. No seas tonto —dijo Bobby—. Quítame una bota. No discutas ni preguntes. Arrójala por ahí. Y luego escóndete debajo de la cama. ¡Deprisa!

Se oían unos pasos que subían por la escalera y luego el ruido de la llave en la cerradura.

El falso Nicholson apareció empuñando la palmatoria.

Vio a Bobby y a Frankie tal como los dejara, pero en el suelo había un montón de vidrios rotos, y encima una bota.

Nicholson la miró asombrado y luego se fijó en Bobby, uno de cuyos pies estaba descalzo.

—Es usted muy listo, mi querido amigo —dijo en tono seco—. Y un verdadero acróbata.

Se acercó a Bobby, examinó las cuerdas que lo ataban e hizo dos nudos más. Lo miró con curiosidad.

—Quisiera saber cómo ha conseguido arrojar esa bota a la claraboya. Casi parece increíble. Es usted una especie de Houdini.

Miró a los dos prisioneros y luego examinó la claraboya. Por último, encogiéndose de hombros, se marchó.

—¡Deprisa, Badger!

Este salió de su escondrijo. Empuñaba un cuchillo y pronto liberó a los dos.

—Así me gusta —dijo Bobby, desperezándose—. ¡Caramba! Estoy envarado. Bueno, Frankie, ¿qué te parece nuestro amigo Nicholson?

—Que tienes razón. Es Roger Bassington-ffrench. Y ahora que me consta que es Roger, y que se ha disfrazado de Nicholson, lo comprendo todo. Pero no hay duda de que su actuación es magnífica.

—Ni siquiera le falta el detalle de la voz y de las gafas —dijo Bobby.

Badger habló entonces para contar que había estado en Oxford con un Bassington-ffrench, que era un actor maravilloso, aunque muy mala persona, puesto que incluso llegó a falsificar la firma de su padre en un cheque. Pero añadió que el viejo había dejado pasar el asunto.

Bobby y Frankie tuvieron la misma idea. Badger, a quien no creyeron digno de sus confidencias, podría haberles dado un informe utilísimo.

—Falsificación... —dijo Frankie, pensativa—. Esa carta tuya, Bobby, fue falsificada de forma admirable, aunque no comprendo dónde pudo hallar una muestra de tu letra. ¿De dónde la sacó?

—Si está compinchado con los Cayman, recuerda que yo les escribí una carta.

—Y ahora, ¿qué hacemos? —preguntó Frankie.

—Vamos a situarnos cómodamente detrás de esta puerta —dijo Bobby—y, cuando regrese nuestro amigo, aunque creo que tardará, tú y yo nos arrojaremos sobre él, por detrás, y le daremos la mayor sorpresa de su vida. ¿Qué te parece, Badger? ¿Estás dispuesto? —Después de que Badger hubo manifestado que estaba de acuerdo, Bobby añadió—: Tú, Frankie, en cuanto oigas sus pasos por la escalera, vuelve a tu silla. Así te verá al entrar y avanzará sin recelo.

—Está bien —dijo Frankie—. Y en cuanto lo hayáis sujetado, yo le morderé las pantorrillas u otra cosa que le duela.

—Así me gusta —dijo Bobby en tono de aprobación—. Ahora sentémonos en el suelo y hablemos. Quiero saber por qué milagro apareció Badger a través de la claraboya en el momento más oportuno.

Tomó la palabra y dijo:

—P-pues mira... en cuanto te marchaste... me vi metido en un li-lío.

Poco a poco, Bobby le hizo referir lo ocurrido. Pagos, acreedores, uno o dos embargos..., en fin, una verdadera catástrofe comercial, debida a la especial habilidad que tenía Badger para meterse en toda clase de compromisos. Y Bobby se marchó sin dejar ninguna dirección, aunque dio a entender que llevaba el Bentley a Staverley. Así pues, Badger se dirigió a este pueblo con la esperanza de que su socio le prestara siquiera cinco libras esterlinas.

A Bobby le dolió el corazón. Se había propuesto ayudar a Badger y lo abandonó para dedicarse, junto a Frankie, al esclarecimiento de aquel asunto. Y, sin embargo, su fiel amigo no le dirigió una sola palabra de reproche.

Badger no tenía ningún deseo de poner en peligro las misteriosas empresas de su socio, pero opinaba que un coche como el Bentley verde no sería difícil de hallar en un pueblo como Staverley. Y, en efecto, lo encontró antes de llegar allí, estacionado y vacío ante la puerta de una taberna.

—Se... Se me ocurrió entonces —añadió Badger— darte una so-so-sorpresa. En los asientos traseros del co-coche había... algunas alfombras y mantas... y me cubrí con ellas para darte un su-susto.

Pero lo que ocurrió en realidad fue que un chófer, que vestía librea verde, salió de la taberna, y Badger, mirando desde su escondrijo, se quedó aterrado al ver que aquel hombre no era Bobby. Sin embargo, le pareció recordar su rostro. Aquel individuo subió al coche y emprendió la marcha.

Badger se hallaba en una situación muy comprometida y sin saber qué hacer. Las explicaciones y las disculpas eran difíciles y además no era oportuno dárselas a un hombre que conducía un coche a cien kilómetros por hora. Por consiguiente, decidió continuar oculto y abandonar el automóvil cuando se parase.

El vehículo llegó por fin a su destino, Tudor Cottage. El chófer metió el coche en el garaje y luego cerró la puerta, de modo que Badger quedó prisionero. A un lado del garaje vio una ventana y, a través de ella, media hora después, pudo notar que se acercaba Frankie, oyó la señal que hacía y observó cómo entraba en la casa.

Todo aquello extrañó mucho a Badger y sospechó que ocurría algo desagradable, de modo que acabó decidiéndose a empezar una investigación.

Gracias a unas herramientas que halló en aquel recinto pudo abrir la puerta y salir para dar una vuelta. Vio cerradas las ventanas de la planta baja de la casa, pero se dijo que si subía al tejado quizá podría mirar a través de las del primer piso. No le fue difícil trepar hasta allí. Descubrió una tubería por la que se pudo encaramar y así llegó hasta la claraboya, donde su peso hizo lo demás.

Bobby dio un largo suspiro en cuanto su socio hubo terminado el novelístico relato.

—De todos modos, te has convertido en un hermoso milagro —le dijo—. De no haber sido por ti, mi querido amigo, Frankie y yo nos habríamos visto convertidos en cadáveres en menos de una hora.

Hizo a Badger un relato condensado de sus propias actividades y de las de Frankie, pero antes de terminar se interrumpió diciendo:

—Alguien llega. A tu puesto, Frankie. Y, ahora, vamos a ver al famoso actor Bassington-ffrench, en el momento en que recibe la mayor sorpresa de su vida.

Frankie fue a sentarse en la silla y adoptó una actitud apropiada. Badger y Bobby se situaron a ambos lados de la puerta.

Los pasos subían por la escalera y la luz de la palmatoria fue visible por debajo de la puerta. La llave entró en la cerradura y se abrió la hoja de madera. La luz de la vela alumbró a Frankie, dolorosamente acurrucada sobre sí. Y el carcelero atravesó el marco de la puerta.

Entonces, con intensa alegría, Badger y Bobby saltaron a un tiempo.

La lucha fue corta y decisiva.

Cogido por sorpresa, aquel hombre se vio derribado y la palmatoria voló por el aire, pero Frankie la cogió antes de que se cayese. Y pocos segundos después, los tres amigos contemplaban con malicioso placer la figura fuertemente atada con las mismas cuerdas que antes los habían sujetado a ellos.

—Buenas noches, señor Bassington-ffrench —dijo Bobby con una expresión de júbilo que nadie podría censurar—. Es una hermosa noche para el entierro.

Capítulo 30

La fuga

El hombre tendido en el suelo los miró y ya no le fue posible sostener su disfraz. En las cejas se notaban algunas huellas de pintura, mas independientemente de todo esto, el rostro de aquel hombre era sin duda el de Roger Bassington-ffrench. Habló con voz agradable, diciendo:

—Es muy interesante. Sabía muy bien que ningún hombre atado como usted habría podido arrojar una bota contra la claraboya. Pero como la vi sobre los vidrios rotos, di por descontado la causa y el efecto, y supuse que, a pesar de la imposibilidad, eso había ocurrido de un modo u otro. Esto dice algo muy interesante acerca de las limitaciones del cerebro.

Y en vista de que nadie le contestaba, añadió:

—En definitiva, han ganado ustedes la partida. Es algo inesperado y lamentabilísimo. Yo creía que los había engañado muy bien.

—Lo consiguió, en efecto —dijo Frankie—. Fue usted quien falsificó la carta de Bobby, ¿verdad?

—Tengo cierta habilidad en este arte —contestó Roger con modestia.

—Y a Bobby, ¿cómo lo atacó usted?

Tendido de espaldas, Roger sonrió amable, como si le complaciera darle explicaciones.

—Estaba enterado de que iría a la Granja; de modo que solo tenía que esperarlo oculto en los arbustos del sendero. Me encontraba a su espalda cuando él se retiró con alguna torpeza después de haberse caído de un árbol. Dejé que se apaciguara la alarma y luego, con un saco de arena, lo golpeé en la nuca. Y ya no tuve nada más que hacer, sino llevarlo adonde esperaba mi coche, meterlo en la parte trasera y traerlo aquí. Antes de que amaneciese, yo estaba de regreso en casa.

—¿Y Moira? —preguntó Bobby—. ¿Acaso la ha engañado usted para llevarla a algún sitio?

Roger sonrió, como si aquella pregunta fuese muy divertida.

—La falsificación es un arte muy útil, mi querido Jones —le dijo.

—¡Cerdo! —exclamo Bobby.

Pero Frankie intervino porque sentía gran curiosidad y su preso parecía estar dispuesto a hablar.

—¿Y por qué fingió usted ser el doctor Nicholson? —preguntó.

—¿Por qué? —exclamó Roger como si se preguntase a sí mismo—. En parte, según creo, por el placer de engañarlos a los dos. Estaban muy seguros de que el pobre Nicholson era un criminal. —Se echó a reír mientras Frankie se ruborizaba—. Y como él la interrogó a usted un poco acerca de los detalles de su accidente... Ya sé que lo hizo de un modo pomposo. Es un capricho suyo que resulta irritante... Tiene la manía de la exactitud en los detalles.

—¿Acaso el doctor es inocente? —inquirió Frankie.

—Como un recién nacido —contestó Roger—. Pero me hizo un favor sin querer. Llamó mi atención acerca del curioso accidente. Eso, y otro incidente, me dieron a entender que tal vez no fuese usted tan inocente como parecía. Una mañana me encontraba a corta distancia de usted cuando llamaba y oí la voz de su chófer que decía: «Frankie». Tengo un oído finísimo. Sugerí la posibilidad de acompañarla en su viaje a la capital y usted no opuso ningún reparo, pero demostró gran satisfacción al ver que desistía. Después... —se interrumpió y, en la medida de lo posible en su situación, se encogió de hombros—. Fue muy divertido ver cómo sospechaba usted de Nicholson. El doctor no es más que un asno inofensivo. Pero encaja con el arquetipo de supercriminal científico de las películas. Pensé que podría cultivar ese engaño. Además, nunca se sabe lo que puede ocurrir. Y los planes mejor preparados a veces pueden fracasar, como lo demuestra mi actual situación.

—Tiene que decirme usted una cosa —exclamó Frankie—. Estoy loca de curiosidad. ¿Quién es Evans?

—¡Oh! —exclamó Roger—. ¿No lo saben ustedes? —Y se echó a reír—. Esto es realmente divertido —dijo—. Y demuestra cuán tonta puede llegar a ser una persona.

—¿Se refiere usted a nosotros? —preguntó Frankie.

—No —dijo Roger—. Ahora pienso en mí. Pues bien, ya que no saben quién es Evans, no se lo diré; me reservaré ese detalle como un pequeño secreto.

La situación era muy curiosa.

La posición de Bassington-ffrench había cambiado y, sin embargo, este les impedía alcanzar el triunfo. Tendido en el suelo, atado y prisionero, era él, pese a todo, quien dominaba la situación.

—¿Me permiten preguntar cuáles son sus planes? —inquirió. Hasta entonces nadie había pensado en ello, y Bobby, inseguro, murmuró algo acerca de la policía.

—Es lo mejor —exclamó Roger en tono alegre—. Llame por teléfono y entrégueme a ella. Supongo que me acusarán de secuestro. No podré negarlo. —Miró a Frankie—. Y me escudaré en una pasión pecaminosa.

—¿Y qué le parece a usted si hablamos de asesinato? —preguntó Frankie, sonrojándose.

—Mi querida señorita, no tiene usted ninguna prueba, ninguna en absoluto. Piénselo bien y se dará cuenta de que tengo razón.

—Mira, Badger —dijo Bobby—, quédate aquí y vigílalo. Yo bajaré para avisar a la policía.

—Ten cuidado —recomendó Frankie—. No sabemos quién hay en la casa.

—Nadie más que yo —contestó Roger—. Este asunto lo he llevado yo solito.

—No pienso creerte —dijo Bobby con voz gruñona, al mismo tiempo que se inclinaba para examinar los nudos que sujetaban al preso—. Está bien atado —añadió—. No hay riesgo de que se suelte. Sería mejor que bajásemos todos. Podemos cerrar la puerta.

—Es usted muy desconfiado, ¿verdad, amigo? —exclamó Roger—. Si le interesaba saberlo, llevo una pistola en el bolsillo. Aun cuando no me sirve de nada en mi situación actual.

Sin hacer caso de su tono burlón, Bobby se inclinó y le quitó el arma.

—Gracias por el aviso —dijo.

—Y está cargada —observó Roger.

Bobby cogió la palmatoria y los tres salieron del desván, dejando a Roger tendido en el suelo. Bobby cerró la puerta, se guardó la llave en el bolsillo y empezó a bajar, pistola en mano.

—Iré yo primero —dijo—. Tenemos que asegurarnos de no cometer ninguna equivocación.

—No hay duda de que ese hombre sabe perder —observó Frankie, que ni siquiera entonces podía olvidar la seducción de Roger.

La escalerilla los condujo al primer descansillo, donde todo estaba desierto. Bobby se asomó por la baranda de la escalera y vio que el teléfono se encontraba en el vestíbulo inferior.

Por precaución registraron todas las habitaciones. Hallaron tres dormitorios desocupados, pero en el cuarto encontraron una figura tendida en la cama.

—¡Moira! —exclamó Frankie.

Acudieron los demás y vieron, en efecto, a Moira, que parecía muerta, pero no tardaron en descubrir que respiraba débilmente.

—¿Está dormida? —preguntó Bobby.

—Supongo que la habrán narcotizado —dijo Frankie. Miró a su alrededor y, en una mesa inmediata a la ventana, descubrió una jeringuilla hipodérmica en una bandeja esmaltada. También vio una lamparilla de alcohol y una aguja, del modelo que se utiliza para inyectar morfina.

—Supongo que no corre peligro —dijo—, pero debería verla un médico.

—Lo llamaremos por teléfono —repuso Bobby.

Se dirigieron al vestíbulo inferior, y si bien Frankie temía que los hilos telefónicos hubieran sido cortados, pronto observó que no era así. Se comunicaron fácilmente con el puesto de policía, pero les costó bastante explicar lo que ocurría. Los agentes parecían inclinados a creer que se trataba de una broma. Sin embargo, se convencieron al fin y Bobby colgó el auricular, dando un suspiro. Avisó de que también necesitaban un médico y el agente de policía prometió llevar uno consigo. Diez minutos después llegó un automóvil con un inspector, un agente y un hombre entrado en años, cuyo aspecto daba a entender su profesión médica.

Bobby y Frankie los recibieron y, después de dar una nueva explicación, condensada, se dirigieron al desván. Bobby abrió la puerta y se quedó pasmado en el umbral. En medio del suelo había un montón de cuerda. Debajo de la claraboya rota se hallaba la cama y encima una silla. Sin duda, Roger Bassington-ffrench había escapado por allí.

—Ese hombre tiene una habilidad infernal —exclamó Bobby—. ¿Cómo demonio ha podido cortar las cuerdas?

—Quizá llevaba un cuchillo.

—Aun así, ¿cómo ha podido alcanzarlo? Tenía las manos atadas a la espalda.

El inspector tosió, sintiendo que se renovaban sus anteriores dudas. Más que nunca le pareció que aquello era una broma.

Frankie y Bobby empezaron entonces a referirle una larga historia, que conforme avanzaba, más imposible parecía. El doctor salvó la situación, porque cuando lo condujeron a la estancia en que se hallaba Moira, declaró inmediatamente que había sido narcotizada con morfina u otro opiáceo. Creyó que su estado no era grave y que despertaría al cabo de cuatro o cinco horas.

Aconsejó llevarla cuanto antes a una buena clínica de las cercanías.

Bobby y Frankie asintieron, comprendiendo que no se podía hacer otra cosa. Y después de dar sus nombres y sus señas al inspector, que no creyó una palabra de lo que contaron, salieron de Tudor Cottage y, con ayuda del policía, consiguieron que los admitiesen para alojarse aquella noche en una posada del pueblo, Las Siete Estrellas.

Con la sensación de que se les consideraba como criminales, Frankie se fue a su cuarto y los dos jóvenes, al que les habían asignado.

Poco después alguien llamó a la puerta de Bobby. Era Frankie.

—Se me ha ocurrido algo —dijo—. Si ese tonto de inspector de policía insiste en creer que todo es una broma de mal gusto, por lo menos yo tengo una prueba de que me durmieron con cloroformo.

—¿Sí? ¿Dónde está?

—En la caja de cartón —contestó Frankie muy decidida.

Capítulo 31

FRANKIE HACE UNA PREGUNTA

Cansada de sus aventuras, Frankie despertó muy tarde a la mañana siguiente. Eran las diez y media cuando llegó a la cafetería, donde ya la estaba esperando Bobby.

—Por fin has llegado, Frankie —le dijo—. ¿Qué deseas? Aquí tienes huevos, tocino y arenques.

—Quiero una tostada y té —contestó Frankie—. Y a ti, ¿qué te pasa?

—Sin duda será el efecto del golpe que me dieron, porque siento unas ideas brillantísimas y unas ganas enormes de hacer cosas. Ahora he estado ya hablando con el inspector Hommond. Y por el momento, Frankie, no hay más remedio que dejar que crean que todo es una broma.

—¡Pero, Bobby...!

—He dicho por ahora. Hay que aclarar por completo este asunto. No deseamos acusar a Roger Bassington-ffrench de secuestro, sino de asesinato.

—Lo conseguiremos —contestó Frankie con renovada energía.

—Así me gusta —repuso Bobby—. Toma un poco más de té.

—¿Y cómo está Moira?

—Bastante mal. Despertó con los nervios deshechos, y al parecer está asustadísima. Se ha dirigido a Londres, a una clínica situada en Queen's Gate. Dice que allí se sentirá segura. Aquí estaba aterrada.

—Nunca tuvo mucho valor —observó Frankie.

—Lo cierto es que cualquiera se hubiese asustado cuando en la vecindad había un criminal como Roger.

—Pero no quería asesinarla a ella, sino a nosotros.

—Con toda seguridad, tiene ya demasiado consigo misma como para preocuparse por eso —dijo Bobby—. Y ahora, Frankie, hemos de acabar de descubrir todo el misterio. Quizá empezó con la muerte y el testamento de John Savage. En este asunto hay algo raro. Y, o bien fue falsificado el testamento, o quizá Savage murió asesinado, u ocurrió algo parecido.

—Si en todo esto anduvo Roger Bassington-ffrench, es probable que el testamento haya sido falsificado —dijo Frankie, pensativa—. Al parecer, la falsificación es su especialidad.

—Creo que también podríamos decir que es especialista en asesinatos. Pero, en fin, ya lo averiguaremos.

—Tengo las notas que tomé del testamento —dijo la joven—. Los testigos fueron Rose Chudleigh, cocinera, y Albert Mere, jardinero. Supongo que no serán difíciles de encontrar. Además, sé que el testamento fue redactado por la firma de abogados Elford & Leigh, que es un despacho muy respetable, según me dijo mi procurador.

—Empezaremos por ahí. Tú encárgate de la gente de leyes, porque obtendrás mejores resultados que yo. Y por mi parte buscaré a estos dos testigos.

—¿Y Badger?

—Él no se mueve hasta que llega la hora de almorzar, de modo que no debes preocuparte.

—Tendremos que ocuparnos de arreglar sus asuntos —dijo Frankie—. En resumidas cuentas, me ha salvado la vida.

—¡Oh, no temas! Se volverá a enredar otra vez —le contestó Bobby—. Y ahora, ¿qué te parece esto?

Le ofrecía un pedazo de cartulina para su examen. Era un retrato.

—El señor Cayman —dijo Frankie—. ¿De dónde lo has sacado?

—Anoche. Estaba detrás del teléfono.

—Entonces creo que ya no hay duda acerca de quiénes eran el señor y la señora Templeton. Espera un momento.

Se había acercado una camarera para servir unas tostadas, y Frankie le mostró la fotografía.

—¿Conoce usted a este señor? —preguntó. La camarera examinó el retrato y, al fin, dijo:

—Sí, he visto a este señor, pero no recuerdo... ¡Ah, sí! Vivía en Tudor Cottage. Es el señor Templeton. Creo que se ha marchado al extranjero.

—¿Qué clase de hombre era? —preguntó Frankie.

—En realidad no puedo decirlo. Venía aquí de vez en cuando. Pocas personas tuvieron ocasión de tratarlo. La señora Templeton era muy agradable. Pero no pasaron mucho tiempo en Tudor Cottage. Solo seis meses. Creo que murió un caballero muy rico y legó todo su dinero a la señora Templeton. Entonces ella y su marido se marcharon al extranjero. No vendieron Tudor Cottage. Me parece que a veces lo alquilaban a personas que iban a pasar allí el fin de semana. Pero no creo que eso les diese bastante dinero para vivir.

—¿Sabe usted si tenían una cocinera llamada Rose Chudleigh? —preguntó Frankie.

A la joven le importaban muy poco las cocineras. Le interesaba más el detalle del legado de aquella fortuna. Y en respuesta a la pregunta de Frankie, contestó que no estaba segura y se retiró.

—Es evidente —dijo la joven a su compañero— que los Cayman ya no vienen por aquí, pero que conservan la casa por si a la banda le conviene utilizarla.

Quedaron en repartirse el trabajo, según aconsejaba Bobby. Frankie se marchó con el Bentley después de haber hecho algunas compras en la población para mejorar su aspecto, y Bobby salió en busca de Albert Mere, jardinero.

Se reunieron a la hora de almorzar y, contestando a una muda pregunta de Bobby, Frankie dijo:

—No hay que hablar siquiera de falsificación. He pasado largo rato con el señor Elford, que es un hombre muy simpático. Tenía ya alguna noticia de lo que nos ocurrió anoche y estaba interesadísimo en averiguar detalles. Supongo que por aquí no tendrán muchas cosas en que pensar. Hablamos del asunto Savage, fingí que conocía a algunos parientes del muerto y que ellos me hablaron de la posibilidad de que el testamento hubiera sido falsificado. Entonces mi interlocutor se indignó diciendo que no se podía imaginar siquiera tal cosa. Él mismo vio al señor Savage, quien le ordenó redactar aquel testamento. El señor Elford deseaba hacerlo debidamente... Ya sabes que empiezan a llenar hojas de papel sin decir nada.

—Lo ignoro —dijo Bobby—, porque nunca he otorgado testamento.

—Bueno, yo sí. Dos veces. Y la última ha sido esta mañana. Necesitaba una excusa para visitar a un abogado.

—¿Y a quién dejas tu dinero?

—A ti.

—Supongo que eso es una imprudencia. Si Roger consiguiera matarte, es probable que me ahorcaran a consecuencia de eso.

—¡Caramba! ¡No había pensado en esa posibilidad! —contestó Frankie—. Bueno, como te decía, el señor Savage estaba tan nervioso y excitado que el señor Elford redactó allí mismo el testamento. Hicieron de testigos la criada y el jardinero, y el señor Elford se quedó con el documento para guardarlo debidamente.

—Eso parece excluir toda posibilidad de falsificación —dijo Bobby.

—Ya lo sé. No es posible pensar en una falsificación cuando un abogado ha sido testigo de que una persona firma con su propio nombre. En cuanto al asesinato, ahora será muy difícil averiguar algo. El médico que comprobó la muerte ha fallecido a su vez. El doctor a quien vimos anoche es nuevo en la localidad, pues solo lleva aquí dos meses.

—Parece que cuando se trata de una muerte nos persigue la desgracia —dijo Bobby.

—¿Ha muerto alguien más?

—Albert Mere.

—¿Y crees acaso que todos han muerto de un modo violento?

—Es muy curioso ese conjunto de defunciones. En fin, y con respecto a Albert Mere, nos mantendremos en una duda prudente. Además, el pobre hombre tenía setenta y dos años.

—¿Y al menos has tenido suerte con la cocinera?

—Sí. Después de dejar el servicio de los Templeton, se dirigió al norte de Inglaterra, pero ha regresado para casarse con un hombre con quien, al parecer, durante diecisiete años mantuvo relaciones. Pero no es demasiado lista y no recuerda nada. Quizá tú le sonsacarías algún detalle.

—Tengo muy buena mano con las mujeres de este tipo. ¿Y Badger dónde está?

—Dios mío, ya no me acordaba de él —exclamó Bobby con un ademán.

Se puso en pie y salió de la estancia para regresar a los pocos minutos.

—Aún dormía —explicó—, pero ya se levanta. Parece ser que una camarera de piso lo ha llamado cuatro veces sin resultado.

—Bueno, pues vamos a verla —dijo Frankie, poniéndose en pie—. Luego he de comprar un cepillo de dientes, una esponja y otras cosas por el estilo. Anoche fui tan primaria que no pensé en nada de eso. Me limité a quitarme el traje y caí dormida.

—Lo mismo me ocurrió a mí —respondió Bobby.

Rose Chudleigh, convertida ya en la señora Pratt, vivía en una casita rebosante de perros de porcelana y de muebles. La señora Pratt tenía un aspecto bovino, ojos de pescado y sin duda sufría de adenitis.

—Ya ve usted que he vuelto —dijo Bobby.

La señora Pratt aspiró el aire y miró a los dos sin ninguna curiosidad.

—Nos interesó muchísimo saber que había vivido usted con la señora Templeton —explicó Frankie.

—Sí, señora.

—Creo que ahora se halla en el extranjero —añadió Frankie, deseosa de dar la impresión de que era íntima de la familia.

—Eso me han dicho —convino la señora Pratt.

—Estuvo usted con ella algún tiempo, ¿verdad? —preguntó Frankie.

—¿Con quién, señora?

—Con la señora Templeton —repitió la joven con mayor claridad.

—¡Oh, no! Solamente dos meses.

—Creía que había estado más tiempo.

—Fue Gladys, la doncella. Ella estuvo seis meses.

—¿Y eran ustedes las dos únicas que servían en la casa?

—Sí, ella como doncella y yo como cocinera.

—¿Estaba usted allí cuando murió el señor Savage?

—¿Cómo, señora?

Frankie repitió la pregunta.

—El señor Templeton no murió. Se marchó al extranjero.

—No hablaba del señor Templeton, sino del señor Savage —observó Bobby.

La señora Pratt los miró con expresión imbécil.

—El caballero que dejó el dinero —dijo Frankie.

En el rostro de la interpelada asomó algo parecido a la comprensión.

—¡Ah, sí, señora! El caballero por cuya causa se celebró la vista.

—Eso es —dijo Frankie, entusiasmada por su éxito—. Él solía ir allí y se quedaba con mucha frecuencia. ¿No es cierto?

—Apenas puedo contestar a eso. Gladys estaba mejor enterada.

—Pero usted fue testigo de su testamento, ¿verdad?

La señora Pratt los miró atontada.

—Usted fue y vio cómo él firmaba el papel. Luego se lo hicieron firmar a usted.

—¡Ah, sí, señora! A mí y al jardinero Albert. Yo nunca había hecho algo así, y no me gusta. Ya le dije a Gladys: «No me gusta firmar papeles», pero ella me contestó que no había ningún problema porque el señor Elford estaba allí, que además de ser abogado era un excelente caballero.

—¿Y qué ocurrió? —preguntó Bobby—. ¿Quién la llamó a usted para que firmase?

—La señora. Entró en la cocina y me dijo que fuese a llamar a Albert. Luego, los dos habíamos de subir al dormitorio, que desde la noche anterior había cedido a aquel caballero; lo vi sentado en la cama. Había vuelto de Londres para meterse en la cama. Tenía muy mal aspecto. Yo nunca lo había visto antes, pero estaba blanco como un papel. Y el señor Elford estaba allí también. Habló muy bien y dijo que no había nada que temer y que yo debería firmar con mi nombre donde aquel caballero había firmado con el suyo. Y así lo hice. Puse «cocinera» después del nombre y las señas. Y Albert hizo como yo, diciendo que nunca había visto a un caballero tan acabado como aquel. Gladys observó que la noche anterior parecía estar sano y con buen aspecto y que tal vez en Londres tuvo algún disgusto serio. Se había marchado a la ciudad antes de que se levantara nadie. Luego yo dije que no me gustaba escribir mi nombre en ningún papel y Gladys me contestó que no había ningún problema porque el señor Elford estaba allí.

—¿Y cuándo murió el señor Savage?

—A la mañana siguiente, señora. Aquella noche se encerró en su cuarto, sin dejar entrar a nadie, y cuando Gladys lo llamó a la mañana siguiente, lo encontró muerto y tieso. A su lado había una carta para el fiscal. Gladys se llevó un susto de muerte. Luego vino la vista y todo lo demás. Dos meses más tarde, la señora Templeton me dijo que se iba a vivir al extranjero. Pero antes me proporcionó un empleo en el norte con buen sueldo, me hizo un regalo y todo lo demás. La señora Templeton es muy buena.

La señora Pratt gozaba entonces con su propia locuacidad. Frankie se puso en pie y dijo:

—Me ha gustado mucho oír todo esto. —Sacó un billete de su cartera—. Quisiera hacerle a usted este pequeño regalo porque le he hecho perder mucho tiempo.

—Bueno, muchas gracias, señora. Muy buenos días a usted y a su caballero.

Frankie se sonrojó y echó a andar con cierta rapidez. Bobby la siguió, muy preocupado.

—Parece que nos ha contado todo lo que sabe —dijo.

—Sí —contestó Frankie—, y todo encaja. No hay duda de que Savage otorgó ese testamento y sospecho que su temor por el cáncer era verdadero. Con toda seguridad, no habrían podido sobornar a un médico de Harley Street. Supongo que se aprovecharon de que él hubiera otorgado ese testamento para quitarlo de en medio antes de que pudiese cambiar de intención, pero no veo cómo podemos demostrar que lo mataron.

—Ya lo sé. Podemos sospechar que la señora T. le dio algo para hacerlo dormir, pero no nos es posible demostrarlo. Bassington-ffrench tal vez falsificó la carta dirigida al fiscal, pero tampoco podríamos probarlo ahora. Sin duda esa carta ha sido ya destruida, después de ser presentada en la vista.

—Y volvemos al antiguo problema. ¿Por qué Bassington-ffrench y compañía tendrán tanto miedo de que descubramos algo?

—¿Y no hay nada que te llame la atención?

—Me parece que no. Solo hay una cosa. ¿Por qué la señora Templeton llamó al jardinero para que fuese testigo, cuando tenía a la doncella en la casa? ¿Qué razón la obligó a prescindir de ella?

—Me extraña que digas eso, Frankie —contestó Bobby con una voz tan rara que la joven lo miró sorprendida.

—¿Por qué? —preguntó.

—Porque yo me he quedado rezagado a fin de preguntar a la excocinera el nombre y las señas de Gladys.

—¿Y qué?

—Pues que el apellido de Gladys era Evans.

Capítulo 32

EVANS

Frankie dio un suspiro y entonces Bobby, entusiasmado, añadió:

—Ahora comprenderás la pregunta de Carstairs: «¿Por qué no preguntan a Evans?». Con eso sin duda quiso significar la conveniencia de preguntar a Evans, por qué no la llamaron entonces como testigo.

—¡Por fin, Bobby!

—Carstairs debió de extrañarse también, y al enterarse de eso creyó, como nosotros, que había ocurrido algo raro. Supongo que se dirigió a Gales por esta misma razón. Gladys Evans es un nombre galés y Evans era probablemente una muchachita hija de Gales. La siguió hasta Marchbolt. Pero alguien lo seguía también a él y no pudo ponerse en contacto con esa joven.

—¿Por qué no se lo pidieron a Evans? —exclamó Frankie, dando a aquella pregunta un nuevo significado—. Sin duda hay alguna razón para eso. Es un detalle insignificante, pero de la mayor importancia. Puesto que había dos criadas en la casa, ¿por qué llamaron al jardinero? ¿Tú lo entiendes?

—Quizá porque la cocinera y el jardinero eran algo tontos, mientras que Evans era una muchacha lista.

—Posiblemente había otra razón. Allí estaba el señor Elford, que es muy astuto. Ahora lo comprendo todo, Bobby. ¿Por qué llamaron a esos dos individuos y no a Evans? —De pronto se llevó las manos a los ojos, exclamando—: Acaba de pasarme por la mente, pero no he podido retener la idea. Aguarda. —Un minuto después, Frankie miró a su compañero y dijo—: Vamos a ver, Bobby, si estás en una casa con dos criados, ¿a quién darás propina?

—Desde luego a la doncella —dijo Bobby—. Nunca se da a la cocinera. En primer lugar, porque no se deja ver.

—Y además tampoco te ve ella a ti. A lo sumo, podrá contemplarte un instante fugitivo. En cambio, una doncella te lleva la comida, te llama por las mañanas y te sirve el café.

—¿Adónde quieres ir a parar?

—Pues a que no podían desear que Evans fuese testigo de aquel testamento, porque ella se habría dado cuenta de que no lo otorgaba el señor Savage.

—¡Dios mío, Frankie! ¿Quién era, pues?

—Bassington-ffrench, desde luego. Representó el papel de Savage. Apostaría a que era él. También fue a visitar al doctor y armó aquel escándalo diciendo que tenía un cáncer. Luego hizo llamar al abogado, que no conocía al señor Savage, pero que, sin embargo, estaría dispuesto a jurar que lo vio firmar aquel testamento con el testimonio de dos personas, una de las cuales no lo había visto nunca y la otra era un viejo quizá medio ciego y que probablemente tampoco conociera al señor Savage. ¿Comprendes ahora?

—¿Y dónde estaba mientras tanto el verdadero Savage?

—¡Oh, desde luego llegó a la casa! Pero supongo que lo narcotizaron y lo llevaron al desván, donde permaneció medio día, en tanto que Bassington ffrench representaba la comedia. Luego lo metieron otra vez en la cama, le dieron cloral y Evans lo encontró muerto a la mañana siguiente.

—¡Dios mío! Me parece que has averiguado la verdad, Frankie; pero ¿podemos demostrarla?

—No lo sé.

—¿Y si mostrásemos a la señora Pratt una fotografía del verdadero Savage? Quizá pudiera decir que no era la persona que firmó el testamento.

—Lo dudo, porque es idiota —contestó Bobby.

—Por esta razón la llamaron y la utilizaron, según creo. Pero hay otra cosa. Un perito calígrafo debería poder probar que la firma es falsificada.

—Nadie cayó en probarlo.

—Porque tampoco nadie pensó en discutir este asunto. Al parecer, no hubo un solo momento durante el cual pudiera haberse falsificado el documento. Pero ahora la cosa es diferente.

—Ante todo —dijo Bobby—, hemos de encontrar a Evans. Con toda seguridad podrá contarnos muchas cosas. Recuerda que estuvo seis meses con los Templeton.

—Eso será muy difícil —contestó Frankie.

—¿Y si probamos en Correos? —sugirió Bobby.

En aquel justo momento estaban pasando por delante de la estafeta. Por lo que se podía ver, era más un almacén de artículos diversos que una oficina de Correos.

Frankie se metió allí e inició la campaña. En el establecimiento no estaba más que la dueña, que era una mujer joven y al parecer muy curiosa.

Frankie compró un librito de sellos por valor de dos chelines, hizo comentarios acerca del tiempo y dijo:

—A pesar de todo, supongo que aquí tienen ustedes mejor tiempo que en mi país. Vivo en Gales, en Marchbolt. No sabe usted cuánto llueve allí.

La joven de la estafeta dijo que allí también llovía mucho.

—Hay en Marchbolt —observó Frankie— una persona que procede sin duda de esta región. No sé si la conoce usted. Se llama Gladys Evans.

La encargada de Correos no sospechaba nada en absoluto y contestó:

—¡Oh, sí! Estaba sirviendo aquí. En Tudor Cottage, pero no había nacido en esta región, sino en Gales, adonde volvió para casarse. Ahora se llama Roberts.

—Sí —dijo Frankie—. ¿Podría usted darme sus señas? Le pedí un impermeable prestado y no me acordé de devolvérselo. Si tuviera su dirección, se lo mandaría por correo.

—Me parece que sí —contestó la otra—. De vez en cuando me envía una postal. Ella y su marido sirven en la misma casa. Aguarde un momento.

Se alejó para buscar en un rincón y volvió con un pedazo de papel en la mano.

—Ahí tiene usted —dijo, entregándoselo a Frankie.

Esta y Bobby leyeron, a la vez, lo último que podían imaginarse en el mundo:

Señora Roberts
Vicaría
Marchbolt (Gales)

Capítulo 33

Sensación
en el Café Oriente

Bobby y Frankie salieron de la estafeta de Correos, sin darse cuenta de lo que hacían, pero una vez fuera se miraron y se echaron a reír, alegres.

—¡En la vicaría! —exclamó Bobby.

—Yo he pasado revista a ciento cincuenta Evans —se lamentó Frankie.

—Ahora ya comprendo por qué Bassington-ffrench se echó a reír al darse cuenta de que ignorábamos quién era Evans.

—Y, desde su punto de vista, Evans y tú vivíais en la misma casa.

—Bueno, vámonos a Marchbolt —dijo Bobby—. Pero tendremos que hacer algo con respecto a Badger. ¿Tienes dinero, Frankie?

Ella abrió el bolso y sacó un puñado de billetes.

—Dáselos y dile que procure llegar a un acuerdo con sus acreedores y prométele que mi padre le comprará el garaje y lo pondrá a él como gerente.

—Bueno, pero lo importante es marcharnos cuanto antes —contestó Bobby.

—¿Por qué tanta prisa?

—Tengo el presentimiento de que podría ocurrir algo.

—Pues vamos enseguida para allá.

—Mira, pon en marcha el coche y, mientras tanto, iré al encuentro de Badger. Está visto que no compraré el cepillo de dientes —añadió la joven.

Cinco minutos después salieron a toda velocidad, en dirección a Marchbolt, y hasta cuando iban muy deprisa, Frankie se quejaba de la lentitud de su marcha. Por consiguiente, aconsejó tomar un taxi aéreo, puesto que se hallaban a muy corta distancia del aeródromo.

El consejo pareció bueno a Bobby y, dirigiendo el coche hacia el aeropuerto, llegaron allí, y cinco minutos después estaban ya en el aire, aunque ninguno de ellos se daba cuenta de la razón de tanta prisa. Obedecían simplemente a un impulso inexplicable.

Era ya tarde cuando llegaron a su destino. El avión los dejó en el pequeño aeropuerto y cinco minutos después los dos jóvenes corrían hacia la vicaría en el Chrysler de lord Marchington.

—Bueno, ¿y ahora qué hacemos? —preguntó Bobby al llegar ante la puerta de su casa.

Y ambos quedaron sorprendidos al ver en ella a una figura femenina a la que reconocieron al momento.

—¡Moira! —exclamó Frankie.

—¡Oh, cuánto me alegro de verla! —dijo la joven, que se tambaleaba ligeramente—. No sé qué hacer.

—Pero ¿con qué objeto ha venido usted aquí?

—Con el mismo que la trae a usted, según creo.

—¿Ha averiguado acaso quién es Evans?

—Sí, he de referirle una larga historia...

Bobby la invitó a entrar, pero la joven se negó, diciendo que prefería hablar en otra parte.

—Bueno —dijo Bobby—, no comprendo la razón, pero... venga —añadió.

Echaron a andar los tres por la calle principal del pueblo, donde se encontraba el Café Oriente, cuyo nombre presuntuoso no quedaba respaldado por el aspecto del local. Entraron y pudieron ver que el café estaba casi vacío. Eran las 18.30 h.

Tomaron asiento a una mesa del rincón y Bobby pidió tres cafés. La camarera se los sirvió al fin y, cuando estuvieron solos, Moira exclamó:

—Apenas sé cómo empezar. Ocurrió en el tren que iba a Londres. Por pura casualidad avancé por el corredor y... —se interrumpió, para añadir—: Sin duda me había seguido.

—¿Quién? —preguntaron Frankie y Bobby.

—Bassington-ffrench —dijo Moira.

—¿Lo ha visto usted?

—Sí. Iba con una mujer de cabello rojo.

—¡La señora Cayman! —exclamó Frankie.

—Y me han seguido hasta aquí —añadió Moira.

Frankie y Bobby se pusieron en pie de un salto y salieron a la calle, pero no pudieron ver a Bassington-ffrench.

—Se habrá marchado —les dijo Moira, que también había salido—. Es un hombre peligroso.

—Nada podrá contra nosotros, mientras estemos juntos —observó Bobby.

—Valor, Moira —le dijo Frankie.

—Por ahora no podemos hacer nada —exclamó Bobby, volviendo hacia la mesa—. Prosiga su relato, Moira.

Tomó la taza de café, pero en aquel momento Frankie

perdió el equilibrio, cayó sobre él y le hizo derramar el café en la mesa.

—Perdón —dijo.

Extendió la mano hacia la mesa inmediata, dispuesta para posibles comensales, tomó la vinagrera, la vació en el plato y empezó a llenarla de café.

—¿Te has vuelto loca, Frankie? —preguntó Bobby—. ¿Qué haces?

—Pues tomar una muestra de este café para que lo analice mi amigo George Arbuthnot.

Y, volviéndose a Moira, exclamó:

—Ha terminado su juego, Moira. Mientras estábamos en la puerta lo he comprendido todo con la mayor claridad. Con toda intención hice derramar el café de Bobby y observé al mismo tiempo la cara que usted ponía. Después de habernos obligado a salir a la calle, puso algo en nuestros cafés. Y ahora ha terminado ya todo, señora Nicholson, señora Templeton, o como quiera llamarse.

—¿Templeton? —preguntó Bobby.

—Mírale la cara —exclamó Frankie—. Si lo niega hazla entrar en la vicaría, para ver si la identifica la señora Roberts.

Bobby vio, en efecto, que aquel rostro de triste y dolorida expresión se había transformado movido por la cólera. Se abrió aquella linda boca y empezó a vomitar injurias y maldiciones.

Luego metió la mano en su bolso para buscar algo. Bobby estaba aún atontado, pero obró a tiempo. Y pudo levantar la pistola hacia el techo.

Y de esta forma pasó la bala, inofensiva, por encima de la cabeza de Frankie y fue a clavarse en el techo del Café Oriente.

Y, por primera vez en su historia, una de las camareras se dio prisa.

Dando un grito, salió a la calle, chillando:

—¡Socorro! ¡Asesinos! ¡Policía!

Capítulo 34

UNA CARTA DE SUDAMÉRICA

Unas semanas después, Frankie recibió una carta que llevaba el matasellos de una de las repúblicas sudamericanas menos conocidas. Después de leerla, se la pasó a Bobby:

Querida Frankie:

Ante todo, debo felicitarla. Usted y su amigo destrozaron los planes de toda una vida, preparados con la mayor minuciosidad. ¿Desea usted enterarse de todo? Mi compañera me ha traicionado de tal modo, quizá obligada por el despecho, que mis más íntimas confesiones ya no podrán perjudicarme. Además voy a empezar una nueva vida: Roger Bassington-ffrench ha muerto.

Siempre fui un tarambana. En Oxford estuve una temporada controlándome, pero volví a las andadas, y aunque mi padre no me perdonó, corrió un tupido velo sobre al asunto y luego me mandó a las colonias.

Encontré a Moira y a sus compañeras. Ella era la que más valía. A los quince años podía decirse que era ya una criminal consumada. Cuando la conocí, las cosas empezaban a mar-

char demasiado aprisa para su gusto y la policía norteamericana le seguía la pista.

Nos sentimos atraídos mutuamente y decidimos trabajar juntos desde ese momento y hacer algunos planes.

Para empezar se casó con Nicholson y así se trasladó a otro mundo y la policía perdió su pista. Nicholson se disponía a ir a Inglaterra, para montar allí un sanatorio dedicado a curar enfermedades nerviosas. Buscaba una casa apropiada y Moira lo llevó a la Granja.

Continuaba trabajando con su banda en el asunto de los estupefacientes. Y sin sospecharlo siquiera, Nicholson le fue muy útil.

Yo siempre tuve ambiciones. En primer lugar, quería ser el dueño de Merroway y, además, disponer de una gran fortuna. Uno de mis antepasados gozó de grandes influencias en el reinado de Carlos II, pero, a partir de entonces, la familia fue empobreciéndose, hasta llegar a un estatus relativamente modesto. Yo me sentía capaz de desempeñar importantes papeles, mas para eso necesitaba dinero.

Moira hizo varios viajes a Canadá «para visitar a sus parientes». Nicholson la adoraba y creía todas sus palabras. Eso les ocurre a muchos hombres. A causa de las complicaciones del negocio de los estupefacientes, viajaba con varios nombres. Y usaba el de señora Templeton cuando conoció a Savage. Estaba muy bien enterada de su enorme riqueza y se propuso conquistarlo. Él se sintió atraído por ella, pero no lo suficiente para perder el sentido común.

Sin embargo, forjamos un plan. Ya sabe usted bien lo que ocurrió. El individuo a quien conocen con el nombre de Cayman desempeñó el papel de marido poco escrupuloso. Savage fue invitado más de una vez a visitar y habitar en Tudor Cot-

tage. En la tercera visita que hizo, teníamos ya listos nuestros planes. No hay necesidad de que le dé los detalles, porque ya los conoce usted.

El asunto se llevó a cabo a la perfección. Moira se hizo dueña del dinero. Se marchó supuestamente al extranjero, pero en realidad volvió a la Granja.

Mientras tanto, yo perfeccionaba mis propios planes. Henry y mi sobrino Tommy me estorbaban en mi camino. Tuve mala suerte con Tommy, porque se salvó de un par de accidentes muy bien preparados. En el caso de Henry no quise aventurarme a preparar otro accidente. Él sufría dolores reumáticos, a causa de un accidente de caza, e hice que se acostumbrase a la morfina. Aceptó la insinuación de buena fe, porque era un hombre sencillo, pero pronto se convirtió en toxicómano. Nuestro plan era que pasara a la Granja, para su tratamiento, y que allí se «suicidara» o bien tomara una dosis excesiva de morfina. Moira se encargaría de aquello, de modo que yo no había de intervenir en nada.

Pero entonces aquel idiota de Carstairs empezó a meterse donde no lo llamaban. Al parecer, Savage le había escrito, mencionando a la señora Templeton e incluso le envió una instantánea suya. Carstairs partió poco después para una expedición de caza. A su regreso se enteró de la muerte y del testamento de Savage y se mostró incrédulo. Aquello no le parecía posible.

Estaba seguro de que Savage no tenía la menor preocupación con respecto a su salud y tampoco temía al cáncer. Por otra parte, el propio testamento le pareció raro. Savage era un hombre de negocios, y si bien era capaz de tener relaciones con una linda mujer, no se habría decidido nunca, en opinión de Carstairs, a legarle la mayor parte de su fortuna, dejando el resto a instituciones caritativas. Este último detalle fue

288

idea mía, porque daba un aspecto de respetabilidad y de legiti-
midad al testamento, que de otro modo quizá no tuviera.

Llegó Carstairs, decidido a esclarecer el asunto y empezó
a curiosear.

Entonces tuvimos un golpe de mala suerte. Unos amigos
lo llevaron a casa a almorzar y vio un retrato de Moira enci-
ma del piano. Reconoció en el acto a la mujer de la que Savage
se había enamorado. Se dirigió, pues, a Chipping Somerton e
inició allí sus investigaciones.

Moira y yo nos enteramos, quizá nos preocupamos dema-
siado, pero Carstairs era astuto.

Lo seguí a Chipping Somerton. Él no pudo encontrar a la
cocinera, que entonces se había ido al norte, pero sí encontró a
Evans, que se había casado y vivía en Marchbolt bajo otro
nombre.

El asunto se ponía feo. Si Evans identificaba a la señora
Templeton demostrando que era la misma señora Nicholson,
el caso se complicaría. Además, había permanecido algún
tiempo en la casa e ignorábamos lo que sabía.

Decidí eliminar a Carstairs, porque ya resultaba muy mo-
lesto. Me ayudó la casualidad. Estaba muy cerca de él cuando
se levantó la niebla y entonces le di un empujón y lo hice caer.
Pero aún no sabía si llevaba consigo algo comprometedor.

Entonces su amigo Bobby vino en mi auxilio. Me dejó
solo con el cadáver y pude convencerme de que llevaba un re-
trato de Moira, con el cual quizá podría identificarla. Se lo
quité y me llevé también todos los documentos que pude ha-
llar. Luego le metí en el bolsillo el retrato de una mujer de la
banda.

Todo marchó bien. Llegaron los supuestos hermana y cu-
ñado y lo identificaron. Pero su amigo Bobby estropeó las co-
sas. Al parecer, Carstairs recobró el conocimiento antes de

morir y dijo algo. Había mencionado a Evans, que en aquellos días estaba sirviendo en la vicaría. Ahora comprendo que nos alarmamos sin motivo. Perdimos un poco la serenidad. Moira insistió en eliminar a Bobby. Pusimos en práctica un plan, pero fracasó. Luego Moira dijo que se encargaría de ello. Se dirigió en coche a Marchbolt, aprovechó con habilidad una oportunidad y puso morfina en la cerveza de Bobby, mientras él dormía. Pero el maldito no murió. Fue una desgracia.

Como ya dije, el interrogatorio de Nicholson me infundió dudas acerca de usted. Pero imagínese el susto de Moira cuando una noche, al salir para verme, se encontró a Bobby. Lo reconoció en el acto. El terror de que dio muestras no era fingido, pero no tardó en comprender que no sospechaba de ella y entonces se dedicó a engañarlo.

Fue en su busca, en la posada, y le contó unas cuantas mentiras. Él se las tragó sin dificultad. Fingió que Alan Carstairs había sido su novio e insistió en que Nicholson le daba mucho miedo. También contribuyó a que usted olvidara todas sus sospechas sobre mí.

Por mi parte, le correspondí de igual modo, y le pinté a Moira como una mujer débil e inofensiva, a pesar de que ha tenido el valor de matar varias veces sin el menor reparo.

La situación era seria. Ya teníamos el dinero y el asunto de Henry marchaba bien. No tenía ninguna prisa por Tommy, podía esperar. También a su tiempo le ajustaríamos las cuentas a Nicholson. Pero usted y Bobby eran una amenaza. Y tenían los ojos puestos en la Granja.

Tal vez le interese saber que Henry no se suicidó. Lo maté yo. Cuando hablaba con usted en el jardín, comprendí que no tenía tiempo que perder y entré en la casa para acabar con él de una vez.

El avión que pasó volando a corta altura me dio una oportunidad. Entré en el estudio, me senté frente a Henry, que estaba escribiendo, y le dije: «Oye, tú...». Y le pegué un tiro. El ruido del avión ahogó el disparo. Luego escribí una linda carta de despedida, borré mis huellas dactilares del revólver, se lo puse en la mano a Henry y lo dejé caer al suelo. Metí la llave del estudio en el bolsillo de mi hermano y salí, cerrando la puerta por fuera con la llave del comedor, que sirve para toda la casa.

No entraré en detalles acerca del pequeño petardo que regulé por medio del reloj de la chimenea para que estallara cuatro minutos después.

Todo funcionó a la perfección. Usted y yo estábamos juntos en el jardín y oímos el «tiro». Un suicidio perfecto. La única persona que podía parecer sospechosa era el asno de Nicholson. Y creo que había vuelto en busca de un bastón o algo parecido.

Desde luego, las actividades de caballero andante de Bobby resultaban molestas para Moira, de modo que se dirigió a Tudor Cottage, con la seguridad de que las explicaciones que diera Nicholson acerca de la ausencia de su mujer les parecerían a ustedes sospechosas.

Una vez en Tudor Cottage, Moira demostró lo que valía. Por el ruido de arriba, comprendió que me habían derribado y, en el acto, se inyectó una fuerte dosis de morfina y se tendió en la cama. En cuanto se dirigieron ustedes al teléfono, ella subió al desván y me devolvió la libertad. Luego, la morfina hizo su efecto y, a la llegada del doctor, Moira se encontraba efectivamente sedada.

Sin embargo, iba perdiendo el valor y temía que ustedes encontrasen a Evans y se enterasen de cómo se había arreglado el asunto del testamento y del suicidio de Savage. También temía que Carstairs hubiese escrito a Evans antes de ir a

Marchbolt. Fingió que se marchaba a Londres, a una clínica, pero en realidad se encaminó a Marchbolt y ustedes la encontraron a la puerta de la vicaría.

Entonces quiso librarse de ustedes dos. El sistema fue burdo a más no poder, pero podría haber funcionado. Era posible que la camarera no hubiera recordado tan bien el rostro de aquella mujer, de modo que Moira podría haber regresado a Londres, para ocultarse en cualquier casa de salud. Y después de haberse librado de usted y de Bobby, el asunto habría terminado.

Pero usted la descubrió y entonces ella perdió la cabeza.

Y cuando la juzgaron, me arrastró con ella.

Tal vez estaba un poco cansado de ella, pero no me imaginaba que ella lo sospechase. En realidad, tenía el dinero... Es decir, mi dinero. Y cuando me hubiese casado con ella, quizá me habría acabado cansando... Me gusta variar.

Ahora empieza una nueva vida. Y todo por la culpa de usted y de ese molesto muchacho llamado Bobby Jones. Pero, en fin, no dudo que haré carrera. Bien es verdad que aún no me he rehabilitado, pero puedo intentarlo. Y ahora adiós, mi querida señorita. O quizá «au revoir», porque nunca se sabe lo que puede ocurrir.

Su afectísimo enemigo, que es el traidor y el criminal del drama,

Roger Bassington-ffrench

Capítulo 35

NOTICIAS DE LA VICARÍA

Bobby devolvió la carta a Frankie, que la cogió dando un suspiro.

—Es realmente un hombre excepcional —dijo.

—A ti siempre te gustó —replicó Bobby, frío.

—Tenía cierto encanto —dijo Frankie—. Y lo mismo le ocurría a Moira.

—Lo curioso del caso —contestó Bobby, para ocultar su confusión— es que la clave de todo estaba en la vicaría. ¿Y no sabías, Frankie, que Carstairs había escrito a Evans, o sea, a la señora Roberts?

—Sí, para decirle que iría a visitarla a fin de informarse sobre la señora Templeton, que, según sospechaba, era una peligrosa criminal, buscada por la policía de varios países.

—Y la muy tonta, cuando se enteró de que él se había caído por el acantilado, no supo darse cuenta de lo ocurrido —exclamó Bobby, indignado.

—Ten en cuenta que nadie habló entonces de Carstairs, sino de Pritchard.

—Es cierto —confesó el joven—, pero también reconoció a Cayman, que estuvo en mi casa. Y aún añadió que se parecía al señor de la casa en que sirvió antes.

—También Bassington-ffrench —dijo Frankie— se delató una o dos veces, pero yo, como una tonta, no lo noté.

—¿Sí?

—Cuando Sylvia dijo que el retrato del periódico se parecía mucho a Carstairs, él lo negó, con lo que daba a entender que había visto la cara del muerto, a pesar de que me aseguró lo contrario.

—¿Y cómo descubriste a Moira, Frankie?

—Quizá a causa de la descripción de una señora muy afable y bondadosa, esa descripción no encajaba con la señora Cayman. Y cuando la vi en la puerta de la vicaría, se me ocurrió la posibilidad de que Moira fuese la señora Templeton.

—Estuviste muy acertada.

—Lo siento por Sylvia —dijo Frankie—, porque como Moira ha denunciado a Roger, se volverá a hablar mucho de la familia Bassington-ffrench. Aunque el doctor Nicholson parece muy interesado en ella y no me extrañaría que el asunto acabase en boda.

—Al final, todo ha terminado muy bien —dijo Bobby—. Badger va por buen camino en el garaje, gracias a tu padre. Y también merced a él, yo tendré ese empleo maravilloso.

—¿Tanto te gusta?

—¿Te parece poco acaso la gerencia de una plantación de café en Kenia? No sabes lo que me gusta eso. —Hizo una pausa y añadió—: Además, creo que Kenia es un país muy visitado por los turistas.

—También vive allí mucha gente —replicó Frankie.

—¿A ti te gustaría, Frankie? —dijo él, sonrojándose y tartamudeando—. ¿Qué te parece?

—Pues que me gustaría muchísimo —contestó la joven—. Es decir, me gustará.

Cruzaron una mirada y, al fin, Bobby exclamó:

—Siempre te he querido, pero nunca me atreví..., es decir, que creía inútil toda tentativa.

—Bueno, y de Moira, ¿qué me dices? —preguntó Frankie, con interés.

—No puedo negar que su rostro me atraía —contestó Bobby muy apurado.

—Es más guapa que yo —dijo Frankie, generosa.

—Pertenece a otra categoría de rostros y el suyo me obsesionaba. Pero cuando estábamos tú y yo en el desván y te vi tan valiente, te aseguro que ya no me acordé más de Moira. Poco me importaba lo que pudiera ser de ella. Solo me interesabas tú. Demostraste tener un valor extraordinario.

—Pues la verdad era que tenía mucho miedo —confesó Frankie—, pero sentía el deseo de que me admirases.

—Pues lo conseguiste. Además, siempre te he admirado, y siempre te admiraré. ¿Estás segura de que no te aburrirás viviendo en Kenia?

—¡Oh, no! Ya estoy cansada de Inglaterra.

—¡Frankie!

—¡Bobby!

—Si quieren ustedes entrar... —dijo el vicario abriendo la puerta y precediendo a una vanguardia de señoras que formaban parte del ropero de la parroquia. Pero cerró de forma precipitada la puerta, excusándose—: ¡Oh! Sí, es mi hijo..., está prometido...

Una de las señoras observó intencionadamente que así parecía ser, en efecto.

—Es un buen muchacho —dijo el vicario—. Antes no se tomaba la vida en serio. Pero ha mejorado mucho en los últimos tiempos. Y ahora va a dirigir una plantación de café en Kenia.

—¿Ha visto usted? —murmuró una de las señoras al oído de otra—. Estaba besando a lady Frances Derwent.

Y, una hora después, la noticia se había difundido por todo el pueblo.

DESCUBRE LOS CLÁSICOS DE

Agatha Christie®

www.coleccionagathachristie.com

booket